KB113887

王侯將相

왕후장상

전혁 新무협 판타지 소설

FANTASTIC ORIENTAL HEROES

왕후장상 7

전혁 新무협 판타지 소설

초판 1쇄 찍은 날 § 2015년 3월 26일
초판 1쇄 펴낸 날 § 2015년 4월 2일

지은이 § 전혁
펴낸이 § 서경석

편집부장 § 권태완
편집책임 § 박가연
디자인 § 신현아

펴낸곳 § 도서출판 청어람
등록번호 § 제387-1999-000006호
등록일자 § 1999. 5. 31
어람번호 § 제2-2583호

주소 § 경기도 부천시 원미구 부일로 483번길 40 서경B/D 3F (우) 420-822
전화 § 032-656-4452 팩스 § 032-656-4453
http://www.chungeoram.com
E-mail § chungeorambook@daum.net

ⓒ 전혁, 2014

ISBN 979-11-04-90177-5 04810
ISBN 979-11-316-9213-4 (세트)

※ 파본은 구입하신 서점에서 교환하여 드립니다.
※ 저자와 협의하여 인지를 붙이지 않습니다.
※ 이 책은 도서출판 청어람과 저작자의 계약에 의해 출판된 것이므로,
   무단 전재 및 유포·공유를 금합니다.

전혁 新무협 판타지 소설

FANTASTIC ORIENTAL HEROES

7

[완결]

조홀위상

왕후장상

도서출판 청어람

目次

第一章
전표 전쟁

—

도박은 흔히 중독이라 표현한다.

한번 빠지면 좀처럼 헤어 나오지 못하기 때문이며 치료도 쉽지 않다.

그건 사업도 마찬가지다.

오죽하면 돈을 쓰는 재미보다 돈을 버는 재미가 몇 배는 더 무섭다는 말이 있을까?

한번 돈을 버는 재미에 빠지면 무엇으로도 빠져나오지 못한다. 때문에 정의고 나발이고 삶의 목적이 오로지 사업에만 있게 된다.

사업하는 사람 중에 하나에만 만족하는 사람은 거의 없다.

때문에 사업하는 사람은 대부분 몇 개의 사업장을 거느리게 마련이다.

사업이 망한 사람은 다른 사업을 꿈꾸고 사업이 성공한 사람은 다른 사업을 확장할 생각에 빠진다. 이것이 바로 사업의 중독이라 할 수 있다.

그런 의미에서 이모백은 심각한 중독 증세라 할 수 있었다.

그는 도통 만족이라는 것을 몰랐다. 이미 거느리고 있는 사업체가 열 개가 넘었고 지부만 해도 천하 곳곳에 오십여 개가 넘었지만, 여전히 그는 새로운 사업에 손을 대고 있었다.

능력은 뛰어났다.

그가 손을 댄 사업 중에서 실패한 것이 하나도 없을 정도였다. 대표적인 사업 중 하나가 바로 상단을 싸게 사들이는 것이었다. 그리고 이것을 여러 개로 나누어서 되판다. 이렇게 여러 개로 쪼개서 팔면 훨씬 많은 돈을 벌 수 있기 때문이었다.

한데 지금 그의 화려한 이력에 난데없이 오점이 생길 판이었다.

지금쯤이면 벌써 화씨세가의 본가를 손에 넣었어야 정상이거늘 이상하게 일이 꼬이고 있었다.

중간에 기무결이 개입할 줄은 몰랐고, 더구나 기무결이 엄청난 부자라는 것은 생각할 수조차 없던 일이었다.

"흐음, 무림의 고수라고 알고 있었는데 이건 무척 의외로군."

이제 삼만 냥으로 화씨세가의 본가를 손에 넣는 건 물 건너갔다고 봐야 한다.

그렇다고 지금 발을 뺄 수는 없었다. 이미 삼만 냥이 들어간 상태였고, 이대로 물러서면 삼만 냥을 고스란히 날린다. 이는 그의 인생에 있을 수 없는 일이었다. 돈 이전에 자존심 문제였다. 그는 지금까지 단 한 번도 투자에 실패한 적이 없었다. 하물며 상대가 무림의 고수라면 두말할 나위도 없었다. 화씨세가의 본가를 손에 넣지 않으면 화병에 걸려 몸져누울지도 몰랐다.

"돈을 좀 더 투자를 하는 한이 있어도 무슨 수를 내야겠어."

그는 즉시 계획을 수정했다.

세상에 돈지랄을 해서 안 될 게 없다.

삼만 냥으로 안 되면 십만 냥.

다시 십만 냥으로 어려우면 이십만 냥, 최악의 경우엔 삼십만 냥까지 투자할 생각이었다.

이래서는 설령 화씨세가를 손에 넣어도 별로 남는 게 없겠지만, 중간에 발을 빼서 그의 이력에 흠집을 남기는 것보단 좋다.

삼십만 냥.

이모백 딴에는 승부수를 던진 셈이었다.

어지간한 사람조차 평생 만져 보지 못할 엄청난 거액의 돈이었다. 하물며 그 엄청난 거액의 돈을 여자 친구를 위해 기꺼이 내놓을 인간은 세상천지에 아무도 없다고 단언했다. 하긴, 그 돈이면 천하의 온갖 미녀를 백 명은 더 사고도 남을 일이었다. 거리를 지나가는 사람을 붙잡고 물어보면 백이면 백 모두 그렇게 대답할 것이다.

결국 화씨세가의 본가는 이모백의 손에 들어오게 되어 있었다.

이모백이 그렇게 결심을 굳히고 다시금 행동으로 들어가려는 순간이었다.

총관이 다급한 표정으로 이모백을 찾아왔다.

"주인님, 큰일 났습니다. 어서 나와보셔야 할 것 같습니다."

"무슨 일인데 그리 호들갑이냐?"

"대명전장에서 발행한 어음이 돌아왔습니다."

"어음이? 그럴 리가."

"어음이 돌아온 게 문제가 아닙니다. 무려 삼십만 냥입니다요. 만기일이 내일까지라 시간이 없습니다."

"뭐, 뭐라?"

이모백이 와락 눈살을 찌푸렸다.

통상 만기일을 하루 놔두고 어음을 돌린다는 건 다분히 의도가 있다는 뜻이었다.

하지만 왜?

대명전장의 무산 지부장은 평소 자신의 눈치를 가장 많이 보던 곳 중 하나였다.

명절이 되면 선물을 들고 찾아와 잘 봐달라는 안부 인사를 한 번도 빼먹지 않았던 인간이었다.

"이놈이 감히 죽으려고 환장을 했구나!"

그는 즉시 대명전장을 찾아갔다.

하나 공천세를 만나지 못했다.

안내하던 직원이 난색을 표하며 공천세가 자리에 없다고 말해주었기 때문이었다.

"지부장님은 지금 출타 중이십니다."

평소였다면 절대 이런 식으로 말하지 않았다.

공천세가 아무리 급한 용무로 출타를 했어도 이모백이 찾아왔다면 한달음에 달려왔기 때문이었다.

그만큼 이모백은 급이 다른 손님이었다.

그렇다는 건 공천세가 의도적으로 자신을 피하고 있다는 뜻이었다.

이모백은 속이 부글부글 끓어올랐다.

이는 잠자는 사자의 코털을 건드린 격이었다.

그가 마음먹고 어떤 전장과 거래를 끊기만 해도 그곳은 상당한 타격을 받게 된다.

한데 지금 공천세가 그걸 잠깐 잊어버린 모양이었다.

"그렇다면 공가 이놈에게 똑똑히 가르쳐 주는 수밖에."

삼십만 냥?

물론 큰돈이긴 하나 그의 능력에 못 갚을 돈도 아니다.

대명전장에 있는 돈을 빼고 보유하고 있는 전표를 합치면 그깟 삼십만 냥쯤은 그냥 갚을 수 있다. 대신 오늘 이후로 두 번 다시 대명전장과 거래할 일은 없을 것이었다. 아니, 단순히 그것만으로 그치는 것이 아니라 본단에 압력을 넣어서 공천세를 쫓아버릴 생각이었다.

하지만 이게 겨우 시작에 불과하다는 것을 이때는 미처 알지 못했다.

二

다음 날 아침.

이모백이 느긋한 표정으로 차를 마시고 있을 때 또다시 총관이 헐레벌떡 뛰어 들어왔다.

"주인님, 큰일 났습니다."

"끙! 오늘은 또 무슨 일이냐?"

"그, 그게 또다시 만기어음이 돌아왔습니다."

"뭐, 뭐라?"

"이번엔 일곱 개 전장에서 발행한 백만 냥의 만기어음입니다 요."

"배, 백만 냥?"

이모백은 뒷목을 잡고 쓰러지기 일보 직전이었다.

어제는 삼십만 냥.

그리고 오늘은 백만 냥.

합쳐서 이틀 동안 백삼십 만 냥이었다.

아무리 이모백이 천하에서 가장 돈이 많은 부자라 해도 현금 으로 동원 가능한 돈에는 한계가 있었다. 어찌 그렇지 않겠는 가? 부를 논할 때는 동원 가능한 현금 외에도 땅이나 건물 등 부 동산도 포함하기 때문이었다.

이모백은 사업체를 십여 개나 넘게 가지고 있었고, 천하 곳곳 에 오십여 개의 지부가 있었다. 그것들이 모두 고스란히 자산 규모에 포함되어 있는 것이다.

"으으, 이번엔 만기일이 언제냐?"

"이틀 뒤입니다."

"이것들이 감히?"

이번에도 역시 다분히 악의적인 의도가 느껴졌다.

이쯤 되면 전장의 뒤에 누군가 있다고밖에는 설명할 방법이 없었다.

이모백은 눈살을 찌푸렸다. 아무리 떠올려도 누구의 소행인지 짐작조차 되지 않았다. 천하에 순식간에 백삼십만 냥을 동원할 수 있는 자가 있었던가? 아니, 그보다 먼저 자신에게 전쟁을 걸어올 간 큰 자가 있는지부터가 의문이었다.

이건 이모백이 예전부터 사용해 왔던 수법이었다.

우선 전장을 구워삶아 자신의 편으로 만든 다음 상대가 발행한 어음을 회수해서 상대를 돈으로 압박해 들어가는 것.

돈을 많이 가지고 있는 사람이 무조건 이길 수밖에 없는 구조였다.

그리고 누군지 모르지만 분명 자신의 수법으로 자신을 공격하고 있었다.

이모백은 그래서 더 분개했다.

"오냐, 이놈! 어디 한번 누가 이기나 해보자."

이모백은 이를 갈아붙였다.

먼저 걸어온 전쟁을 두렵다고 피할 이모백이 아니었다. 가소롭기 그지없는 일이었다. 천하에서 가장 돈이 많고 부유한 자신을 상대로 돈지랄을 할 줄이야. 어이가 없어서 실소가 터져 나올 지경이었다.

백만 냥?

분명 엄청나게 큰돈이었다.

그렇다고 못 갚을 정도로 어마어마하게 큰돈은 아니었다.

일곱 개의 전장에 들어 있는 돈을 모두 빼고, 자신이 가지고 있던 현금을 탁탁 털면 충분히 갚고도 남는다.

"조만간 돈지랄한 것을 뼈저리게 후회하게 만들어주마."

이모백의 평생에 이렇게까지 분노한 것은 맹세코 지금이 처음이었다.

三

어음 만기일은 이틀 뒤였지만, 이모백은 다음 날 모두 해결했다.

자신의 건재함을 만천하에 과시함과 동시에 상대의 기를 팍팍 죽일 생각이었다. 그동안의 경험에 비추어 보면 이젠 상대도 슬슬 두려워지기 시작할 것이다. 돈지랄 싸움에서 무엇보다 중요한 것이 바로 상대의 기를 꺾어놓는 것이었다. 이모백이 전혀 당황하지 않고 척척 방어하는 모습을 보이면 공격하는 사람이 지치게 마련인 것이다. 그럼 싸움도 그것으로 서서히 끝나기 시작한다.

하지만 그 와중에 전혀 생각지 못했던 소식을 들어야 했다.

"전장의 어음을 사들인 자가 기무결이었다고?"

이모백의 정보력도 결코 무시 못 할 수준이었다.

그는 일차 어음 사건이 벌어진 직후 총관을 시켜 뒷조사를 진행했었다.

결과는 전혀 예상하지 못한 인물이었다.

기무결 때문에 황금전장이 발칵 뒤집어졌다는 소식은 들었지만, 그렇다고 자신에게 정면으로 전쟁을 걸어올 줄은 몰랐던 것이다.

"흐흐, 이거 점점 재미있어지는군."

이젠 더더욱 이 전표 전쟁에서 질 수 없었다.

기무결만 쓰러뜨린다면 화씨세가의 본가도 저절로 자신의 수중에 들어올 터였다.

어디 그뿐인가?

무림에서 명성이 자자한 일초무적자인 기무결을 이긴 것이니 자신의 명성은 하늘 높이 치솟을 게 틀림없었다.

그야말로 일거양득!

기무결이 무림에서는 엄청난 명성을 날리는 고수일지 몰라도 상계에서는 자신에 비하면 피라미 수준에 불과했다.

이모백은 즉시 동원 가능한 돈을 최대한 끌어모았다. 기무결이 자신의 수법을 구사한 만큼 분명 여기서 끝낼 리 만무했다.

아니나 다를까.

삼 일 뒤에 또다시 만기어음이 돌아왔다.

이번에는 열 개 전장에서 발행한 이백만 냥 정도의 규모였다.

이쯤 되자 천하의 이모백도 혼백이 달아날 정도였다.

그가 최대한 끌어모은 돈이 백오십만 냥 정도였던 것이다.

하나 이모백은 이 정도도 충분히 많다고 생각했다.

어찌 그렇지 않겠는가?

천하에서 한 번에 백오십 만 냥을 동원할 수 있는 사람은 그야말로 손가락으로 꼽을 정도로 적었다.

하물며 이모백은 지난 오 일 동안 백삼십 만 냥을 썼고, 다시 백오십만 냥을 준비했다. 그것만 해도 거의 삼백만 냥이 되는 것이다. 엄청난 일이었다. 당금 천하에서 오 일 만에 삼백만 냥의 현금을 동원할 수 있는 사람은 거의 없다고 해도 과언이 아니었다.

당연히 기무결은 이제 슬슬 자금이 한계에 봉착했을 터.

오십만 냥? 아니, 넉넉잡고 백만 냥 정도만 동원할 수 있어도 상대의 자금력을 칭찬해 줄 생각이었다. 물론 자신이 망설임 없이 방어하는 모습을 보이면 기무결은 더 공격할 엄두를 내지 못하고 나가떨어질 것이라 확신했다.

그래서 이번이 마지막 전쟁이라 생각했다.

그리고 이모백은 대대적인 반격을 가하려 했다.

한데 난데없이 이백만 냥이라니.

기무결은 이모백의 예상을 훨씬 뛰어넘어 엄청난 돈지랄을 하고 있었다.

이젠 이모백이 은근히 기가 질려가고 있었다.

그렇다고 여기서 무너질 이모백이 아니었다.

그는 여전히 천하에서 가장 돈이 많은 부자 중 한 명이었다.

"두고 보자, 이놈! 절대 가만두지 않겠다."

다행히 만기일까지는 이틀 정도 여유가 있었고, 부족한 금액은 오십만 냥 정도밖에 되지 않았다.

하나 그는 오십만 냥을 전장에서 빌리려고 찾아갔다가 일언지하에 거절을 당하고 말았다. 심지어는 자신의 사업체를 담보로 잡겠다는 이모백의 제안마저 거절했다.

"죄송합니다만 고객님! 더 이상의 대출은 어렵겠습니다."

"으으, 담보가 확실한데도 대출하지 못해주겠다는 이유가 무엇이냐?"

"사업체의 자산이 대폭락을 했습니다. 때문에 담보를 받으시려면 사업체 전부를 걸으셔야 할 것 같습니다."

"뭐, 뭐야?"

이모백은 눈에 핏발이 섰다.

자신의 사업체 전부를 합치면 족히 오백만 냥이 넘어간다. 그걸 십분지 일도 안 되는 가격에 꿀꺽하겠다는 것이었다.

욕이 나오지 않으면 그게 더 이상한 일이었다.

하지만 이것 역시 전형적인 이모백의 수법이었다.

그는 일단 상대의 자산 가치를 폭락시켜 담보를 잡지 못하게 만든다. 그걸 지금 기무결이 자신에게 고스란히 되돌려 주고 있었던 것이다. 그는 이런 수법으로 화씨세가의 본가를 꿀꺽하려고도 했었다.

이모백은 기가 차다 못해 어이가 없었다.

아무리 그래도 자신의 수법에 자신이 옴짝달싹 못하게 될 줄은 꿈에도 생각하지 못한 일이었다.

四

당해보니 알 것 같았다.

도저히 숨을 쉴 수가 없었다.

이건 사람의 목을 비틀고 숨통을 끊는 것이었다.

지금까지 그에게 당했던 사람도 이런 느낌이었을까?

이모백은 문득 이를 악물었다. 이건 자신의 전공 분야나 마찬가지였다. 전표 전쟁 이전에 자존심 싸움인 것이다. 한낱 무림의 고수인 일초무적자에게 돈지랄 싸움에서 밀리고 싶은 생각은 손톱만큼도 없었다.

지금 기무결의 수중에 얼마나 남아 있는지는 모르지만, 확실한 건 자신도 얼마 남아 있지 않으니 기무결도 얼마 없을 거라는 사실이었다.

"그래, 맞다. 분명 놈도 있는 돈 없는 돈 죄다 끌어모았을 것이다."

이렇게 생각하는 것이 어쩌면 당연한 일이었다.

천하제일부자인 자신도 현금이 얼마 남아 있지 않거늘 하물며 기무결은 오죽할까. 어쩌면 사채니 뭐니 해서 엄청나게 무리했을 가능성이 높았다.

그렇다면 이번 고비만 넘기면 기무결은 저절로 무너질 수 있다는 뜻이었다.

그러고 보니 거침없는 기무결의 공세에 잠시 겁을 집어먹었던 사실을 떠올렸다. 황당하게도 천하제일부자인 자신이 돈지랄 싸움에서 잠시나마 밀린 것이다.

"기무결! 기대해도 좋다. 조만간 네놈을 쫄딱 망하게 만들어서 반드시 알거지로 길거리에 나앉게 만들어주마."

문제는 오십만 냥을 당장 마련하는 것이었다.

이미 전장에서 담보를 받는 건 물 건너간 상태.

자산 가치가 오백만 냥이 넘는 자신의 사업체와 지부를 겨우 오십만 냥에 담보로 잡힐 수는 없는 일이었다. 사채를 생각해보았지만, 전장에서 십분지 일로 평가를 했다면 놈들은 더 심하게 깎아 내릴 것이었다.

그렇다면 마지막 남은 건 부인들과 자식들의 계좌에 있는 돈을 모두 끌어모으는 것이었다.

다행히 그에게는 네 명의 부인이 있었고, 열 명의 자식이 있었다. 부인들의 친정에서 돈을 빌리는 것도 한 가지 방법이었다. 네 명의 부인은 모두 한 지역에서 상당한 유지로 명성이 자자하기 때문이었다.

일 대 오의 싸움이 그렇게 시작되고 있었다.

어찌 보면 이건 반칙 수준이었다.

이모백도 이렇게까지 하고 싶진 않았지만, 기무결은 지금까지 그가 상대했던 그 어떤 자보다 강하고 치밀했다.

기무결이 단순히 무림의 고수라고 했던 말은 취소했다.

이모백은 즉시 돈을 끌어모았고, 그렇게 모인 돈이 이백만 냥이었다.

그는 천하를 다 가진 듯한 기분이었다. 이는 당장 기무결의 공격을 막고도 백오십만 냥이 남는 엄청난 거액의 돈이었다.

이제 그가 기무결을 공격하는 일만 남아 있었다.

모든 건 끝난 셈이었다.

승리는 자신의 것이었다. 그와 동시에 자신을 무시하고 모욕했던 전장을 떠올리며 이를 갈아붙였다.

"그러게 줄을 잘 섰어야지. 네놈들은 모두 죽었어."

기무결을 박살 내는 순간 전장의 놈들의 모가지 역시 모두 박살 낼 참이었다.

五

천하가 이번 전표 전쟁을 주목했다.

이런 전쟁은 고금 이래로 전례가 없던 일이었다.

사람들은 백만 냥 정도는 우습게 오고 가는 것에 경악하지 않을 수 없었다.

이게 과연 인간들의 싸움이던가?

전혀 다른 세상일처럼 느껴졌다.

하지만 사람들 사이에선 이미 승부는 정해져 있었다. 당연히 이모백이 이길 거라고 생각했다. 어찌 그렇지 않겠는가? 이모백은 자타공인 천하제일부자였다. 더구나 돈지랄 싸움은 이모백의 전공 분야. 애초에 시작하지 말았어야 할 전쟁이었다.

"이미 백삼십만 냥이 오고 갔다며?"

"그러니까. 만기어음으로 공격한 기 대협도 대단하지만, 그걸 아무렇지 않게 막아낸 이모백도 사람은 아니야."

"이모백의 자산이 천만 냥이 넘는다며? 그렇다면 백삼십만 냥은 그냥 푼돈 개념이지 뭐."

"그나저나 기 대협이 또다시 공격을 할 수 있을까? 무림에서는 일초무적자로 명성이 대단하다고 들었지만, 이건 엄연히 돈지랄 싸움 아닌가?"

"자네들 아직 기 대협이 이백만 냥의 어음을 돌린 걸 듣지 못한 건가?"

"헉! 이, 이백만 냥?"

"그, 그게 정말인가?"

"흐흐, 정말이지 않고. 그럼, 이모백이 끌어모은 돈이 백오십만 냥이라는 것도 모르고 있겠군."

"그것도 금시초문일세. 이거 어떻게 되는 거야? 이모백이 오십만 냥 부족한 거 아닌가?"

"당연히 부족하지. 그래서 이모백이 전장에 찾아갔다더군."

"끙! 전장을 생각 못했군. 이모백은 모든 전장의 우수고객이니 어렵지 않게 돈을 빌렸겠지."

어디서 흘러나온 것인지 사람들은 이모백의 자금 사정은 물론이고 그의 동정까지 자세히 알고 있었다.

"후후! 그게 그렇지가 않으니까 문제지. 전장에서 이모백에게 담보를 내주지 않았다고 하네."

"그게 정말인가?"

"그렇대두. 조카가 전장에서 일하고 있어서 자세히 알 수 있었지."

"호오. 그거 듣기만 해도 통쾌한 소리군. 이모백 그 작자가 얼마나 힘없고 불쌍한 사람들의 피를 빨아먹으며 지금의 부를 축적했나?"

"그러게 말일세. 이대로 확 망했으면 소원이 없겠네."

"하지만 그건 어려울 걸세."

"아니, 그건 또 왜? 전장에서 담보를 거절했다며"

"이모백이 달리 천하제일부자던가? 네 곳의 처가에서 돈을 빌리고 열 명의 자식이 가지고 있던 계좌를 죄다 끌어모은 모양이야."

"아! 이모백의 처가들이 다들 지역 유지라고 했었지?"

"그 자식들은 또 어떻고? 아무튼, 그렇게 해서 모은 돈이 이백만 냥이라 들었네."

"이, 이백만 냥!"

"기 대협의 공격을 막고도 백오십만 냥이 남는 셈이지. 이모백이 조만간 대대적인 공세를 펼칠 거라고 하더군."

"이건 반칙 아닌가? 일 대 오의 싸움은 절대 불공평한 싸움이라고."

"충분히 이모백다운 행동이지. 그 야비한 인간이 어디 수단 방법 가려가며 싸우겠는가?"

"에잇, 치사한 인간 같은. 귀신은 뭐하는지 몰라. 이모백 그 인간 안 잡아가고."

"결국 기 대협이 패하겠지?"

"그렇겠지. 벌써 얼마가 오고 간 건가? 삼백만 냥이 넘네."

"허! 삼백만 냥이라니."

"이모백도 여기저기에서 돈을 빌릴 정도면 기 대협의 자금 사정은 더 뻔하겠군."

"아마 이번 이백만 냥도 있는 돈 없는 돈 죄다 끌어모아 최후의 일격으로 날렸을 거라구."

"쩝! 아쉽군 그래. 기 대협이 이기기를 바랐는데."

사람들은 마음속으로는 기무결을 응원했지만, 나오는 말은 온통 비관적인 것들뿐이었다.

이모백!

그의 벽은 너무 높았다.

六

전표 전쟁은 시간이 생명이다. 정신없이 몰아붙여서 상대를 압박해야 승산이 있는 것이다. 더구나 천하제일의 부자인 이모백이 상대라면 두말할 나위도 없다.

이모백이 만기어음을 갚으면서 기무결은 투자했던 돈을 모두 회수했다.

기무결이 손해를 본 것은 전혀 없다는 뜻이었다.

원래 이모백이 만든 이 전표 전쟁은 당하는 사람만 죽어나가는 방식이었다.

하지만 만기어음을 통해 벌어들인 돈으로 이모백을 공격해봐야 별 효과가 없다. 그건 당연한 얘기였다. 어음이 만기가 돌아올 때까지 기다려야 하는데, 그럼 시간도 길어지고 공격의 연속성도 확연하게 떨어지기 때문이었다.

이런 돈지랄 싸움에서는 무조건 초기에 최대한 공격할 수 있는 것들을 끌어모아 놓았다가 일거에 몰아붙여야 승산이 있었다. 공격하는 사람은 처음에 돈을 얼마나 가지고 시작했는지가 중요하고 방어하는 입장에서는 시간만 끌 수 있다면 충분히 이길 수 있는 싸움이었다.

이모백의 사업체가 잠시 자산 가치가 대폭 하락했다고 해도 여전히 천하 곳곳에서 성황리에 영업 중에 있었다. 매달 말일에 정산이 이루어지는데 그 규모가 족히 백만 냥은 족히 된다. 때문에 말일까지만 어떻게든 버티면 이모백은 또다시 백만 냥을 확보할 수 있다는 뜻이었다.

"정산까지는 오 일밖에 안 남았군."

모든 면에서 이모백에게 점점 유리하게 변해갔다.

기무결이 보낸 이백만 냥의 만기어음은 막아낸 상태였다. 그게 바로 어제의 일이었다.

그러고도 이모백의 수중에는 백오십만 냥이 남아 있었다. 여기에 정산까지 이뤄지면 거의 삼백만 냥이란 돈이 들어오게 되는 것이다.

이미 승부는 정해진 것이나 마찬가지이리라.

그에 반해 과연 기무결에게 남아 있는 돈이 얼마나 있는지 의문이었다.

기무결이 지금까지 공격한 만기어음은 모두 초기 자금으로 시작한 것들이었다.

그것이 무려 삼백만 냥이 넘었고, 이모백조차 기절초풍할 정도로 엄청난 규모였다.

하지만 지금쯤이면 초기 자금은 완전히 바닥이 났을 가능성이 높았다. 사실 그 이상의 돈을 가지고 있다는 건 거의 불가능한 일이었다.

"내 화씨세가의 본가를 박살 내지 않으면 사람이 아니다."

이모백은 이를 갈았다.

이제는 그가 반격을 할 때였다.

기무결을 박살 내는 방법은 오직 하나. 바로 화씨세가의 본가를 공격하는 것이었다.

계획은 확실했다. 일단 화씨세가의 본가 일대의 땅을 모조리 사들인 다음 그곳에 기녀원을 세워 색주가로 만들어 버리는 것이다.

항주가 색향의 도시로 유명하다 하지만, 무산을 제이의 색주가로 만들지 못할 것도 없었다. 돈만 있다면 항주를 뛰어넘는

색향의 도시로 만들 수도 있었다.

투자는 일체 받지 않을 생각이었다. 사업을 하면서 투자를 안 받은 적은 한 번도 없었지만, 혹시라도 기무결이 은밀한 방법으로 투자를 해오면 골치 아파지기 때문이었다.

"흐흐, 화씨세가의 본가에 색주가라……. 제깟 것들이 버티지 못하고 떠나든가 아니면 색주가를 사들이는 방법밖에 없을걸?"

무조건 열 배 넘게 팔 생각이었다.

백만 냥을 투자했으면 최소한 천만 냥을 주어야 살 수 있다는 뜻인데 과연 기무결이 이렇게까지 돈을 주고 화씨세가를 구하려고 할지는 지켜볼 일이었다. 화은설의 표정도 궁금했다. 과연 화씨세가 일대가 색주가로 변한 것을 보고도 지금처럼 도도한 표정을 지을 수 있을지 미지수였다.

이모백이 승리를 확신하며 여유로운 표정으로 차를 마시고 있을 때 총관이 당장에라도 숨이 넘어갈 듯한 모습으로 뛰어 들어왔다.

"주, 주인님! 큰일 났습니다."

자라 보고 놀란 가슴 솥뚜껑 보고 놀란다고 했던가?

이모백은 이제 총관의 얼굴만 봐도 심장이 덜컹거릴 정도였다.

"이번에는 또 무슨 일인가?"

"그, 그게 또다시 만기어음이 돌아왔습니다."

"끙! 기무결이 이놈이 끝장을 보려 하는군. 이젠 전장에서 발행한 어음도 거의 없을 텐데?"

"이번엔 전장이 아니라 협력업체에서 발행한 어음입니다요."

"혀, 협력업체?"

이모백은 전혀 생각하지 못한 일인지라 순간적으로 얼굴이 딱딱하게 굳어지고 말았다.

"그, 그래서. 어음이 얼마 규모냐고 물었다."

"그, 그게 삼백만 냥입니다요."

"컥! 사, 삼백만 냥!"

"거, 거기다가 전장에서 발행한 어음도 들어왔습니다."

그건 칠십만 냥 정도밖에 없었다.

하지만 이모백은 이미 제정신이 아니었다. 손발이 부들부들 떨리고 혼백은 저 멀리 날아간 상태였다.

이건 도저히 막을 수가 없었다.

오 일 후에 정산이 끝나도 손에 쥘 수 있는 돈은 삼백만 냥.

사업체와 지부를 담보로 잡아도 최대가 육십만 냥이었다.

이젠 네 곳의 처가에도 빌릴 만한 돈이 없었다. 당시 구했던 돈이 무려 이백만 냥이었다. 그 엄청난 돈을 마련하기 위해 건물과 재산을 담보로 전장에서 돈을 빌렸던 것이다. 만약 정해진 기간 안에 돈을 갚지 못하면 네 곳의 처가도 쫄딱 망할 판이었다.

열 명의 자식 역시 마찬가지였다. 그들 역시 있는 돈 없는 돈 탁탁 털어서 주었기 때문에 더 이상 돈 나올 곳이 없었다.

결국 십만 냥을 막지 못해 모두가 망할 수도 있다는 뜻이었다.

이모백은 물론이고 네 곳의 처가와 열 명의 자식까지.

아마 알거지로 거리에 나앉아 평생을 빌어먹는 처지로 살아갈 수도 있었다.

"으으, 이런 미친!"

이모백의 두 눈에 핏발이 섰지만, 도무지 방법이 떠오르지 않았다. 십만 냥 때문에 육백만 냥이 넘는 사업체와 지부를 잃을 판이었다. 어찌 보면 그가 화씨세가를 먹으려고 했던 방법과 너무도 똑같았지만, 그래도 이건 더 심하다 할 수 있었다. 그는 열 배의 차익에 불과했는데 기무결은 육십 배의 차익을 노리고 있었다.

기무결!

도대체 이놈이 인간이긴 한 걸까?

일전에 세 번에 걸쳐 삼백삼십만 냥의 만기어음을 보내더니 이번에는 한 번에 삼백칠십만 냥의 어음을 보낸 것이다.

도합 칠백만 냥.

천하의 이모백이라 해도 이 정도의 규모를 막아내는 건 불가능한 일이었다.

칠백만 냥이면 거의 이모백의 총자산과 맞먹는 규모였다.

더군다나 중요한 것은 칠백만 냥이 모두 기무결이 초기 자금으로 시작한 것이라는 점이었다. 애초에 기무결과 맞서려고 했던 것부터가 실수였는지도 몰랐다.

그건 안 될 말이었다.

이대로 주저앉을 수는 없었다.

그의 손에는 네 곳의 처가와 열 명의 자식의 운명까지 더해져 있지 않던가?

그는 온갖 생각을 하다 결국 기무결을 찾아갔다.

第二章
육문칠가

一

전표 전쟁은 일방적인 기무결의 승리로 막을 내렸다.

소문난 잔치에 먹을 게 없다는 표현이 정확할 정도였다.

천하의 이모백이 힘 한 번 쓰지 못하고 맥없이 무너져 내리리라고는 누구도 생각하지 못한 일이었다.

하지만 더 놀라운 것은 이모백이 체면이고 나발이고 모두 버린 채 기무결의 발 앞에 무릎을 꿇었다는 것이다.

"기 대협! 제발 한 번만 살려주시게."

"글쎄, 일없다지 않습니까?"

"노부가 무조건 잘못했네. 처음부터 자네가 화씨세가와 관련이 있다는 것을 알았다면 절대 넘보지 않았을 걸세."

"변명을 하기에는 너무 늦었다고 생각하지 않습니까?"

"화 소저에게 사과를 하면 되겠나? 열 번이든 백 번이든 자네의 화가 풀릴 때까지 화 소저에게 사과를 하겠네."

그러고는 기무결의 옆에 서 있는 화은설을 쳐다보았다.

화은설은 차갑게 코웃음 쳤다. 지금까지 이모백이 한 행동을 생각하면 사과를 해도 받아주고 싶은 마음이 눈곱만큼도 없었다.

하지만 그녀는 마음이 그리 모질지 못했다.

이모백의 죄는 미워도 절박한 심정으로 용서를 구하는 이모백의 모습에 마음이 약해졌다.

하나 기무결은 단호하기 짝이 없었다.

"글쎄요. 설 매가 용서를 해도 소생이 용서하지 못합니다. 소생의 마음이 좁쌀보다 좁다고 욕을 하셔도 상관없습니다."

"끙!"

이모백의 입에서 절로 앓는 소리가 흘러나왔다.

그는 육십 평생 기무결처럼 상대하기 어려운 사람은 만나본 적이 없었다. 도무지 비집고 들어갈 틈이 없었다. 그러면서도 기무결은 확실하게 갑질을 하고 있어서 속에서 분통이 터질 대로 터지고 있었다.

기무결을 만나는 것만 해도 그랬다.

그는 두 시진(4시간)을 기다려서야 겨우 기무결을 만날 수 있었다.

중간에 몇 번이고 자리를 박차고 싶은 걸 얼마나 참고 또 참았는지 몰랐다.

"어떻게 해야 자네의 마음이 풀리겠나?"

이모백은 필사적이었다. 자존심을 생각하면 벌써 자리를 박

차고 돌아섰을 테지만, 살기 위해서는 그 어떤 수모도 감수해야
했다.

며칠 전만 해도 감히 생각할 수 없던 일이었다.

그는 천하에서 가장 돈이 많은 사람 중 한 명이었고, 누구도
그의 눈 밖에 나는 행동을 하지 않으려고 눈치를 보았다. 심지
어 그의 보복이 두려워 돈도 받지 못하고 파산하는 협력업체가
한두 개가 아니었다.

예전엔 그런 것들이 너무도 당연하다고 생각했다. 한 번만 살
려달라며 자신을 찾아와 애걸복걸하는 사람들의 모습들은 일상
에 가까운 일이었다.

한데, 막상 이제 자신이 그런 처지가 되자 미쳐 버릴 일이었
다.

도저히 회복이 불가능했다. 네 곳의 처가와 열 명의 자식의
재산을 모두 긁어모아도 어음을 막을 수 없었다.

二

망해도 쫄딱 망한 것이다.

부자는 망해도 삼대가 간다는 말이 있지만, 이모백은 지금 당
장 알거지가 되어 거리로 나앉을 판이었다.

하지만 아직 완전히 끝난 건 아니었다.

아직 실낱같은 희망이 있었다.

기무결이 어음의 만기일을 한 달만 연장해 주면 모두 갚을 수
있었다.

한 달 이자를 달라고 한다면 그렇게 해줄 마음도 있었다. 이
자만 해도 엄청나겠지만, 망하는 것보다 그게 낫다.

하나 기무결은 눈 하나 깜빡하지 않았다.

그는 어음의 만기일을 단 하루도 연장해 줄 마음이 없었다.

"쯧쯧, 아실 만한 분이 왜 이러십니까? 모든 건 법대로 해결
할 생각이니 그리 아시지요."

"제, 제발 그러지 말고 한 번만 살려주시게. 내 반드시 한 달
뒤에 갚는다고 하지 않았나?"

"허헛! 법대로 하자는데 무엇이 문제인지 모르겠군요. 소생
이 이번 일에 들인 돈이 얼마인 줄 아십니까?"

무려 육백삼십만 냥이었다.

기무결이 초기에 투자한 금액은 그야말로 무시무시할 정도로
엄청난 것이었다. 처음에 이모백이 기무결의 자금을 너무 무시
한 것이 결정적인 실수였지만, 그렇다고 육백만 냥을 넘게 가지
고 전쟁을 걸어왔을 줄은 꿈에도 생각할 수 없었던 일이었다.

생각해 보면 상당히 비정상적인 재무 구조가 아닐 수 없었다.
자산 규모가 천만 냥을 넘었지만, 대부분이 끊임없는 사업 확장
으로 인해 빚이었던 것이다. 이모백도 사건이 터지고 나서야 자
신의 재무 구조가 결코 건전하지 못하다는 것을 알게 되었다.

하지만 뒤집어서 말하면 기무결 외에는 누구도 이모백을 쓰
러뜨릴 수 없었다.

그를 무너뜨리려면 육백만 냥의 현금이 있어야 한다는 소린
데, 천하에 육백만 냥의 현금을 가진 사람은 아무도 없으니 말
이다.

"으으, 그건……."

문득 이모백의 얼굴이 심하게 일그러졌다.

속에서 뭔가 울컥하고 치밀어 올랐다. 억지도 이런 억지가 없었다.

기무결이 육백삼십만 냥이란 천문학적인 돈을 쏟아부은 것은 맞지만, 이미 거의 모든 돈을 회수했다는 점이었다.

이모백이 발행한 어음을 기무결이 돈을 주고 사들였다. 그리고 만기일에 맞추어 그 어음들을 돌렸고, 이모백은 막대한 돈을 쏟아부어 그 어음들을 막아냈다. 그렇다는 건 기무결의 수중에 어음을 사들였던 돈이 고스란히 되돌아왔다는 뜻이었다.

이모백이 끝내 막지 못하는 돈은 십만 냥.

기무결은 육백삼십만 냥을 투자해서 육백이십만 냥은 회수하고 단돈 십만 냥으로 오백만 냥 규모의 사업체와 지부를 가질 수 있다는 뜻이었다.

어디 그의 사업체와 지부뿐인가?

네 곳의 처가와 열 명의 자식 역시 이번 일로 쫄딱 망해 길거리로 나앉을 판이었다.

결국 십만 냥 때문에 지역 유지로 떵떵거리며 살아가던 네 곳의 처가와 열 명의 자식까지 무너졌다고 봐야 한다.

"자네가 회수하지 못하는 돈은 십만 냥이지 않나?"

"그래서 지금 소생에게 따지는 겁니까?"

"그, 그럴 리가 있겠나?"

이모백의 얼굴이 창백하게 질렸다.

기무결의 비위를 맞추어도 시원치 않을 판에 자신이 그만 실언을 하고 만 셈이었다.

아니나 다를까 기무결이 불쾌한 표정으로 말했다.

"아직도 이 대인의 처지를 잘 모르는 모양이군요. 다시 한 번 자세히 알게 해드릴까요?"

"아, 아닐세."

"이번에는 처음이니 그냥 넘어가지만 두 번째는 그냥 넘어가지 않습니다. 앞으로 입조심 좀 하세요."

"끙! 불쾌했다면 정말 미안하네."

"됐습니다. 더 이상 이 대인과 할 말은 없을 것 같군요. 이제 그만 가보세요."

기무결이 축객령을 내렸다.

이모백은 다급한 나머지 기무결의 발을 붙잡았다.

"아이쿠, 기 대협! 제발 사람 목숨 살려주는 셈치고 어음의 기한을 한 달만……. 아니, 보름만 연장해 주시면!"

"됐다고 하지 않았습니까?"

"그, 그럼 네 곳의 처가와 열 명의 자식만이라도 봐주게. 그들은 이번 일과 아무 상관도 없지 않나?"

"글쎄요. 이 대인의 처가와 자녀들의 건물과 땅을 쪼개서 팔면 몇 배의 돈을 벌 수 있겠더군요. 한데 소생이 왜 손해를 봐야 합니까?"

"그, 그건?"

이모백은 딱히 반박할 말이 없었다.

평소 이모백은 더 악랄하게 행동했으면 행동했지 덜하지 않았다.

"자, 자네는 정파의 고수가 어찌 이리 악독하게 행동한단 말인가?"

"흥, 악독이란 말이 이 대인의 입에서 나올 줄은 몰랐군요. 소생은 돈을 벌 수 있다면 무조건 잘게 쪼개서 팔 겁니다."

"으으."

이모백은 치를 떨었다.

기무결은 정말 그렇게 하고도 남을 위인이었다.

三

화은설은 가만히 옆에서 지켜보고 있었다.

그녀는 이모백이 쫄딱 망한 것이 그렇게 통쾌할 수 없었다. 지금까지 이모백으로 인해 고통을 당한 사람들을 생각하면 인과응보였다.

그때 문득 기무결이 은근한 목소리로 말했다.

"만약 소생이 그들에게 관용을 베푼다면 이 대인은 소생에게 무얼 해줄 수 있습니까?"

"그, 그렇게만 해준다면 평생의 은인으로 여기겠네."

"먼저 소생에게 무얼 해줄 수 있는지 물었습니다."

기무결은 이번에 반드시 확인할 것이 있었다.

그건 바로 이모백에게 화씨세가의 본가를 풍비박산 내달라고 청부한 사람들이 누구인지 알아내는 것이었다.

기무결은 처음 전표 전쟁을 벌일 때부터 이때를 염두에 두고 몰아붙였다.

화은설을 끊임없이 죽이려는 자들이 누구인지 알아낼 수 있
는 기회는 지금밖에 없었다.

"기회는 딱 한 번입니다."

"무, 무얼 말인가?"

"무림맹에서 이 대인에게 청부한 걸 알고 있습니다. 정확히
누가 청부를 한 겁니까? 설마 아니라고 말할 거라면 그냥 이대
로 나가세요."

"나, 나는……."

이모백은 그런 적 없다고 말하려고 하다 그냥 나가라는 기무
결의 말에 입을 꾹 닫고 말았다. 그제야 기회가 딱 한 번이란 말
이 무슨 뜻인지 알아차렸던 것이다.

화은설은 난데없는 기무결의 말에 소스라치게 놀랐다.

"오빠, 그게 갑자기 무슨 말이에요? 청부라니?"

"그동안 설 매에게 말하지 못한 것들이 있는데, 설 매는 지금
이 일들이 우연히 벌어졌다고 생각해?"

"그, 그럼 그게 아니라는 거예요?"

"이모백은 평소 무림의 세가는 어떤 경우라도 건드리지 않았
어. 때문에 곳곳에 원성이 자자했어도 지금까지 무사히 버틸 수
있었던 것이지. 한데 갑자기 자신의 신념을 깨고 화씨세가를 가
지려 했단 말이야."

확실히 그건 화은설도 이상하게 생각하고 있었다.

"나는 그게 무림맹의 승인이 있었기 때문이라고 보는데 이
대인은 어떻게 생각합니까?"

"으음."

이모백은 식은땀이 흘러내렸다.

기무결이 어떻게 알고 있는지는 모르지만, 확신을 갖고 얘기하고 있었다. 마냥 발뺌하기 어렵다는 뜻이었다.

그렇다고 순순히 말해줄 수도 없는 일이었다.

상대는 무림맹의 정천구룡이다.

비밀을 발설하는 순간 그는 죽은 목숨이나 마찬가지였다.

"그, 그냥 모른 척하면 안 되겠나? 여차하면 자네도 목숨을 부지하기 어려울 걸세."

"길고 짧은 건 재봐야 아는 법이죠."

"으음."

이모백은 빠져나갈 구멍이 보이지 않았다. 비밀을 말하면 정천구룡의 손에 죽을 것이고, 말하지 않으면 네 곳의 처가와 열 명의 자식까지 알거지가 되어 거리에 나앉게 될 것이었다. 이래도 죽으나 저래도 죽으나 죽는 것이 매한가지라면 협상의 여지가 있는 쪽을 선택하는 것이 현명한 일이었다.

"말해줄 수도 있네. 하지만, 나도 최소한 목숨 값은 있어야 할 것 아닌가?"

"삼백만 냥의 어음을 풀어달라?"

"어음 만기일을 한 달만 연장해 줘도 상관없네."

"흥, 기회는 딱 한 번이라고 했습니다. 됐으니까 그냥 돌아가세요."

기무결이 자리에서 벌떡 일어섰다.

"설 매, 우린 그냥 안으로 들어가지."

"예? 아, 예!"

화은설은 엉거주춤 자리에서 일어섰다.

그녀는 지금 충격에 휩싸여 어찌할 바를 모르고 있었다.

처음 기무결이 무림맹의 청부 의혹을 제기했을 때만 해도 뭔가 착각한 것이라고 생각했었는데, 이모백의 표정을 보면 전혀 그렇지가 않았다.

심장이 가빠지고 시간이 정지한 것 같았다.

무림맹이 왜 본가를 없애려고 하는지 이해할 수 없었다.

그녀는 이대로 포기하고 물러설 수 없었다. 조금만 더 이모백을 다그치면 대답해 줄 것 같았다.

하지만 그녀는 끝내 이모백을 다그칠 수 없었다.

지금까지 기무결의 말을 따라서 손해 본 적이 없었기 때문이었다.

이모백은 안색이 하얗게 변했다. 적어도 한두 번의 흥정은 거칠 줄 알았는데 기무결은 그 흔한 흥정 하나 없었다. 이모백은 더 이상 아무것도 협상할 수 없다는 것을 깨달았다. 네 곳의 처가와 열 명의 자식은 살려줄 수 있어도 이모백은 무조건 파멸시키고 말겠다는 의지의 표현인 것이다.

"자네 정말 무서운 사람이군."

"이 대인께 그런 말을 들으니 칭찬으로 알겠습니다."

"자네가 한 약속은 반드시 지켜야 하네."

"누군지 말씀이나 하시지요."

이모백이 두 눈을 질끈 감았다.

"그들은 바로 정천구룡일세."

가히 충격적인 말이었다.

장내는 한동안 깊은 침묵에 휩싸였다.

"방금 그 말 확실한 겁니까?"

"자네가 믿지 못하는 것도 당연하지. 하지만, 내 말엔 일점 거 짓이 없네."

이모백은 혹시라도 기무결이 자신의 말을 믿지 않을까 싶어 걱정했다.

여기까지 와서 굳이 거짓말을 할 이유가 없었지만, 사실 사안 이 사안인만큼 누군들 쉽게 믿으려 할까 싶었다.

하지만 기무결은 그의 말을 믿지 못해서 확인한 것이 아니었 다.

사실 그동안 일들을 떠올려 보면 정천구룡을 짐작할 수 있는 단서가 몇 개나 있었다. 특히, 감찰총국과 결탁한 것이나 육문 칠가를 동원해 영평공주를 죽이려던 것은 정천구룡이 없다면 절대 불가능한 일이었다.

그래도 혹시 모르는 일이었다.

확실하게 확인하고 넘어가서 나쁠 게 없었다.

"혹시 이 대인의 말을 입증할 만한 증거가 있습니까?"

"그들은 용의주도한 자들일세. 풋내기 강호초출도 아니고 증 거를 남길 리 없지 않나? 하지만 내 말은 모두 사실일세. 나도 목숨을 걸고 모두 털어놓았단 말이네."

이모백의 얼굴은 겁에 질려 있었다. 네 곳의 처가와 열 명의 자식을 구하기 위해 진실을 밝히긴 했지만, 정천구룡의 보복이 두려운 건 어쩔 수 없었다.

"흐음."

기무결의 얼굴도 심각하게 굳어졌다.

이모백의 계획이 실패로 돌아간 것이 알려지면 정천구룡이 어떻게 나올지 예측하기 어려웠다.

어쩌면 이번엔 그들이 직접 나설지도 몰랐다.

화은설은 머릿속이 하얗게 변해 있었다.

솔직히 그녀는 이모백이 위기를 모면하기 위해 되도 않는 거짓말을 하고 있다고 생각했다.

그녀의 기억에 정천구룡은 지금까지 그녀에게 싫은 소리 한 번 한 적이 없었다. 더구나 화진악이 죽은 이후 정천구룡이 보호자가 되어 지금까지 그녀를 키워주었었다. 천무서원에 다닐 수 있었던 것도 정천구룡이 전액 학비를 지원해 주었기 때문에 가능한 일이었다. 그런 그들이 화씨세가의 본가를 무너뜨리려 했다면 누군들 믿으려 하겠는가?

"오빠, 이게 다 무슨 소리예요? 나는 하나도 알아들을 수가 없어요."

"그건 당연한 일이야. 나 같았어도 믿기지 않을 테니까."

기무결은 누구보다 놀랐을 그녀를 위로해 주었다.

하지만 아직 놀라기에는 이르다. 이건 겨우 시작에 불과한 것이니 말이다.

"정천구룡이 오래전부터 설 매를 죽이려고 했다면 믿겠어?"

"그, 그건 또 무슨 말이에요?"

"설 매는 나와 처음 만났을 때를 기억해?"

"그걸 어떻게 잊겠어요. 문무서고에서 제가 오빠를 도둑으로 오해를 했고, 잃어버린 책장을 오빠가 찾아주었죠."

화은설은 그때를 떠올리고 달콤하게 웃었다.

"핵심은 그게 아니야. 당시 동영의 인자가 문무서고에 잠입했다가 발각되었었지."

"그랬죠."

"그럼, 그자가 무엇을 노렸었는지도 기억해?"

"벽사검법 아니었나요?"

"후후! 그건 그자가 파놓은 덫에 감쪽같이 걸려들었던 거야. 애초에 그자는 설 매를 노리고 잠입했던 거야."

"뭐, 뭐라구요?"

"청부 대상이 설 매란 소리야. 무림맹에 잠입할 정도의 살수라면 당연히 중원 최고의 실력을 가지고 있어야 정상이지. 한데 어떻게 학인준에게 발각이 되었을까?"

기무결은 예전부터 계속 이상하게 생각하던 것이었다.

무림맹에 무사히 잠입하고 문무서고까지 별 무리 없이 잠입했던 자가 마지막 순간에 정체가 탄로 나고 만 것이다.

상식적으로 말이 안 되는 일이었다.

"서, 설마 그자가 일부러 발각이 되었다는 말을 하려는 거예요?"

"아마도. 그래야 설 매를 밖으로 내보낼 구실이 생기거든."

"마, 말도 안 돼! 그렇다는 건 동영의 인자들을 찾아 나섰던 천무서원의 과제 자체가 함정이었단 말이잖아요."

말을 하다 말고 화은설의 얼굴이 창백하게 변했다.

당시 그녀는 인신매매단에게 납치를 당했었는데, 기무결이 구출해 준 장소가 동영의 인자들의 소굴이었기 때문이었다.

그때에도 이상하단 생각이 들긴 했었지만, 그저 우연의 일치라고 넘어갔었다.

한데, 지금 기무결의 말을 듣고 보니 확실히 이상했다.

그러고 보면 천무서원의 과제 자체가 이상했다.

예전에는 이렇게까지 실기 평가가 많지 않았다. 하지만 올해는 교실에서 공부한 시간보다 밖에서 실기로 대체한 시간이 더 많았다. 심지어 여름방학 때에는 행정 평가를 실기로 대체한 적도 있지 않던가?

"자, 잠깐! 설마 산해관 지부도?"

화은설이 뭔가 깨달은 듯 두 눈이 크게 흔들렸다.

기무결이 무거운 표정으로 고개를 끄덕였다.

"설 매의 생각대로야. 설 매의 성격에 해보지도 않고 입찰을 포기할 리 없겠지. 하지만 그렇게 되면 필연적으로 풍운산장과 마찰이 벌어질 것이고 최악의 경우에는 설 매의 목숨이 위험해지지 않았을까?"

"어, 어떻게 그럴 수가……."

화은설은 다리에 힘이 풀려 비틀거렸지만, 기무결이 재빨리 그녀를 부축해 주었다.

기무결의 말마따나 그녀는 풍운산장과 마찰을 빚었고, 결국엔 전쟁이 벌어지지 않았던가? 철패강과 철위강 형제가 수백 명의 수하를 이끌고 산해관 지부로 쳐들어온 것을 생각하면 지금도 심장이 철렁 내려앉았다.

"저, 정말 그 모든 것이 나를 죽이려고 준비된 함정이란 말이에요?"

"치밀하게 계획된 차도살인지계인 셈이지. 철패강, 철위강 형제조차 자신들이 이용당하고 있는 것을 몰랐을 테니까."

아마 이때부터였을 것이었다.

천무서원을 움직일 수 있는 사람은 정천구룡밖에 없었다.

"이해할 수 없어요. 그들이 왜 나를 죽이려는 거죠?"

"그건 설 매가 한 일과 관련이 있어. 혹시 최근에 전 무림맹주의 죽음에 대해 알아본 적이 있지 않아?"

"일 년쯤 되었을 거예요. 우연히 아빠의 일기장을 발견했는데, 맨 마지막 장이 찢어지고 없더군요. 근데 그걸 어떻게 알았죠?"

"일기장이라……. 그랬군!"

기무결은 이제야 모든 의혹이 풀리는 것 같았다. 정천구룡이 왜 그렇게 화은설을 죽이려고 했는지 알 것 같았다. 사라진 일기장이 드러나면 추악한 전말이 만천하에 알려질 것이 뻔했다. 아마 반역이 임박한 상황에서 그것만큼은 무조건 막아야 했으리라.

화진악의 죽음과 일기장, 그리고 화은설을 중심으로 그동안 벌어졌던 사건, 그리고 주원장과 영락제의 출생의 비밀과 비밀 세력들의 황실을 전복하려는 반역 움직임까지. 그야말로 모든 것이 톱니바퀴 돌아가듯 맞물리고 있었다.

"무슨 일이에요. 뭔데 그러는 건데요?"

"화 대협은 돌아가시기 전에 죽음을 예견하셨던 것 같아. 그리고 그 일기장 안에 화 대협의 죽음과 관련된 비밀이 숨겨져 있을 테고."

쿵!

화은설은 시간이 정지된 것 같았다.

머릿속이 하얗게 비고 숨결이 거칠어졌다. 질끈 깨문 입술에서 피가 흘러내렸지만, 정작 화은설은 고통조차 느끼지 못했다.

五

제갈무외를 중심으로 일곱 명의 사람이 모여 있었다.

세상은 그들을 일컬어 정천팔룡이라 불렀다.

천하에 아무 거칠 것 없이 지내왔던 그들의 얼굴이 지금만큼은 그 어느 때보다 무겁게 가라앉아 있었다.

"아무래도 이모백이 전표 전쟁에서 패한 것 같소."

"맹주, 그게 정말이오?"

"십만 냥의 어음을 막지 못해 이모백의 모든 사업체와 지부가 기무결 그자의 손에 넘어갔다고 하오."

"꿍! 이게 가능한 소리요?"

"이모백은 상단 사냥꾼으로 천하에 따를 자가 없거늘 어떻게 돈지랄 싸움에서 패할 수 있냔 말이오."

이모백의 자산 규모가 무려 천만 냥이 넘는다.

기무결이 겨우 십만 냥으로 이모백의 재산을 모두 차지했다는 소리는 말도 안 됐다. 한 달도 안 되어서 기무결의 재산이 천만 냥 넘게 불어난 셈이었다.

천하가 뜨겁게 진동하고 있었다.

이모백이 전표 전쟁에서 패한 것보다 기무결의 재산이 도대체 얼마인지 궁금하게 느끼는 사람이 더 많을 정도였다.

더 이상 일초무적자의 이름은 회자되지 않았다.

천무천상대제.

무공으로는 그 능력이 하늘에 닿고 상재의 능력 역시 하늘에 닿았으니 이를 두고 무상대제라 일컬었다.

정천팔룡은 이를 갈았다.

무엇보다 화나는 건 이번에도 그들의 계획을 방해한 사람이 기무결이라는 사실이었다. 이게 도대체 몇 번째인지 몰랐다.

그들은 이젠 기무결의 '기' 자만 들어도 경기가 일어날 판이었다.

특히 뇌강은 속에서 열불이 치밀어 미치고 팔짝 뛸 노릇이었다. 아무래도 살수천자의 보물을 찾은 게 틀림없었다. 그런데도 아닌 척 거짓말로 자신을 속인 게 아닌가? 그것도 모른 채 뇌강은 헛지랄만 한 셈이었다.

"그나저나 기무결 그놈이 어떻게 알고 무산에 간 건지 귀신이 곡할 노릇이오. 정상적이라면 무림맹으로 복귀하는 것이 맞지 않소?"

"아마 놈은 우리에 대해 뭔가 알고 있는 것 같소."

"그건 또 무슨 말이오?"

"생각해 보면 그렇지 않소? 화은설은 그 당시 기무결의 행방을 전혀 모르고 있었소."

"그랬었지. 우리도 그걸 이용해서 이모백에게 청부를 했던 것이었으니까."

"그렇다면 기무결은 무림맹으로 복귀해서 화은설을 만나야 정상이오. 한데 곧장 무산으로 갔다는 건 무언가 알고 움직였다는 거 외에는 달리 설명할 방법이 없소."

"흐음."

장내의 분위기가 더욱 무겁게 변했다.

제갈무외의 말은 확실히 신빙성이 있었다.

하지만 그렇다고 달라질 것은 아무것도 없었다.

그들은 이미 기무결을 죽이기 위해 육문칠가의 모든 세력을 한자리에 모아놓은 상태였다.

원래는 그들을 복양에 집결시킬 생각이었다. 기무결의 종적이 최종적으로 발견된 곳이 복양이었기 때문이었다.

한데 그게 그만 차질이 빚어진 것이다.

기무결이 하루 사이에 복양에서 수천 리 넘게 떨어진 무산에 나타났던 것이다. 정천팔룡은 경악했다. 도저히 인간의 움직임이 아니었다. 천하의 정천팔룡이라 해도 밤낮 쉬지 않고 달려도 십 일은 걸린다. 그걸 하루 만에 주파한 것만으로도 기무결의 능력이 어느 정도인지를 가늠할 수 있었다.

"육문칠가의 병력은 지금 어디에 있소?"

"사천성 경계에서 맹주의 명령이 떨어지길 기다리고 있는 중이오."

기무결이 이모백을 상대하는 동안 육문칠가의 병력은 멀고 먼 사천성까지 이동했던 것이다. 기무결의 가공할 경공이 그만큼 많은 시간을 벌어준 셈이었지만, 반대로 이모백과의 전표 전쟁에 발목이 묶여 이번에는 육문칠가에 충분히 준비할 시간을 주었다.

제갈무외가 문득 자리에서 일어섰다.

"이제 그만 우리도 갑시다."

"굳이 우리가 나설 필요가 있겠소?"

그들은 이미 소집한 육문칠가의 병력만으로도 충분히 기무결을 죽일 수 있다고 확신했다.

육문칠가의 모든 병력이 모여 있었다. 이는 천하를 상대하고도 남았다. 하물며 기무결 한 명을 상대하는 것은 두말할 나위도 없었다.

하지만 제갈무외는 가볍게 고개를 흔들었다.

"며칠 전에 구파일방의 장문인들이 은밀하게 모였다는 정보가 포착되었소."

"그자들이?"

"그들의 의도야 뻔하지 않소? 분명 우릴 견제하려 들 것이오."

"흐흐, 그 겁쟁이들에게 과연 그럴 용기라도 있을지 모르겠소."

"난 차라리 잘됐다고 생각하오. 이번 기회에 구파일방을 쓸어버리는 것도 나쁘지 않으니 말이오."

극단적인 말들이 서슴없이 튀어나왔다.

정천팔룡 중 구파일방의 눈치를 보는 사람은 아무도 없었다.

그들은 아직 한 번도 세상에 펼쳐 보인 적이 없지만, 각기 고금오대마공과 고금오대정종무공을 익히고 있었다.

第三章

무상대제

一

옛말에 쥐구멍에도 볕 들 날이 있다고 했다.

영영은 지금 그 말을 실감하고 있었다. 화씨세가는 완전히 몰락해서 그 존재감도 찾기 어려웠었다. 오죽하면 본가를 지키던 사람이 초 노 한 명뿐이었을까? 화은설이 화씨세가의 부활을 꿈꾸며 동분서주했지만 상황은 더욱 악화될 뿐이었다.

손님?

그런 게 있을 리 없었다.

일 년이 가도 찾아오는 사람 한 명 없었다. 한때 친하게 지냈던 사람들조차 화씨세가와 엮이는 것을 불쾌하게 생각할 정도였다. 이 넓은 장원이 무덤처럼 을씨년스럽게 느껴졌던 게 한두 번이 아니었다.

하지만 지금은 사람들로 미어터졌다.

그렇게 한 명의 손님이라도 찾아오면 좋겠다고 생각할 때에는 단 한 명도 찾아오는 일이 없더니 지금은 원치 않는데도 천하에서 몰려왔다.

매일 찾아오는 손님의 규모가 수천 명이 넘었다.

사람들이 원하는 건 하나밖에 없었다.

어떻게든 기무결과 친분을 쌓고 관계를 유지해 나가는 것이었다.

원래 그런 법이다. 모진 놈 옆에 있으면 날벼락을 맞기 십상이지만, 잘나가는 사람 옆에 있다 보면 조금이라도 떡고물이 떨어지게 마련이다.

전표 전쟁에서 이모백이 처참하게 깨지고 기무결이 대승을 거둔 직후였다.

이로 인해 천하가 크게 놀랐다.

새삼 기무결의 능력을 다시 생각하지 않을 수 없었다.

기무결은 이미 상계를 평정하다 못해 일국의 나라를 세우고도 남을 만큼의 재화를 쌓은 상태.

사람들이 기무결과 어떻게 해서든 친해지려고 하는 것도 그리 이상한 일이 아니었다.

하지만 하루에 기무결을 만날 수 있는 사람은 몇십 명 정도가 고작이었다. 하늘에서 별을 따는 것보다 경쟁이 치열했고, 그러다 보니 자연스럽게 영영의 어깨에 힘이 잔뜩 들어갈 수밖에 없었다. 그도 그럴 것이 그녀가 사람들의 용무를 확인하고 안내하고 있었다. 물론 기무결을 만날 사람을 정하는 사람도 바로 영영이었다.

일류고수 정도로는 아예 명함도 내밀지 못했다.

상계에서 명성이 자자한 사람도 영영의 눈치를 봐야 했다.

원님 덕에 나발 분다고 기무결 때문에 영영이 크게 출세한 셈이었다.

영영은 그동안 무시당한 것을 풀기라도 하듯 한껏 콧대를 높이 세웠다. 예전이라면 결코 있을 수 없는 일이었다. 영영은 일개 시녀였다. 무림의 고수들과 상계에서 명성이 자자한 사람들에게 일개 시녀 따위가 눈에 들어올 리 없었다.

하나 그건 다른 문파나 세가의 일.

영영은 화씨세가가 어려울 때도 끝까지 의리를 지킨 여인이었고, 기무결과도 각별한 사이였다. 무엇보다 영영의 위치가 지금의 화씨세가의 위세를 대변해 주고 있었다. 일개 시녀의 위치가 어지간한 문파의 장로급보다 더 높았다.

오늘도 화씨세가는 아침부터 전쟁을 치르고 있었다.

길게 장사진을 친 손님 행렬을 보고 영영은 한숨부터 내쉬었다. 예전이라면 감히 상상도 할 수 없는 일이었다.

하지만 그것도 잠시.

그녀는 한 명씩 신분을 확인하고 찾아온 용무를 물었다.

요즘은 꼼수를 부리는 자가 많았다. 어떤 자들은 화은설의 이름을 팔아 기무결을 만나려 했다. 잠시 잠깐 스치듯 만난 것도 인연이랍시고 찾아와 아는 척하는 사람도 많았다. 영영은 어이가 없었지만, 이것이 세상인심이리라.

그야말로 격세지감이 느껴지는 요즘이었다.

화씨세가가 어려울 때는 누구 하나 쳐다보는 사람이 없더니 잘나가기 시작하니까 알아서 기고 있는 것이다.

"설 대협이라고 하셨나요?"

"그러네, 영영 소저! 광동의 설가장이라고 하면 몰라볼 사람이 없다고 자부하네."

"저도 들은 적이 있는 것 같군요."

영영의 기억으로는 광동성에서 손가락 안에 드는 명문정파였다.

예전이었다면 이름을 듣는 순간 바로 허리가 굽혀졌을 것이었다. 어쩌면 감격했을지도 몰랐다.

하지만 지금은 눈빛 하나 변하지 않았다. 별다른 감동도 느껴지지 않았다. 최근에 하도 대단한 사람들만 만나다 보니 면역력이 생긴 것이다.

"이거 죄송해서 어쩌죠? 공자님을 바로는 만나기 어려울 것 같아요."

그녀는 바로 퇴짜를 놓았다.

일 초의 망설임도 없었다.

이것이 바로 화씨세가의 현재 위치였다.

광동성에서 손가락 안에 드는 설가장도 감히 명함을 내밀기 어려운 상태였다.

二

장사진을 이룬 사람들 속에는 익숙한 얼굴도 보인다.

꼬장꼬장하게 생긴 노사태와 절색의 미모를 지닌 세 명의 여인.

그리고 그들 옆에 도포를 입은 젊은 도인이었다.

그들은 바로 기무결과 구룡겁화를 겪은 아미파와 청성파의 주역들이었다.

노사태는 절정사태였고, 세 명의 여인은 아미삼봉이었다. 도사 차림의 청년은 옥기린 양평이었다.

옥기린의 옆에는 낯선 중년인이 있었다.

그는 청성파의 장문인 상경지였다. 그는 검진인이라 불릴 정도로 인품이 고매하고 검법이 뛰어난 도가의 고수였다.

그들의 표정은 하나같이 결연했다.

아미파와 청성파가 화씨세가를 찾아온 것은 일종의 모험이었다.

아마 지금쯤이면 정천팔룡의 귀에 그들의 행보가 들어갔을 터. 분명 보복을 당할 수 있겠지만, 그렇다고 후회하는 건 없었다.

그들은 이번 일에 목숨을 걸었던 것이다.

아쉬운 것은 구파일방이 뜻을 모으지 못했다는 것이었다.

구파일방은 지금 육문칠가와 맞서는 것을 극도로 꺼리고 있었다.

아니, 정천팔룡을 두려워하고 있다는 표현이 정확할 것이었다.

하지만 아미파와 청성파는 기무결과 특별한 사이였다. 그들은 기무결이 도와주지 않았다면 아마 구룡겁화 당시 멸문을 당했을지도 몰랐다.

물론 단순히 그것 때문만은 아니었다.

육문칠가와 감찰총국이 결탁한 이상 암거래 시장과 변황삼패와도 연결되어 있을 가능성이 있었다. 그렇다면 한 점 의혹도 없이 계속 조사를 해야 정상인데, 육문칠가의 명성에 벌써 겁을 먹고 손을 놓고 있는 실정이었다.

정말 한심한 일이었다.

구파일방이 언제부터 육문칠가의 눈치를 보며 몸을 사리기 시작했는지 생각할수록 답답하기 짝이 없었다. 생각하는 것이 이렇게 근시안적일 수가 없었다. 기무결은 육문칠가에 대적할 수 있는 유일한 사람이었다. 한데 만에 하나 기무결이 없어지고 나면 육문칠가의 다음 표적이 구파일방이 될 것은 불을 보듯 뻔한 일이었다.

"허헛, 이것 참! 화씨세가의 위세가 실로 대단하군요."

"그러게 말이에요. 사람들이 이렇게 많이 몰려들 줄은 몰랐어요."

상경지와 절정사태는 장사진을 이룬 사람들을 보며 혀를 내둘렀다. 강호의 경험이 누구보다 풍부한 상경지와 절정사태도 이런 광경은 처음 보는 것이었다. 예전에 화씨세가가 한창 전성기를 구가하고 있을 때에도 이렇게까지 사람들이 찾아온 적은 없었다. 이는 그 예를 찾아보기 어려울 정도로 엄청난 광경이었다.

그때, 양평이 사람들을 헤쳐 가며 영영 앞으로 다가갔다.

"영영 소저, 오랜만입니다. 저를 알아보시겠습니까?"

"아, 양 소협!"

영영이 밝게 웃었다.

어찌 잊겠는가?

그들은 불과 몇 개월 전에 구룡겁화라는 최악의 사태를 겪으며 운명을 같이했던 사이였다. 그녀는 절정사태와 아미삼봉을 알아보고 허리를 굽혀 인사를 했다. 다른 사람들에게는 그렇게 딱딱하기 그지없던 영영이었지만, 이들에게는 본연의 신분으로 돌아와 깍듯하게 예의를 차렸다.

"핫핫! 영영 소저께서 크게 출세하셨군요. 영영 소저의 모습이 보기 좋습니다."

"헤헤! 출세라니 당치 않아요. 메뚜기도 한철이라는데, 언제 이런 경험을 하겠어요."

"푸하하!"

양평은 물론이고 절정사태와 아미삼봉이 크게 웃었다.

"그나저나 영영 소저! 기 공자와 급히 할 말이 있는데, 지금 만날 수 있겠습니까?"

"공자님께서도 아마 반가워하실 거예요."

영영은 바로 그들을 안으로 안내했다.

엄청난 특혜였다.

지금까지 누구도 한 번에 안내된 적은 없었다.

줄을 서서 기다리고 있던 사람들은 부러운 시선으로 양평 일행을 쳐다보았다.

얼핏 보면 아무것도 아닌 일이었다.

하지만 정작 당사자들이 느끼는 감정은 결코 그렇지가 않았다.

양평은 자신이 왠지 특별한 사람이 된 것 같은 착각이 들었고, 자신도 모르게 어깨에 힘이 들어갔다.

그건 수양이 깊은 상경지 역시 마찬가지였다.

그는 자신도 모르게 어깨에 힘을 주었다가 이내 실수를 깨닫고 쓰게 웃었다.

그의 신분에 이게 뭐라고 우쭐댄단 말인가?

'헛헛! 그것참. 선재로다.'

三

상경지 입장에서는 기무결이 까마득한 후배였다.

하나 기무결에게 경외감마저 들었다. 무림의 후배가 존경스럽기는 기무결이 처음이었다.

이제 약관이 갓 지난 청년이 무림은 물론이고 상계마저 평정한 것이다. 오죽하면 사람들이 무상대제라고 부를까.

그건 무상의 존경이 담겨 있는 표현이었다.

절정사태 역시 마찬가지였다.

하지만 그녀가 느끼는 감정은 상경지와는 조금 달랐다. 그녀는 문득 아쉬운 눈빛으로 아미삼봉을 쳐다보았다.

그녀는 내심 아미삼봉의 짝으로 기무결을 점찍어둔 것이다.

아미삼봉도 기무결에게 호감을 갖고 있었다. 그건 단순히 구룡겁화를 해결하고 아미파를 구해주었기 때문은 아니었다.

그래서였다.

절정사태가 중간에 매파 노릇을 하면 아미파에 일대 경사가 생길 것 같았다.

아미삼봉은 아직 불문에 귀의한 것이 아니었다. 아미파의 역대 조사 중에서도 불문에 귀의하기 전에 결혼한 적이 있었던 사람이 여럿 있었다. 때문에 장문인이 될 것이 아니라면 굳이 불문에 귀의시키지 않았다.

그래서였다.

아미삼봉의 명성이 천하를 진동하고 있고 그녀들의 미모는 짝을 찾기 어려울 정도로 빼어나서 어지간한 남자는 눈에 들어오지도 않았다. 수많은 무림의 청년 기협 역시 아미삼봉을 마음속에 품고 있었다. 심지어 어떤 자들은 그녀들의 얼굴을 한 번 보기 위해 금남의 구역인 아미산에 기웃거릴 정도였다.

아미삼봉 역시 콧대가 높기로 유명했다.

조예린은 난파풍검법을 십성의 경지까지 익히 무림의 여걸. 성격은 온화하지만, 절정사태를 닮아 악을 원수처럼 미워했다.

둘째인 심약란은 채찍을 귀신같이 써서 천라비웅편이라는 별호가 생겨날 정도였다.

마지막으로 아미삼봉의 막내인 부옥교는 천하의 재녀로 이름이 높았다. 그녀는 아미파의 시조인 곽양 조사가 재림했다고 할 정도로 아미파의 비전절기들을 두루 성취했고, 빠른 진전을 이루었다.

그녀 중 누굴 기무결과 짝을 맺어주어도 전혀 아깝지 않았다. 천하의 재녀를 짝으로 맞을 수 있으니 기무결도 결코 거절하지 않으리라 생각했었다.

한데 그녀의 계획은 시작도 하기 전에 물거품이 되고 말았다. 기무결은 이미 화은설을 선택한 상태인데다 지금 같은 상황에서는 기무결의 짝으로 아미삼봉 정도는 눈에 들어올 것 같지도 않았다. 아미삼봉이 제아무리 천하의 재녀로 이름이 높다 하나 기무결에 비할 바는 아니었다.

그래서일까?

아미삼봉의 안색이 평소보다 어두워 보였다.

절정사태는 고개를 좌우로 흔들었다.

'쯧쯧, 이것도 다 인연인 것을…….'

퍼뜩 정신이 들었다.

한가하게 사랑 타령이나 하고 있을 때가 아니었다.

그녀는 지금 무림을 구하기 위해 기무결을 찾아온 이상 사적인 감정은 일체 배제하고 기무결과 천하를 논해야 하는 것이다.

무엇보다 그들은 육문칠가에 비해 엄청난 전력의 열세에 놓여 있었다.

육문칠가가 태양이라면 그들은 반딧불에 불과하다. 육문칠가가 백만대군이라면 그들은 고작 만 명도 안 되는 전력인 것이다.

애초에 싸움 자체가 되지 않았다.

힘 센 어른과 갓난아이와의 싸움이라 해도 전혀 부족함이 없었다.

구파일방이 모두 힘을 뭉치면 그나마 삼사 할 정도의 승산이 있겠지만, 고작 아미파와 청성파만이 모인 지금은 단 일 할의 승산도 없었다.

화은설의 두 눈에 핏발이 섰다.

그동안 그녀는 살아도 사는 것이 아니었다. 사람들의 온갖 수모와 손가락질을 받아야 했고, 차가운 시선과 더러운 벌레 대하듯 하는 사람들의 태도에 얼마나 많은 눈물을 흘리고 또 마음의 상처를 받았는지 몰랐다.

하지만 무엇보다 화은설이 견딜 수 없었던 건 그토록 자상하고 위대하던 아버지가 한순간에 파렴치한 자가 되었다는 것이었다.

십여 년 전에만 해도 화씨세가는 천하제일의 세가였다.

화진악은 당대 무림맹의 맹주로 수많은 사람의 존경을 한 몸에 받았었다.

군자무적!

당시 화진악을 일컬어 많은 사람이 부르던 이름이었다.

화진악의 인품과 무공이 얼마나 대단했는지 마도와 사파의 고수들까지 탄복했다는 말이 나돌 정도였다.

그랬던 그가 마약에 찌든 위선자였고, 기녀들과 변태적인 행위를 하다 죽은 가군자였으니 그 충격은 말로 표현하기 어려울 만큼 엄청난 것이었다.

사람들이 분노한 것은 어쩌면 당연한 일이었다. 속은 것이 분했고, 더러운 실체에 참을 수 없었다. 분노는 곧 저주로 변해 두고두고 화은설을 괴롭혀 왔다.

화은설은 평생을 속죄하는 기분으로 살아야만 했다. 화진악을 원망하기도 했었다. 하루에 열 번도 더 죽고 싶단 생각이 들었었다. 그래도 어디 가서 하소연을 할 수도 없었다. 세상에 그녀의 편은 단 한 명도 없었으니까.

한데, 화진악의 죽음이 어쩌면 정천구룡과 연관되어 있을지도 모른단다.

화은설은 피가 거꾸로 솟는 듯한 기분이었다.

정천구룡을 용서할 수 없었다.

그들이야말로 철저히 세상을 속인 위선자요 가군자였다.

그들을 숙부라 부르며 따랐던 것을 떠올리면 당장에라도 토악질이 나올 것 같았다.

하나 그전에 화진악이 왜 그런 식으로 죽음을 택해야만 했는지, 그리고 그의 죽음 속에 숨겨진 비밀이 무엇인지 밝혀내는 것이 먼저였다. 화진악의 억울한 누명을 풀어주지 못하면 정천구룡의 위선을 만천하에 알릴 수도 없었다.

"찢어진 일기장을 찾아야 해!"

그것만이 유일하게 모든 의문을 풀어줄 수 있을 것이었다.

한편, 기무결은 한 손으로 턱을 괴고 생각에 생각을 거듭했다.

그의 표정은 어느 때보다 심각하게 변해 있었다. 이모백이 실패한 이상 이번만큼은 정천팔룡이 가만히 참고 있을 것 같지 않았다.

무엇보다 기무결과 육문칠가는 복양에서 한 차례 격돌을 한 상황.

그렇다면 자신을 잡기 위해서라도 복양에서보다 더 많은 병력으로 밀고 들어올 가능성이 높았다.

당시 육문칠가의 전력은 상상을 초월했었다. 개개인이 하나같이 뛰어난 고수들이었기에 그 위력은 더 무서웠다. 기무결은 패배 직전까지 몰렸다가 때마침 사령신단이 완전히 녹으면서 가까스로 이길 수 있었다.

하지만 두 번의 요행은 기대하기 어렵다.

어찌 그렇지 않겠는가?

육문칠가는 더 많은 병력으로 밀고 들어오는 만큼 아마 준비도 더욱 철저히 했을 것이었다. 그때가 여덟 개 문파였다면 이번엔 육문칠가가 모두 가세했을 테니 말이다. 그에 비해 기무결은 여전히 혼자였다.

두 번째 격돌은 승산이 없었다.

아무리 무공이 강해도 천하를 상대로 이길 수는 없는 법이다.

그래도 어느 정도 대비는 하고 있을 생각이었다.

아미파와 청성파에서 찾아온 것은 기무결이 한창 고민하고 있을 때였다.

五

생사를 같이한 사이였다. 만난 횟수는 두어 번 정도밖에 되지 않지만, 그들 사이에는 특별한 교감이 있었다. 그들은 어제 만났다가 헤어진 사람들처럼 반가운 표정으로 서로의 안부를 물었다. 대청에는 웃음꽃이 만발했다.

"기 공자, 여긴 검진인 상경지 상 대협이네. 그리고 상 대협! 여긴 기 공자입니다."

기무결과 상경지는 서로 초면이었다.

절정사태가 중간에서 서로를 소개시켜 주었다.

"아! 청성파의 장문인이시군요. 검진인의 명성은 익히 들었습니다."

기무결은 후배 된 입장에서 먼저 포권을 하고 예를 취했다.

상경지는 결코 태만히 인사를 받을 수 없었다. 비록 그가 일파의 장문인이고, 무림의 대선배라 해도 기무결은 이미 무림과 상계를 평정한 기인인 것이다.

"헛헛! 나야말로 무상대제로 명성이 자자한 기 공자를 직접 대면할 수 있어서 무상의 영광으로 생각하네."

"무상대제요?"

"아직 듣지 못했는가?"

기무결이 고개를 끄덕였다.

그건 화은설도 마찬가지였다.

"하긴, 원래 소문이란 당사자의 귀에 가장 늦게 들어가는 법이지."

상경지가 빙그레 웃었다.

"천무천상! 무공으로는 그 능력이 하늘에 닿고 상재의 능력 역시 하늘에 닿았다고 해서 무상대제라고 한다네."

"끙! 이거 몸 둘 바를 모르겠군요."

기무결은 겸연쩍은 표정을 지었다.

대제란 황제를 지칭하는 말.

무림에서 대제란 칭호는 거의 주어지지 않거니와 간혹 붙는다 해도 신분이나 나이가 지극한 사람에게 붙는 것이 그동안의 관례였다. 그도 그럴 것이 무림에서 명성을 얻고 세력을 만들려면 대부분 수십 년은 훌쩍 지나야 가능하기 때문이었다.

이제 겨우 약관이 지난 기무결에게 대제란 별호가 붙기에는 확실히 흔치 않은 일이었다.

그 이후 가벼운 덕담이 오고 갔다가 화제가 전표 전쟁으로 이어졌다.

"정말 소문처럼 이모백이 십만 냥의 어음을 막지 못해 망한 것인가?"

"후후! 그렇습니다. 소생이 모든 전장을 꽉 쥐고 있는 통에 이모백은 돈을 빌릴 곳이 없었지요."

"그럼, 이모백의 모든 재산과 사업체가 십만 냥 때문에 기 공자의 손에 들어온 것이고?"

"소생이 전표 전쟁에 쓴 돈은 칠백만 냥이 넘습니다만, 십만 냥을 제외하고 모두 회수했으니 결과만 놓고 보면 그런 셈이지요."

기무결은 담담한 목소리로 말했지만, 듣는 사람들은 기절초풍할 지경이었다.

"치, 칠백만 냥!"

금액이 너무 커서 비현실적인 기분마저 들었다.

그걸 아무렇지 않게 말하는 기무결이 사람처럼 느껴지지 않았다.

"기 공자의 혜안이 참으로 대단하네. 이모백이 화씨세가를 집어삼키려는 건 어찌 알고 대비한 건가?"

"그게 무슨 말입니까?"

"자네가 복양에서 무슨 일을 했는지 아네. 그리고 우리가 자넬 찾아온 것도 그게 걱정이 되어서이고."

"육문칠가 말입니까?"

절정사태와 상경지가 고개를 끄덕였다.

"정천팔룡은 무너진 자존심을 회복하기 위해서라도 반드시 자네를 죽이려고 들 걸세."

"알고 계셨습니까?"

"육문칠가는 예전의 의기를 잃고 변질된 지 오래일세. 그들은 언제부터인가 자신들의 눈 밖에 난 자를 살려둔 적이 없다네."

"각오하고 있던 일입니다."

"어? 자네도 알고 있었나?"

절정사태와 상경지가 두 눈을 크게 치떴다.

그들은 기무결이 모르고 있는 줄 알고 경고해 주기 위해 찾아온 것이 아니던가?

하나 오히려 그들은 기무결의 입에서 경천동지할 말을 들었다.

"육문칠가의 실체는 두 분께서 생각했던 것보다 훨씬 더 추악합니다."

"그건 또 무슨 말인가?"

"두 분께서는 이모백이 왜 화씨세가를 집어삼키려고 했는지 아십니까?"

"그게 우리도 의아하게 생각하고 있던 일일세."

"이모백의 뒤에 정천팔룡이 있었습니다. 그자들이 청부를 해서 화씨세가를 무너뜨리려고 했던 것이지요."

"맙소사!"

"그자들이 왜?"

절정사태와 상경지는 신음했고, 아미삼봉과 양평은 비명에 가까운 소리를 내질렀다. 아무리 육문칠가가 변질되었고, 정천 팔룡이 타락을 했어도 이건 아니었다.

"하지만 이건 모두 사실입니다. 이모백이 모든 것을 자백했으니까요."

기무결은 그동안 있었던 일을 자세히 말하기 시작했다. 문무서고에 동영의 인자가 잠입했던 일, 그리고 그 이후로 천무서원에서 내려진 과제들과 화은설에게 발생했던 일들까지. 아직은 모든 것이 심증에 불과할 뿐 결정적인 증거는 없었다. 하나 이모백의 자백이 나온 터라 결코 한쪽으로 넘겨 버릴 수도 없었다.

"화 대협의 죽음은 조작된 겁니다."

六

충격의 여파는 실로 컸다.

대청에는 한동안 무거운 침묵만이 감돌았다.

이건 애초에 절정사태와 상경지가 생각했던 것보다 훨씬 심각한 상황이었다.

육문칠가는 단순히 복양에서의 실패를 만회하는 데 그치는 것이 아니라 모든 전력을 기울여 기무결과 화씨세가를 제거하려 들 것이 뻔했다.

"아미타불!"

"무량수불!"

탄식이 터져 나왔다.

죽음보다 더한 두려움의 기운이 엄습했다.

육문칠가는 밖으로 드러난 전력 말고 숨겨진 힘이 더 무섭다는 소문이 있다.

일각에서는 육문칠가에서 무림십대보검을 가지고 있다고 했고, 일각에서는 절대 익혀서는 안 되는 고금오대마공을 익혔다고 말하는 자도 있었다. 그런 것들이 단순히 소문으로 그치면 좋겠지만, 예로부터 불길한 기운은 언제나 적중한다고 하지 않던가?

절정사태와 상경지는 이미 확신하고 있었다.

원래 육문칠가의 전력은 강하다.

구파일방이 모두 힘을 합쳐도 고작 삼사할 정도의 승산밖에 없다.

한데, 여기에 무림십대보검이 더해지고 고금오대마공마저 가세한다면 호랑이가 날개를 단 것만으로는 설명이 안 된다. 이건 계란으로 바위를 치는 것이 아니라 계란으로 산을 부수려 하는 격이 될 것이었다. 승리하는 건 고사하고 시체마저 온전히 찾을 수 있을지 미지수였다.

"이젠 위험을 감수하고서라도 무림십대보검과 고금오대마공마저 사용하려 들겠군."

"정천팔룡이라면 충분히 그러고도 남을 겁니다."

육문칠가 입장에선 화진악을 죽였다는 것이 알려지는 것보다 차라리 무림십대보검의 실체가 알려지는 것이 낫다.

그야말로 사생결단의 심정인 셈이었다.

이래서는 단 일 할의 승산도 없었다.

설령 구파일방의 힘을 전부 한데 끌어모은다 해도 과연 얼마나 도움이 될 수 있을지도 미지수였다.

절정사태와 상경지가 한숨을 내쉬었다.

"이젠 구파일방의 힘만으로는 어림도 없겠군."

"휴! 자네에게 말하기 부끄럽지만, 구파일방은 나서지 않을 걸세. 그들은 육문칠가의 눈치를 보는 데 급급한 겁쟁이들이거든."

'그렇군.'

그제야 기무결은 아미파와 청성파가 화씨세가에 찾아온 것이 단순한 방문이 아니라 목숨을 건 일이라는 것을 깨달았다.

"사태님과 상 대협께서는 이만 돌아가십시오. 이건 소생과 육문칠가 사이의 전쟁입니다."

"자네 무슨 말을 그리하는가?"

"우릴 겨우 목숨이나 구걸하는 소인배로 생각하고 있었나? 불쾌해서 참을 수가 없군."

절정사태와 상경지가 자리에서 벌떡 일어섰다.

그들은 기무결이 당장 사과를 하지 않으면 한바탕 싸움을 벌일 기세였다.

기무결은 급히 허리를 굽혀 용서를 구했다. 고맙다느니 미안하다느니 그런 자질구레한 말들은 필요 없었다. 같이 죽고 같이 살겠다는 결의. 이것이야말로 강호에서 가장 중요하게 생각하는 의리였다.

절정사태와 상경지는 그제야 노기를 풀고 자리에 앉았다.

"우리가 자넬 도우려는 건 단순히 의리 때문이 아닐세. 육문칠가를 견제할 수 있는 사람은 지금 현재 자네가 유일하네."

"육문칠가에서 자네를 제거하고 나면 그다음 표적은 아마 구파일방이 되겠지."

그건 기무결도 같은 생각이었다.

정파를 평정한 다음에는 그 눈을 마도로 돌리려 할 것이다.

'자, 잠깐! 마도라고?'

기무결의 머릿속에 무언가 번쩍 스치고 지나갔다.

第四章

지존맹의 탄생

一

확실히 어려운 상황이었다.

기무결이 그동안 겪었던 힘들고 위험천만했던 상황들이 우습게 느껴질 정도였다.

풍전등화라는 말로도 설명이 부족했다. 육문칠가는 강하고 아군은 약했다. 수적으로도 절대적인 열세에 놓여 있어서 무엇 하나 상대가 되지 않는다.

희망이란 단어가 보이지 않는 상황이었다.

원래 한 사람이 다수의 적을 상대로 싸우는 건 결코 쉬운 일이 아니다. 하물며 적들 개개인이 강하다면 말해 무엇하겠는가?

결국 다수의 어른이 한 명의 어린아이를 상대하는 꼴이었다.

지금까지는 그랬다.

하지만 만약 육문칠가를 따로따로 상대한다면 어떨까?

그때는 충분히 승산이 있었다.

다수의 적이 수적인 우세를 이용하지 못하게 만드는 방법이 있다.

그건 바로 적들을 좁은 곳으로 유인해서 한 명씩 나서게 만드는 것이다.

그 좋은 예가 바로 좁은 골목이다. 만약 한 사람이 겨우 지나갈 수 있는 골목에서 싸운다면 적들은 수적인 우위를 전혀 이용할 수가 없게 되고, 나는 일대일로 싸우는 것 같은 효과를 누리게 될 것이다.

이를 다른 표현으로 말한다면 각개격파라고 할 수 있다. 적들은 모여 있지만 나는 한 명씩 각개격파하듯 상대할 수 있으니 말이다.

바로 이것이다.

다수의 적을 상대로 이길 수 있는 방법은 어떻게 각개격파를 할 수 있는 상황을 만드느냐 하는 것일 터.

그건 육문칠가라고 다를 것 없었다.

육문칠가가 한데 모이면 천하의 기무결이라 할지라도 자신이 없었다.

하지만 일단 그들을 뿔뿔이 흩어놓고 하나씩 상대할 수만 있다면 충분히 승부를 걸어볼 만했다.

'바로 그거다.'

기무결은 자리에서 벌떡 일어섰다.

그는 절대 피하거나 도망치지 않았다.

최악의 상황에 직면했지만, 오히려 정면 대결을 예고했다.

전략은 기발할 정도로 확실하다. 다른 사람들에게는 두려움의 대상일지 모르나 기무결에게 뿔뿔이 흩어진 육문칠가는 그리 무서운 존재가 아니었다.

문제는 육문칠가를 어떻게 흩어놓느냐일 것이었다.

그들이 바보가 아닌 이상 순순히 기무결의 뜻에 따라줄 리 없었다.

하나 의외로 그들을 흩어놓는 건 생각보다 그리 어려운 일은 아니었다.

마도!

정파와 마도가 예로부터 세불양립이라는 건 세 살 먹은 어린 아이들도 알고 있는 일.

그들은 태생적으로 공존할 수 없는 사이였다.

그리고 기무결에게는 마황성과 풍운산장, 그리고 천왕세가가 있었다.

예전부터 기무결은 정파백도보다는 마도의 사람들과 더 마음이 통했고, 인연도 깊었다.

철산호는 계속 기무결을 사위 삼지 못해 안달이었고, 마황칠패는 마황성의 차기 성주로 삼으려고 눈독을 들였다. 천왕세가는 또 어떤가? 왕혜령은 수많은 청년 기협의 구애를 뿌리치고 오직 기무결을 짝사랑하고 있었다.

그들이 도와만 준다면 충분히 위기를 기회로 바꿀 수 있었다.

기무결은 즉시 이목을 열고 사방에서 들려오는 목소리에 정신을 집중했다.

기무결이 처음 사령신단을 흡수하고 신화경의 경지에 올라섰을 때 수십 리 떨어진 곳의 소리까지 들을 수 있었다.

그것만 해도 사실 엄청난 일이었다.

그 누구도 기무결의 능력을 따라갈 수 없었다.

초극지경에 오른 석대공의 능력이 고작 백 장 정도 떨어진 곳의 소리를 듣는 것이 고작이니 말이다.

하지만 지금의 기무결은 그때보다 공력이 더욱 깊어지고 정순해져서 정신만 집중하면 백 리 이상 떨어진 곳의 소리도 가능했다.

그리고 예전엔 사방팔방에서 밀려들어 오는 소리들을 제어하지 못했었다.

하나 지금은 매일 연습을 하고 수련을 한 덕분에 음파를 차단할 수도 있었고, 자신이 원하는 목소리만 따로 들을 수도 있었다.

기무결은 지금 마황칠패를 찾으려 했다. 자신을 차기 마황성주로 삼으려 동창의 제독과 신경전까지 벌였던 자들이었다.

그렇다면 분명 이곳 무산까지 따라올 거라 확신했다.

과연 기무결의 생각은 적중했다.

마황칠패는 백여 리 떨어진 곳에 있었다.

그 정도 거리면 대충 사천성과 섬서성 경계에 있는 마풍리란 곳이었다.

"소생은 잠시 어디 좀 갔다 오겠습니다."

그렇지 않아도 사람들은 어리둥절한 표정으로 기무결을 쳐다보고 있었다.

그도 그럴 것이 기무결이 갑자기 자리를 박차고 일어난 다음 아무 말도 없이 계속 침묵에 잠겨 있었기 때문이었다.

기무결은 길게 설명할 시간이 없었다.

그는 사람들에게 양해를 구한 다음 재빨리 밖으로 나왔다. 그러고는 땅을 박차고 하늘 위로 날아올랐다.

쉬이이잉!

기무결의 몸이 한 마리 새가 되어 순식간에 사람들 시야에서 사라지고 말았다.

二

마황칠패가 마풍리에 온 것은 이틀 전 일이었다.

그들은 이곳에 내려오면서 기무결과 이모백의 전표 전쟁을 들을 수 있었다.

그야말로 귀신이 곡할 노릇이었다. 어찌 그렇지 않겠는가? 기무결은 복양에서 그들과 헤어지고 불과 하루 만에 무산에 나타나 이모백과 전표 전쟁을 벌인 것이다. 그에 반해 그들은 쉬지 않고 달려왔지만, 십 일을 내리 달려서야 겨우 이곳에 도착할 수 있었기 때문이었다.

그들은 기무결의 가공할 경공에 혀를 내둘렀다.

이건 도저히 사람의 능력이라 할 수가 없었다.

설마 쌍둥이라도 있는 것일까?

그들은 기무결에게 묻고 싶은 것이 많았지만, 선뜻 무산에 들어서지 못하고 있었다.

그들이 이곳까지 내려오면서 상인 행렬을 만났고 표사들의 표행을 지나쳐 왔었는데, 어쩐지 느낌이 이상해서 은밀하게 조사를 했다.

조사 방법은 의외로 간단하다.

상인 행렬과 표사들의 행렬 중에서 가장 인상이 깊었던 자들의 얼굴을 그려 마황성에 보내는 것이었다. 마황성에는 정보만 취급하는 조직이 있다. 이곳에서는 무림맹은 물론이고 육문칠가에 관련된 모든 정보를 취급한다. 심지어 한 번도 무림에 나온 적이 없는 자들의 인상착의와 신상내력까지 꿰고 있었다.

이틀을 기다려서야 마황성에서 답변이 내려왔다.

그자들은 육문칠가의 고수였다. 마황칠패는 어느 정도 예상하고 있었지만, 다들 깜짝 놀라지 않을 수 없었다. 그 정도 행렬이면 거의 모든 전력이 나섰다고 해도 무방했다. 마황칠패가 마주친 것은 상인 행렬과 표행 두 개밖에 되지 않았지만, 그것만으로도 충분히 다른 문파들의 상황도 예상할 수 있었다.

"형님 생각에 육문칠가가 이런 식으로 위장을 해서 무산으로 몰려오는 이유가 무엇일 것 같수?"

"그거야 뻔하지 않느냐? 복양에서 진 빚을 갚기 위해서겠지."

"정말 쥐새끼 같은 놈들이로구나! 명문정파라는 것들이 음험하게 뒤에서 수작이나 부리려 하다니. 다들 육문칠가의 짓거리를 지켜만 볼 거유?"

육정수는 연신 씩씩거렸다.

이건 빈대 한 마리 잡자고 초가삼간을 태우겠다는 것과 다를 바 없었다.

기무결에게 당한 것이 아무리 치욕적이었다고 해도 그렇지 육문칠가에서 모든 전력을 동원하는 건 매우 불공평한 일이었다.

"으음."

누구도 선뜻 육정수의 질문에 대답하지 못했다.

마황칠패는 기무결을 자신들의 손자처럼 아끼고 좋아했다. 또한 차기 마황성주로 밀고 있을 만큼 각별하게 생각하고 있었다.

하지만 육문칠가에서 모든 전력을 동원한 이상 자신들이 나선다 해도 별다른 도움이 되지 못할 것이었다. 그렇다고 마황성이 도와주기에는 이미 너무 늦었다. 마황성이 전력을 꾸리고 무산에 도착했을 때는 이미 모든 전쟁이 끝나고 난 뒤일 것이었다.

'허허! 정녕 방법이 없는 것인가?'

그들이 길게 탄식을 터뜨릴 때였다.

저 멀리 하늘에서 작은 점이 보이는가 싶더니 순식간에 자신들을 향해 들이닥치는 것이 아닌가?

"억?"

마황칠패는 그 가공할 속도에 대경실색했다.

빨라도 너무 빨랐다.

불과 눈을 한 번 감았다가 떴을 뿐이었다.

그 찰나의 시간에 작은 점이었던 것이 사람의 형상으로 변하더니 이내 그들 앞으로 떨어져 내렸다.

쿵!

세찬 바람이 마황칠패를 훑고 지나갔다.

옷자락이 펄럭거리고 머리카락이 마구 흩날렸다.

마황칠패는 공력을 일으켜 대항하려 했지만, 끝내 칠팔 보 뒤로 밀려나고 말았다.

육정수와 만검비는 천왕세가에서 이미 이런 경험을 한 적이 있어서 그리 놀라지 않았다. 천하에 이런 능력을 가진 사람은 오직 한 명.

바로 기무결밖에 없었다.

하나 나머지 다섯 명은 귀신이라도 본 사람처럼 얼굴이 딱딱하게 변했다.

"아, 아니, 자네는?"

놀랄 만도 했다.

한 마리 새처럼 하늘을 날아온 것도 믿기지 않지만, 이 무지막지한 힘은 상상을 초월했다. 그야말로 항거불능이었다. 일곱 명의 마황칠패를 밀어낼 만한 힘이 존재하리라고는 꿈에서조차 생각하지 못한 일이었다.

기무결은 그들에게 포권을 취했다.

"노선배님들께 부탁이 있어서 찾아왔습니다."

三

집 떠난 여우를 잡는 건 돌아올 집을 없애 버리면 간단하다.

육문칠가가 와심상담 복양의 치욕을 씻기 위해 모든 병력을 일으켰다는 건 무림맹이 거의 텅텅 비어 있다는 소리.

마황성이 모든 전력을 기울일 필요도 없었다.

그저 가볍게 병력만 일으켜도 충분히 접수가 가능한 일이었다.

그랬다.

이것이 바로 기무결의 전략이었다.

마황성과 풍운산장, 그리고 천왕세가 등에서 천하에 소문을 내고 병력만 살짝 일으켜도 육문칠가는 화들짝 놀라 무림맹으로 회군할 수밖에 없다.

"그러니까 네 말은 그냥 시늉만 해달라는 뜻이냐?"

"그렇습니다. 굳이 전쟁을 벌일 필요는 없습니다. 놈들을 상대하는 건 제가 합니다."

기무결은 이를 갈았다.

이제 육문칠가와는 같은 하늘 아래 공존할 수 없는 사이였다.

그렇다면 아예 두 번 다시 재기할 수 없도록 철저히 짓밟아주는 것이 세상 불변의 법칙일 것이다.

"허허!"

"이것 참."

마황칠패는 웃어야 할지 울어야 할지 갈피를 잡지 못했다. 육문칠가가 무슨 어린애들도 아니고 아무리 각개격파를 한다고 해도 혼자서 싸울 수 있는 상대가 아니었다.

하지만 기무결의 눈빛은 단호했다.

마황성이 그리고 마도가 도와주는 건 육문칠가가 지금의 병력을 풀고 무림맹으로 돌아가도록 만들어주는 것뿐이었다.

'이 아이, 결코 농담이 아니다.'

'진짜로 육문칠가와 전쟁을 벌이려는 거야.'

마황칠패는 기무결의 배짱에 절로 허리가 굽혀질 지경이었다.

아무리 대범한 자라도 이런 식의 결심은 결코 할 수 없었다.

"흐흐, 역시 네 녀석은 평범하지 않아."

"우리도 마침 육문칠가 놈들이 하는 짓거리가 마음에 들지 않던 참이다."

"한데 말이다. 우리가 설령 병력을 일으켜 육문칠가가 무림 맹으로 돌아갔다고 치자. 그렇다고 각개격파를 할 수 있는 건 아니지 않느냐?"

육문칠가는 천하 곳곳에 흩어져 있다.

그들은 오래전부터 그 지역의 패자로 명성을 떨쳐 왔다.

기무결이 말한 각개격파는 천하에 흩어진 육문칠가를 찾아가 하나씩 상대하겠다는 것이었다.

하지만 정천팔룡은 무림맹에 있고, 육문칠가의 전력도 대부분 무림맹에 남아 있다. 결국 그들이 무림맹에 있는 이상 육문 칠가를 이기는 건 어렵다고 봐야 한다. 마황칠패가 지적한 것도 바로 이것이었다.

"그것도 생각해 둔 것이 있습니다."

기무결은 일초의 망설임도 없었다.

"정천팔룡과 무림맹에 남아 있는 전력을 밖으로 끌어낼 계책이 있다는 것이냐?"

"무림맹을 아예 산산조각 내서 없애 버릴 생각입니다. 그럼 그자들이 뿔뿔이 흩어지지 않고는 버틸 수 없겠지요."

"뭐, 뭐라구?"

마황칠패의 경악성이 하늘 높이 울려 퍼졌다.

무림맹을 산산조각 낸다니.

어이가 없어서 말이 나오지 않을 정도였다.

그들은 지금 기무결이 무슨 말을 하는지 알고 말하는 것인지 묻고 싶었다.

四

백대마가!

백중십천마가!

이 두 개의 단어가 실질적으로 마황성을 지탱하고 있었다.

백대마가는 마도의 유력한 가문과 문파를 말하는 것이고, 백대마가 중에서도 가장 강한 열 개의 문파를 가리키는 것이었다.

풍운산장과 천왕세가가 바로 백중십천마가 중 한 곳이었다.

그리고 지금 이들이 천하 곳곳에서 일어나 무림맹으로 향했다.

소문이 퍼지는 건 순식간이었다.

―마황성이 무림맹을 치려고 한다.

천하가 크게 요동쳤다.

당금 무림은 군웅대회를 앞두고 정파와 마도는 손을 잡고 평화의 감정으로 나아가던 중이지 않았던가?

이런 상황에서 전쟁을 예상한 사람은 아무도 없었고, 그 놀라

움과 두려움은 이루 말할 수 없을 정도였다. 무림을 걱정하는 사람이 있는가 하면 마황성이 중원무림을 배신했다며 욕을 하는 사람도 있었다.

정천팔룡은 당장 발등에 불이 떨어진 격이었다.

그들은 육문칠가의 모든 전력을 동원해 무산으로 향하던 중이었다.

무림맹은 그야말로 무주공산의 상태였다. 마황성에서 굳이 백대마가와 백중십천마가를 전부 동원할 필요도 없는 것이다.

"으으, 석대공 이 찢어 죽일 놈!"

정천팔룡은 이를 갈아붙이며 회군을 결정했다.

자칫 잘못하면 뒤쪽에서는 기무결이 쫓아오고 앞쪽에서는 마황성이 공격해 올지도 몰랐다. 설령 그게 아니더라도 이건 자존심 문제였다. 무림맹을 이런 식으로 빼앗기면 육문칠가는 설 자리를 잃는 것이다.

"이번 기회에 마황성 이 잡것들을 싸그리 밀어버리고 말 테다."

정천팔룡은 오히려 잘 됐다는 생각마저 들었다.

마황성과 마도는 언제나 눈엣 가시였다. 그동안 그들을 먼저 치고 싶어도 세상 이목 때문에 그러지 못했었는데, 이게 웬 떡인가 싶었다.

하지만 세상만사 자신들의 뜻대로 움직이는 건 하나도 없었다.

그것이 기무결과 마황성의 양동작전이라는 것을 알기까지는 그리 오랜 시간이 걸리지 않았다. 정천팔룡이 육문칠가의 전력을 이끌고 무림맹으로 돌아오자 당장에라도 전쟁을 벌일 것 같은 기세로 진군하던 백대마가와 백중십천마가가 자신들의 거처로 돌아갔던 것이다.

정천팔룡은 울화가 치밀기도 하고 어이가 없기도 했지만, 그렇다고 다시금 병력을 이끌고 무산으로 향할 수는 없었다.

그들은 이번에 확실히 느낀 것이다. 마황성이 버티고 있는 이상 육문칠가의 모든 힘을 기울여 기무결을 치는 건 절대 있을 수 없다는 사실을 말이다. 지금은 거짓으로 전쟁을 일으키는 척했어도 다음에는 진짜로 전쟁을 일으키지 말라는 법이 없는 것이다.

"기무결 네 이놈! 좋아하기에는 아직 이르다. 겨우 조금 더 살 기회를 얻었다 여기거라."

그들은 이것이 기무결의 머리에서 나온 것이라는 것은 느낌으로 알 수 있었다. 기무결을 죽이기 위해서는 다른 대책이 필요하다는 것을 깨달았다.

五

정마지존!

누군가의 입에서 시작된 것인지 모르지만, 사람들은 어느 순간부터 기무결을 정마지존이라 부르기 시작했다.

일초무적자에 이어 무상대제.

그리고 정마지존까지.

기무결의 별호는 점점 진화하고 있었다.

검제니 도황이니 무림에서 황제란 이름으로 통하는 별호는 종종 있어왔었다. 이것도 무상의 영광이긴 하지만, 그리 특별할 것은 없다는 뜻이다.

하나 정파와 마도의 지존을 가리키는 정마지존은 고금 이래 기무결이 처음이었다.

정파와 마도는 세불양립.

물과 기름처럼 도저히 섞일 수 없는 사이였다.

하물며 정파와 마도를 동시에 아우를 수 있는 사람은 단 일 초도 존재한 적이 없었다.

그래서 더 특별했다. 기무결은 지금 누구도 걷지 못한 길을 걸어가고 있는 것이다.

사람들은 과연 기무결의 별호가 어디까지 진화할 수 있는지 궁금해했다. 얼굴을 보면 그 사람의 인생을 알 수 있듯 별호에 그 사람의 업적이 담겨 있었다. 그동안 누구도 이루지 못한 일 들을 척척 해낸 기무결의 행보에 초미의 관심이 쏠리는 건 어쩌 면 당연한 일인지도 몰랐다.

기무결을 중심으로 구파일방과 마황성이 모여들고 있었다. 사람들은 그들을 정마지존 곁에 모인 사람들이라 해서 정마지 존맹이라 불렀다. 하지만 이름이 길고 번거롭다 해서 그냥 지존 맹이라 불렀다.

그것이 지존맹의 탄생 비화였다.

시작은 아주 우연한 계기로 비롯된 것이었다.

무언가 거창하게 목적의식을 가지고 만들어진 것이 아니었 다.

하지만 그것이 무림의 전설과 신화를 써 내려가는 시금석이 될 줄은 그때만 해도 누구도 생각하지 못했다.

그리고 그 시작은 마황성의 무림맹 공격과 육문칠가의 회군에서 비롯되었다.

사실 그때까지도 구파일방은 육문칠가의 눈치를 보며 선뜻 결단을 내리지 못하고 있었다. 아미파와 청성파가 기무결을 찾아가 가세한 것을 알면서도 그들은 여전히 육문칠가와의 전쟁을 두려워하고 있었다. 특히, 육문칠가가 사생결단의 마음으로 모든 병력을 무산 주위로 끌어모으는 것을 알고 잔뜩 겁을 먹고 있었다.

그들이 보았을 때 기무결은 이미 끝난 목숨이었다.

그 어떤 방법으로도 육문칠가의 분노를 피할 수 없어 보였다.

한데 이게 웬걸?

기무결은 마황성을 움직여 아주 간단한 방법으로 육문칠가의 포위망을 풀어버리는 것이 아닌가?

이는 그 누구도 생각하지 못한 일이었다.

기발하다 못해 어이가 없을 정도로 황당한 일이었다.

하지만 탁월한 계책이기도 했다.

오죽하면 정천팔룡이 황망한 표정으로 무림맹으로 돌아갔을까.

그제야 구파일방은 마음의 결정을 내렸다.

지금이 아니면 영원히 육문칠가의 야욕을 꺾을 수 없다는 것을 말이다.

가장 먼저 화산파가 결단을 내렸고, 다음은 공동파가 그 뒤를

이었다. 그렇게 시작된 것이 소림사를 마지막으로 구파일방이 전부 기무결에게 모여들게 된 것이다.

마도에서는 가장 먼저 마황칠패가 합류해 있었다. 그러다 뒤늦게 풍운산장과 천왕세가가 가세를 했고, 석대공이 무산으로 오면서 정점을 찍었다. 그들은 모두 기무결과 크고 작은 인연이 있는지라 누구보다 적극적이었다.

화씨세가는 졸지에 지존맹의 본단으로 변했다.

그 넓고 큰 장원이 몰려드는 구파일방과 마도의 고수들로 인해 비좁게 느껴질 정도였다. 가끔 여기저기서 충돌이 일어나곤 했다. 시끌벅적하고 화끈한 것을 좋아하는 마도와 번잡한 것을 싫어하는 구파일방. 하나부터 열까지 모든 것이 다르다 보니 충돌이 일어날 수밖에 없었다.

하나 그때마다 기무결이 직질히 중재에 나섰다.

기무결의 존재는 절대적이었다.

어느 한쪽으로 치우치지 않고 합리적이면서도 공평무사한 중재는 두말할 나위도 없거니와 누구도 그의 말에 이의를 제기하지 않았다. 아마 기무결이란 거대한 산이 없었다면 처음부터 지존맹은 탄생하지도 않았을뿐더러 설령 탄생을 했다 해도 얼마 가지 않아 모래성처럼 무너져 버렸을 것이었다.

화은설은 하루하루 정신없이 보냈다. 그녀는 주인 된 입장에서 손님들을 배려하고 편하게 지낼 수 있도록 신경 쓰지 않을 수 없었다.

그녀는 누구보다 지존맹을 반기는 입장이었다.

육문칠가에 그리고 정천팔룡에게 복수할 수 있는 방법은 지존맹밖에 없었다.

그녀는 억울하게 죽어간 화진악의 복수를 위해서라도. 그리고 지난 십여 년 동안 온갖 수모와 치욕을 당하며 살아온 자신의 복수를 위해서라도 지존맹의 힘이 필요했다.

六

각개격파의 장은 마련된 셈이었다.

이제 남은 건 정천팔룡을 무림맹에서 끌어내는 것이었다.

육문칠가의 병력을 철수시키는 것이 첫 번째 계책이었다면 정천팔룡을 무림맹에서 끌어내는 것이 두 번째 계획.

기무결은 곧바로 두 번째 계책을 실행했다.

방법은 생각보다 간단하다.

기무결에게는 있고, 무림맹에는 없는 것.

그건 바로 돈이었다.

빈 수레가 요란하다고 무림맹은 엄청난 위용과 압도적인 모습에 비해 만성적인 자금 압박에 시달려 왔었다.

멀쩡한 형산을 깎아 수백 개의 전각을 세우고 인공호수를 만드는데 돈 몇 푼으로 해결될 리 없는 것이다. 그런 것들이 건설 당시 엄청난 비용을 초래하게 만들었다. 무림맹은 자금이 부족해서 몇 년 동안 공사가 멈춰진 적도 있었고, 자금을 만들려고 무리하게 어음을 남발하는 바람에 천하무림이 엄청난 고역을 치렀었다.

당시 무림맹은 규모를 줄여야 한다는 여론을 무시하고 끝까지 밀어붙여서 공사를 완공하긴 했지만, 백 년이 지난 지금도 당시 발행한 어음을 다 갚지 못한 건 천하가 알고 있는 일이었다.

무림맹은 이 부분을 가장 민감하게 여기고 있었다.

어지간히 대담한 사람조차 감히 이 문제를 입 밖으로 언급하지 못할 정도였다.

이는 당시 기무결이 보물지도를 들고 처음 형산을 찾았다가 사람들에게 들었던 말이었다. 그때에는 보물이 있는 자리에 무림맹이 있다고 절망했던 기억이 있었는데, 지금 와서 이런 식으로 도움이 될 줄은 미처 생각하지 못한 일이었다.

기무결은 당시 무림맹이 발행한 어음을 사들였다.

규모는 백만 냥이 조금 안 되는 수준으로 기무결에게는 그야 말로 어린애 푼돈에 불과했다.

하지만 만성적인 적자에 시달리고 있는 육문칠가 입장에서도 상당한 부담으로 작용할 것은 불을 보듯 뻔한 일. 만에 하나 육문칠가에서 제때에 갚지 못하면 이모백의 사업체를 빼앗았듯 무림맹을 손에 넣을 수 있는 것이다.

"네놈들이 이모백을 시켜서 써먹으려던 수법이다."

기무결은 정천팔룡이 구사했던 방법으로 고스란히 되돌려 주었다.

만기 이틀 전에 어음을 뿌렸다.

그와 더불어 대부분의 전장에 압력을 가해서 무림맹은 물론이고 육문칠가에서 그 어떤 담보도 받을 수 없게 만들었다.

무림맹은 발칵 뒤집어졌다.

기무결이 대놓고 어음을 돌렸는데, 만기가 불과 이틀밖에 남지 않은 상황.

그들은 제대로 한 방 얻어맞은 기분이었다. 설마 기무결이 이런 식으로 반격을 해올 줄 그 누가 짐작이나 했겠는가?

이가 득득 갈린다.

하나 당장 발등에 불이 떨어진 격이었다.

이대로 어음을 막지 못하면 무림맹이 기무결의 손에 넘어가게 될 것이었다.

그들은 이모백의 악몽이 떠올랐다.

돈지랄 싸움에서 기무결을 당할 자가 없었다.

이모백이 맥없이 나가떨어졌으니 육문칠가는 두말할 나위도 없다.

그나마 다행인 것은 무림맹은 만성적자에 허덕여 건설 당시 발행한 어음 외에는 다른 빚은 없다는 것이었다. 그건 곧 백만 냥 정도의 어음만 막으면 무림맹을 지켜낼 수 있다는 뜻이었다.

하지만 시간이 너무 촉박했다.

엄청난 재력을 가진 사람도 이틀 만에 백만 냥을 마련하는 건 그리 쉽지 않은 일이다. 하물며 모든 전장에서 등을 돌린 지금은 말해 무엇하겠는가?

그렇게 정천팔룡이 속수무책으로 전전긍긍하고 있을 때였다.

은밀하게 그들을 찾아온 자가 있었다.

삼십 대 청년이었다. 학창의를 입고 손에 부채를 들고 문사건을 쓴 모습이 영락없는 책사의 모습이었다.

그랬다.

그는 바로 범죄 자문 책사였다.

정천팔룡 중에서도 범죄 자문 책사의 존재를 아는 사람은 몇 명 되지 않았다.

제갈무외를 비롯해서 두어 명 정도가 전부였다.

하지만 다들 그의 소문은 들어서 알고 있었다.

범죄에 도통해서 누구도 그의 적수가 되지 못하고 천하를 농락하길 제집 다니듯 우습게 여기는 인물.

그의 존재는 그 어떤 극강의 고수보다 무섭고 두려운 것이었다.

"좀처럼 모습을 드러내지 않던 선생께서 친히 여긴 어쩐 일이시오?"

제갈무외가 극진한 모습으로 청년을 영접했다.

"후후! 무림맹이 어려움을 겪는 걸 보시고 회주께서 걱정이 이만저만 큰 것이 아니외다."

"면목이 없소이다. 번번이 회주를 실망시켜 드려서……."

"상대가 기무결 그자라면 어쩔 수 없지요."

청년이 천하에서 유일하게 인정하는 사람이 기무결이었다.

기무결과 청년이 만난 건 딱 한 번이었다.

한데도 그는 세상에 다시없을 숙적이라는 것을 느꼈었다.

"그렇다고 그리 걱정할 일은 아닙니다. 기무결의 수는 훤히 보이니까요."

"수가 보인다니 그게 무슨 말이오?"

"후후! 기무결은 지금 각개격파를 펼치기 위해 육문칠가를 갈기갈기 흩어놓으려는 것입니다."

범죄 자문 책사가 신비로운 표정으로 웃었다.

그는 기무결의 마음속에 들어갔다 나온 것처럼 모든 것을 줄줄 꿰고 있었다.

第五章

범죄 자문 책사

一

정천팔룡 사이에서 한차례 소동이 일었다.

그들의 얼굴엔 불쾌한 표정이 가득했다. 농담으로라도 이건 자신들을 무시하는 소리였기 때문이었다.

"선생, 농담이 과하시오."

"기무결 그놈이 육문칠가를 각개격파하려 한다고?"

"그걸 지금 말이라고 하는 것이오?"

청년은 태연한 표정으로 말했다.

"소생의 생각엔 기무결의 판단은 정확합니다. 여기에 모인 분 중에 기무결이 각개격파를 한다면 과연 감당할 수 있는 분이 계십니까?"

"이익?"

정천팔룡이 크게 분개한 표정으로 씩씩거렸지만, 그렇다고 누구 하나 자신 있게 대답하는 사람은 없었다.

사실이 그러했다.

기무결은 이미 복양에서 그 힘을 증명했고, 육문칠가의 정예 고수들이 몰살당한 것이다.

오죽했으면 기무결 한 명 잡으려고 정천팔룡이 육문칠가의 모든 힘을 동원해서 무산까지 밀고 들어갔을까.

하지만 이건 자존심 문제였다.

그들은 모두 초극강의 고수.

천하가 몰려와도 두렵지 않았다.

한데, 기무결 한 명 때문에 전전긍긍한다는 것을 인정하고 싶을 리 없는 것이다.

"그래서 선생이 하고 싶은 말이 무엇이오?"

"겨우 우리를 깎아 내리고 기무결 그놈을 높이고 싶어 여기에 찾아온 것은 아닐 것 아니오?"

청년이 빙그레 웃으며 자신의 손바닥을 펴 보였다.

"후후! 벼룩이 뛰어봐야 어디로 가겠습니까? 기무결이 뛰어봐야 소생의 손바닥 안이라는 뜻입니다."

광오하기 짝이 없는 소리였다.

하나 청년은 이미 기무결과 한 차례 맞대결에서 승리한 전적이 있었다. 기무결에게 가짜 정보를 흘려 유인한 다음 함정을 파놓고 기다렸던 것이 바로 그것이었다.

청년의 계획은 완벽했고, 기무결은 감쪽같이 속았었다.

지하 통로를 무너뜨려 확실하게 죽였다고 생각했었는데, 명줄이 고래심줄보다 더 질긴 것인지 그 속에서 살아 나올 줄은 꿈속에서조차 짐작하지 못한 일이었다. 그것이 옥에 티라면 옥에 티였지만, 청년의 사전에 두 번의 실패는 없었다.

그런 사연들을 알고 있기에 정천팔룡이 재빨리 표정을 고쳤다.

"무슨 묘안이라도 있는 것이오?"

"거창하게 묘안이라고 할 것까진 아니고 그저 조그만 잔꾀라고 해두겠습니다."

그야말로 자신감의 발로였다.

청년은 기무결 따위는 안중에도 없었다.

"기무결은 결코 쉬운 상대가 아닙니다. 절세적인 무공도 무공이지만, 어마어마한 재산이 더욱 무섭게 느껴지는 것이 현실이지요."

모든 전장이 눈치를 보고 있으니 말 다 한 셈이었다.

더구나 지금은 지존맹까지 있었다. 정상적인 방법으로는 도저히 기무결을 어떻게 할 수 있는 상황이 아니었다.

정면대결도 마찬가지였다.

기무결이 버티고 있는 지존맹의 힘은 무시무시한 수준이었다.

단숨에 육문칠가는 물론 무림맹의 수준을 뛰어넘은 것이다. 설령 기무결과 지존맹 연합과의 전쟁에서 이긴다 해도 그 피해는 이루 말할 수 없을 정도로 심할 것이 뻔했다. 그 상태로는 반역을 일으켜 황실을 전복시킬 여력이 없었다.

그래도 파고들 틈은 있었다.

가진 게 많으면 지켜야 할 것도 많은 법.

기무결은 조금만 피해를 입어도 많은 재산을 잃을 수 있다. 일단 그거면 된다. 쫄딱 망하게 하는 건 당장은 어렵겠지만, 더 이상 갑질을 하지 못하게 만드는 것 정도는 자신이 있었다.

"그, 그러니까 지금 기무결과 전표 전쟁을 벌이겠다는 뜻이오?"

정천팔룡이 눈살을 찌푸렸다.

솔직히 기무결과 돈지랄 싸움을 벌이는 건 자살행위나 마찬가지였다.

지금까지 알려진 기무결의 재산은 이천만 냥이 넘는다. 그렇다는 건 세간에 알려지지 않은 재산은 더 많을지도 몰랐다.

전표 전쟁?

이모백도 탈탈 털린 마당에 돈지랄 싸움으로 기무결을 이길 수 있는 자는 세상에 아무도 없다고 해도 과언이 아니었다.

하나 청년은 눈 하나 깜빡하지 않았다.

"후후! 전쟁이란 표현은 좀 우습군요. 놈을 탈탈 털어서 가루로 만들어 버릴 생각입니다."

단호한 말투.

여유로운 눈빛.

청년은 자신에 차 있었다.

정천팔룡은 청년의 무서운 능력을 알고 있었다. 그가 저토록 확신을 가지고 얘기를 한다는 건 그만큼 믿는 구석이 있다는 뜻이었다.

"그, 그게 정말이오?"

"놈이 이모백에게 했던 것처럼 그대로 되갚아줄 수만 있다면 더 이상 바랄 것이 없겠소."

"후후! 아마 그 이상을 보게 될 겁니다."

그들은 놀란 입을 다물 수 없었다.

이건 단순히 전표 전쟁을 벌이겠다는 것이 아니었다.

기무결을 탈탈 털어주겠다는 건 아예 일방적으로 데리고 놀겠다는 소리.

상대가 다른 사람도 아닌 기무결이기에 더 놀라운 말이었다.

정천팔룡은 새삼 청년의 능력에 감탄하지 않을 수 없었다.

"계책이 무엇이오?"

"선생의 고견을 듣고 싶소."

정천팔룡이 앞다투어 물었고, 청년이 천천히 입술을 떼고 말을 하기 시작했다.

二

천하제일로는 성에 차지도 않는다.

청년은 고금제일의 책사를 꿈꾸고 있었다.

그런 그에게 기무결의 능력이 눈에 들어올 리 없었다. 기무결이 이모백의 재산을 천만 냥 넘게 빼앗았다면 그는 적어도 이천만 냥 정도는 되어야 겨우 체면치레한다고 생각했다.

그리고 그건 자신이 있었다.

그것도 기무결이 가장 자신 있어 하는 분야에서 정면 승부를 벌여서 확실하게 짓밟아줄 생각이었다.

"예전에는 어떻게 살아났는지 모르지만, 이번에는 확실히 네놈의 숨통을 끊어주마."

쓸데없는 오기나 만용이 아니었다.

어차피 돈지랄 싸움에선 자금력만 충분하면 된다.

그들에겐 암거래 시장이 있었다. 거기에서 생겨나는 돈은 상상을 초월할 정도로 많다. 지하로 흘러들어 오는 검은 돈은 대부분 암거래 시장을 통한다고 봐도 무방하다.

하지만 워낙 기무결의 재산이 무지막지하다 보니 암거래 시장만으로는 안심할 수 없었다.

차선책이 있었다.

부족한 자금은 변황삼패에게 충당할 생각이었다. 막대한 자금을 얻는 반면 위험부담도 있었다. 자신들이 변황삼패와 관련이 있다는 게 알려지면 천하의 공분을 살 수 있기 때문이었다.

민심을 잃으면 정작 기무결을 무너뜨려도 얻는 게 별로 없다.

하나 자금이 넉넉하지 못하면 애초에 전표 전쟁을 시작하지 않느니만 못한 결과가 나올 것이 뻔하다.

"지금부터 시장에 엄청난 돈을 풀 생각입니다. 이자를 거의 받지 않으면 너 나 할 것 없이 돈을 빌려 가겠지요."

"그게 무슨 말이오?"

"기무결과 싸우는 것이 아니었소?"

"후후! 우리의 목표는 일단 시장을 붕괴시키는 데 있습니다."

"이건 뭔가 궤변 같군. 시장에 돈을 푸는데 시장을 붕괴시킨다니 이게 말이 되는 소리요?"

정천팔룡인 이해하지 못해 계속 고개를 갸웃거렸다.

"백성들은 돈이 많이 생기면 흥청망청 쓰게 될 겁니다. 그렇게 되면 물가가 올라가겠지요. 그렇게 계속 돈이 시장에 풀리면 돈의 가치는 하락하게 될 것이고, 물가는 지속적으로 오를 겁니다."

상당히 심오한 얘기였다.

정천팔룡은 이런 쪽으로는 상식이 많지 않아서 한 번에 이해하진 못했다.

그 와중에도 청년의 이야기는 계속 되고 있었다.

"바로 그때 우리가 시장에 푼 돈을 모조리 회수한다고 생각해 보십시오. 그럼 어떤 일이 벌어지겠습니까?"

"물가가 올라가 있을 테니 아비규환이 벌어지겠군."

"바로 그것입니다. 돈은 없는데 물가는 비싸다면 여기저기서 곡소리가 터져 나오겠지요. 굶어 죽는 백성들이 속출할 겁니다. 그런 상황이 계속 지속되다 보면 결국 시장이 붕괴하고 백성들의 삶은 파탄이 나고 말 겁니다."

한마디로 대명제국이 붕괴할 수도 있다는 소리였다.

물가가 떨어지다 보면 상인들은 손해를 보고 물건을 팔아야하는데, 미치지 않고서야 계속 손해를 보면서까지 장사를 할 리 없었다.

그렇다는 건 물가 하락에 생산 중단까지.

최악의 상황이 모조리 겹치는 셈이었다. 지금 황실의 능력으로는 붕괴된 시장을 살릴 만한 힘이 없었다.

그렇다고 이런 상황을 계속 수수방관하고 있을 수도 없다.

백성들의 삶이 도탄에 빠지면 가장 먼저 원망을 받는 대상은 황실이었다.

결국 그들은 백성들을 살리기 위해서는 누군가에게 도움을 구할 수밖에 없다.

그리고 십중팔구 동창과 영평공주는 자신들과 깊은 인연이 있는 기무결에게 도움을 청할 게 뻔했다. 하지만 그때쯤이면 돈의 가치가 엄청나게 하락을 해서 기무결 역시 막대한 타격을 입고 있을 터였다.

"그럼, 결국엔 우리도 손해를 보는 거 아니오?"

"흐흐, 그렇지가 않습니다. 시장에서 물건을 구할 수 없다면 사람들은 어디로 물건을 사러 오겠습니까?"

"암거래 시장이겠지."

"바로 그겁니다. 우리에겐 암거래 시장이 있지 않습니까?"

"아!"

정천팔룡이 탄성을 터뜨렸다.

그야말로 엄청난 계책이었다. 이건 손해를 보는 게 아니라 무조건 돈을 갈퀴로 긁어 오는 일이었다.

시장에 뿌린 돈은 모두 회수하면 된다.

그리고 돈의 가치가 하락한 만큼 암거래 시장에서 만회할 수 있었다.

그에 반해 기무결은 돈의 가치가 하락하는만큼 자산 규모가 줄어들 테니 당하는 입장에서는 분통이 터지고도 남을 일이었다. 예를 들어 천만 냥의 재산이 순식간에 오백만 냥 정도의 가치로 줄어든다면 그 속이 어떨까?

아마 새카맣게 타들어가다 못해 죽고 싶을 정도의 심정이 될 게 틀림없었다.

게다가 황실의 부탁을 외면하지 못하고 도와주는 날엔 어쩌면 쫄딱 망할 수도 있었다.

이건 일개 한 사람이 나선다고 회복할 수 있는 성질의 것이 아니었다. 밑 빠진 독에 물을 붓는 것처럼 기무결은 돈을 쏟아붓는 족족 잃기만 하게 될 것이기 때문이었다.

그래서였다.

최대한 많이 돈을 확보하고 있어야만 했다.

위험을 무릅쓰고서라도 변황삼패에서 자금을 충당하려는 이유였다.

시장에 돈을 많이 풀면 풀수록 그들에게 유리한 싸움이었다. 그리고 물가를 왕창 올렸다가 폭삭 떨어뜨렸을 때의 강도가 크면 클수록 기무결이 받는 타격도 높아질 것이었다.

'흐흐, 이건 무조건 내가 이기는 싸움이다.'

이제 시작이었다.

청년은 토끼몰이를 하듯 기무결을 사냥할 준비를 끝마쳤다.

三

만기어음 공격은 끝내 수포로 돌아갔다. 정천팔룡은 마지막 날 해가 거의 질 무렵이 되어서야 돈을 모두 갖고 어음을 막았던 것이다. 얼핏 보면 간신히 어음을 막은 것 같아 보였지만, 기무결의 생각은 달랐다. 오히려 평소 심각한 자금 압박에 시달리던 무림맹의 상황을 고려하면 상당히 의외의 일이었다.

고작 삼 일 안에 백만 냥을 동원했다?

이는 돈을 쌓아놓고 사는 자에게도 결코 쉬운 일이 아니다.

하물며 전형적인 무인들인 정천팔룡이나 육문칠가는 두말할 나위도 없는 것이다.

"누군가 도와준 것이 틀림없다. 그것도 상당히 셈이 밝은 자가 틀림없어."

육문칠가와 암거래 시장이 밀접한 관련이 있다고 했으니 어쩌면 그곳에서 흘러들어 온 돈일 가능성이 높았다.

기무결은 무척 아쉬워했다.

이번에 무림맹을 손에 넣고 육문칠가를 뿔뿔이 흩어버릴 수 있을 줄 알았다.

두고두고 아쉬운 일이었다. 무림맹을 손에 넣어야 하는 이유가 단순히 육문칠가를 각개격파하기 위해서만은 아니었다.

그 안에 있는 사천만 냥의 돈도 찾아야만 했다.

하지만 이래서는 무림맹에 다시 들어가는 것조차 쉽지 않아 보였다.

지금 가진 재산이 이천만 냥.

그것만으로도 기무결은 천하제일 부자가 되었지만, 여기서 만족할 수 없었다.

금광은 아직 채굴할 단계가 아니고 육문칠가를 각개격파하는 과정에는 최대한 많은 돈이 필요했다. 힘으로 육문칠가를 상대하는 데엔 한계가 있다. 힘도 힘이지만, 막대한 돈을 퍼부어 양동작전을 벌이면 육문칠가는 속수무책으로 무너질 것이 뻔했다.

한데 이 계책을 펼쳐 보이기도 전에 봉쇄당한 셈이었다.

기무결은 이게 단순히 만기어음을 갚은 것으로 끝났다고 생각하지 않았다.

왠지 누군가 자신의 의도를 알고 움직였다는 느낌을 지울 수 없었다.

"혹시 그자가?"

기무결은 범죄 자문 책사를 떠올리며 눈살을 찌푸렸다.

四

때론 눈으로 보지 않아도 사실이란 확신이 들 때가 있다.

지금이 바로 그런 경우였다.

기무결은 범죄 자문 책사를 떠올리며 눈살을 찌푸렸다.

갑자기 머리가 지끈거려 오기 시작했다. 그자가 개입했다면 생각보다 상황이 복잡해지기 때문이었다.

일진일퇴의 공방전이었다.

기무결이 마황성과 마도를 끌어들여 육문칠가를 물러서게 만들었다면 범죄 자문 책사는 무림맹을 손에 넣으려던 기무결의 계획을 무력화시켰다.

겉으로 봐서는 누구도 선뜻 이득을 취했다고 볼 수 없었다.

하지만 엄밀하게 보면 기무결의 피해가 더 컸다.

그건 상대가 다른 사람도 아닌 범죄 자문 책사이기 때문이었다. 그자의 성격에 단순히 만기어음을 막는 것으로 끝내지는 않을 터.

어떤 식으로든 자신을 무너뜨리려고 암수를 뻗어올 것이 확실했다. 문제는 범죄 자문 책사가 어떤 식으로 자신을 공격해 올지 가늠할 수 없다는 것이었다.

기무결은 누구보다 임기응변이 뛰어나고 꾀가 많았다.

하지만 이번만큼은 예외였다. 아무리 생각을 해도 뾰족한 묘수가 떠오르지 않았다.

무엇보다 범죄 자문 책사에 대해 알고 있는 것이 없었다.

우선 그자의 이름도 모르고 있었다. 어디에 살고 있는지, 신분은 무엇이며 출신 내력은 어떤 것인지. 그런 것들을 알아야 대응할 방법도 찾을 수 있다. 그자가 예전처럼 함정을 파놓고 자신을 유인할지, 아니면 정면 승부를 걸어올지, 그것도 아니면 전혀 다른 방법으로 접근해 올지 예측조차 할 수 없었다.

결국 기무결이 할 수 있는 건 육문칠가를 공격하는 것밖에 없었다.

하지만 이마저도 무림맹을 손에 넣는 데 실패한 지금은 각개격파를 시도할 수조차 없었다. 모든 것이 봉쇄당한 상황. 기무결의 고민이 점점 더 깊어질 수밖에 없는 대목이었다.

"하아!"

어느새 창문 너머로 동이 떠오르고 있었다. 밤을 새워 고민했지만, 끝내 별다른 소득도 얻지 못했다.

기무결이 머리를 식히기 위해 밖으로 나오자 차가운 새벽 공기가 불어왔다.

때는 서서히 늦가을로 접어들 무렵이었다. 바닥에는 서리가 내리고 아침저녁으로 일교차가 크다.

하나 이미 한서불침의 기무결에게 늦가을의 차가운 바람은 시원하게 느껴질 뿐이었다.

"내가 너무 어렵게 생각하는 걸까?"

쉬운 일도 너무 어렵게 생각하면 복잡해지게 마련이다.

처음부터 차근차근 문제를 되짚어보고 방법을 강구하다 보면 괜찮은 생각이 떠오를지도 몰랐다.

五

기무결이 생각을 정리할 요량으로 전각을 나왔다.

연무장과 정원 할 것 없이 공간이 있는 곳에는 천막이 펼쳐져 있었다.

아무래도 화씨세가에는 구파일방과 마황성의 고수들이 모두 지낼 수 있는 방이 부족했다. 그러다 보니 연무장 등에 천막을 치고 지낼 수밖에 없었던 것이다.

구역도 둘로 나누었다. 동쪽에는 구파일방 등 정파의 고수들, 그리고 서쪽에는 마황성 등 마도의 고수들이 지내고 있었다.

정파와 마도의 고수들은 서로의 성격이 달라도 너무 달랐다. 정파의 고수들은 조용하고 점잖은 것을 좋아했고, 마도의 고수들은 시끌벅적한 것을 좋아했다. 마도의 고수들은 매일 밤 고기를 굽고 술을 먹으며 시끄럽게 떠들어댔다. 그에 반해 구파일방 쪽에는 불가와 도교 계통이 많다 보니 대부분 조용하게 참선을 하거나 수련을 하는 분위기였다.

달라도 너무 달랐다. 그러다 보니 자주 마찰을 빚곤 했었는데, 구역을 둘로 나눈 이후로는 골치 아픈 일이 벌어지는 빈도가 현격하게 낮아졌다.

그들은 서로의 거처에서 각자 취향이나 식성에 따라 음식을 해 먹고 있었다. 지금만 해도 곳곳에서 밥을 하고 음식을 만들기 위해 분주하게 움직이는 모습을 볼 수 있었다.

기무결은 잠시 복잡한 생각을 접어두고 그들을 둘러보기 시작했다. 가장 먼저 찾아간 곳은 구파일방이 머물고 있는 동쪽 진영이었다. 이곳은 산을 등지고 있어서 고고한 기운을 풍기고 있었다. 여러모로 구파일방의 분위기와 어울렸다.

아직 이른 시간인데도 대부분 수련을 하거나 참선을 하고 있었다.

왠지 긴장감마저 느껴졌다. 어쩌면 육문칠가와의 전쟁을 앞두었기 때문인지도 몰랐다.

기무결은 구파일방의 장문인들을 찾아가 차를 마시며 담소를 나누었다. 처음엔 인사를 하기 위해 찾아온 자리였지만, 대화를 하다 보니 자연스럽게 무림 정국을 놓고 논의가 이어졌다.

지존맹이 탄생했으니 그 기세를 몰아 당장 육문칠가를 쳐야 한다는 사람부터 아직 지존맹의 전력으로는 맞서기 어렵다는 비관론까지.

장문인들의 의견은 다양했다.

하지만 아직 지존맹이 정식으로 개파한 것이 아니라는 것에는 모두 같은 생각이었다.

원래 지존맹이란 이름은 외부에서 사람들이 지어준 것이었다.

그것이 조금씩 사람들 사이에 퍼지면서 이제는 모든 사람이 지존맹이라 부르고 있었다.

하지만 정식으로 개파한 것도 아니고 구파일방과 마황성에서 기무결을 맹주로 추대한 것도 아니었다. 그냥 암묵적인 동의라 할 수 있었다.

"차라리 지존맹의 개파를 천하에 알리는 것이 어떨까요?"

절정사태의 말에 각료대사가 고개를 끄덕였다.

"소승의 생각도 그게 좋을 것 같습니다. 정식으로 맹이 만들어지면 강령이나 법이 만들어질 테고 그럼 지금보다 훨씬 틀이 잡히지 않겠습니까?"

솔직히 지금은 오합지졸이나 마찬가지였다.

사실 지금은 육문칠가를 상대하기 위해 구파일방과 마황성이 한시적으로 손을 잡았다는 생각이 강했다.

그러다 보니 정파와 마도가 한데 뒤섞이면 마찰이 벌어지고 싸움이 일어나기 일쑤였다.

서로의 행동이나 생각이 너무 달라서 좀처럼 하나가 되기 어려웠다. 그걸 생각하면 정식으로 개파를 해서 맹주의 지휘 아래 모든 사람이 일사불란하게 움직이는 것도 나쁘지 않았다.

"화산파는 찬성합니다."

"점창파도 찬성합니다."

순식간에 구파일방의 장문인들의 의견이 하나로 모아졌다.

맹주는 이미 기무결로 정해져서 그리 복잡할 일은 없었다.

하지만 수뇌부를 조직하는 부분은 생각보다 민감한 일이었다. 자칫 마황성과 충돌이 일어날 수도 있었다.

장문인들이 어찌할 줄 몰라 기무결을 쳐다보았다.

'지존맹의 개파라……?'

지금까지는 그 부분은 크게 생각하지 않았었다.

그는 돈에 대한 집착은 많아도 권력과 여자에 대한 부분은 별로 욕심이 없는 편이었다.

하지만 범죄 자문 책사가 언제 어떤 식으로 공격해 올지 모르는 상황에서 지존맹이 정식으로 개파를 선언한다면 하나의 대안이 될 수 있을 것 같았다. 적어도 지금처럼 중구난방으로 구는 것보단 전력이 강해질 건 분명했다.

"소생도 찬성입니다."

기무결이 자리에서 일어섰다.

"하나 아직 마황성의 입장이 어떤지도 모르는데 수뇌부부터 구성할 수는 없죠."

"그것도 그렇군."

"소생이 먼저 의중을 물어본 다음 그쪽에서도 찬성을 한다면 적절한 시기에 회동을 갖는 것으로 하겠습니다. 수뇌부를 구성하는 부분은 그때 결정하는 것으로 하죠."

"그럼, 맹주께서 고생을 해주셔야겠습니다."

六

기무결이 밖으로 나왔을 때는 이미 날이 환하게 밝은 뒤였다.

장문인들은 지존맹을 개파하고 체계가 잡히면 지금보다 훨씬 전력이 강해질 거라고 믿고 있었다.

그건 기무결도 같은 생각이었다.

하지만 그전에 범죄 자문 책사를 제거하지 않으면 승산 없는 싸움이 될 거란 생각이 들었다.

"결국 또 그자에게로 귀결이 되는군."

아직 장문인들은 그자의 존재를 모르고 있었다. 장문인들의 기대에 찬물을 끼얹고 싶은 생각도 없었지만, 설령 범죄 자문 책사의 존재를 알려준다 해도 뾰족한 대책이 없을 거란 점은 마찬가지였을 것이었다.

그때, 세 명의 여인이 호들갑을 떨며 다가왔다.

"어머, 기 공자님!"

"막내 사매, 불경스럽게 공자님이 뭐니? 맹주님이라고 불러야지."

"헤헷! 그, 그게 아직 어색해서 그만."

"호호! 단지 어색해서일까?"

"둘째 사저, 그게 무슨 말이에요?"

"맹주님이라고 부르면 너무 거리감이 느껴져서 그런 건 아니고?"

"둘째 사저, 계속 저를 놀리면 다신 사저와는 말하지 않을 거예요."

그녀들은 아미삼봉이었다.

부옥교는 자신을 놀리며 키득거리고 있는 조예린과 심약린을 보고 얼굴을 붉혔다.

그녀는 오래전부터 기무결을 마음속에 담아두고 있었다. 기무결에게 화은설이란 여인이 있다는 것을 알고 포기하려 했지만, 그게 마음처럼 그리 쉽지 않았다. 기무결은 그녀에게 첫사

랑이었던 것이다.

"험험! 아미삼봉 소저들이로군요. 소생은 괜찮으니 편할 대로 불러도 됩니다."

기무결은 그녀들의 대화를 계속 듣고 있기 거북했다. 그는 모른 척했지만, 부옥교가 자신을 마음에 두고 있다는 걸 알게 된 것이다.

'끙! 어딜 가나 이놈의 여난이 문제로군.'

이럴 때는 끝까지 모르는 척 시치미를 떼는 게 가장 현명하다. 기무결은 그녀들이 또 무슨 얘기를 할까 두려워 재빨리 화제를 바꾸었다.

"세 분 소저께서 이른 새벽부터 수련을 하고 오는 모양이군요."

그녀들의 얼굴에서 땀이 흘러내리고 있었다.

문득 아미삼봉이 결연한 표정을 지었다.

"무림의 운명이 걸려 있는 일이잖아요."

"변황삼패와 결탁하고 천하를 배신한 육문칠가에게 절대 질 수 없어요."

아마 구파일방의 고수들이라면 대부분 비슷한 생각일 것이었다.

그들에겐 책임 의식이 있었다.

불과 며칠 전만 해도 상상할 수 없는 일.

그들은 육문칠가가 무서워서 가급적 마찰을 피하려 했었다.

하지만 이제 전쟁은 피할 수 없는 숙명이 되었다.

그렇다면 두려워하고 있을 때가 아니라 맞서 싸워야 하는 것이다.

물론 그 중심에는 기무결이 있었다.

만약 기무결을 중심으로 구파일방과 마황성이 모이지 않았다면 정면으로 육문칠가와 전쟁을 벌일 생각은 감히 꿈도 꾸지 못했을 것이었다.

"후후! 세 분의 의지가 보기 좋군요."

"꼭 그렇지만도 않아요."

조예린의 표정이 무겁게 가라앉았다.

"무슨 일이라도 있습니까?"

"휴우! 저희가 너무 자만하며 살아왔었나 봐요."

한때는 최고의 후기지수로 아미삼봉을 꼽는 사람들도 있었다. 그만큼 그녀들의 자질과 능력은 출중한 것이었다. 이대로 꾸준히 노력을 하고 수련을 하면 오래지 않아 아미파의 무공과 절기들이 천하에 우뚝 설 수 있다는 믿음이 있었다.

하긴 그럴 수밖에 없었다. 조예린은 이십 대 중반의 나이에 난파풍검법이 십성의 경지에 올랐고, 심약란은 채찍을 귀신같이 써서 천라비응편이라는 별호가 생겨날 정도였다. 부옥교는 아미파의 시조인 곽양 조사가 재림했다고 할 정도로 칭찬이 자자했다.

하지만 연이은 패배와 좌절로 지금은 자신감을 찾아볼 수 없었다.

먼저 악불존자와 식인광자와 싸우면서 자신감이 한 차례 꺾여 나갔고, 구룡겁화를 겪으며 뿌리째 흔들리고 말았다.

그녀들은 변황삼패의 무공이 아미파나 청성파를 압도했다는 것이 믿기지가 않았다.

천하를 군림할 줄 알았던 아미파의 무공과 절기들이 변황삼
패에 밀렸다는 건 충격 그 이상이었다.

그걸 잊기 위해 미친 듯이 수련을 했지만, 거대한 벽에 막힌
듯 좀처럼 진전이 없었다.

원래 정파의 무공들이 그랬다.

수십 년 이상 꾸준히 한 우물만 파고 노력을 해야 대성할 수
있었다. 더구나 무공의 경지가 위로 올라갈수록 더 어려워지고
시간도 배로 늘어나는 건 자연의 섭리와도 같은 일이었다.

난파풍검법만 해도 그랬다.

조예린은 뛰어난 오성과 자질로 이미 이십 대 중반의 나이에
십성의 경지에 올라섰지만, 십성과 십일성의 경지는 차원이 달
랐다. 또한 십일성과 십이성 대성의 경지는 또 하늘과 땅 차이
였다.

대개의 경우는 오랜 시간을 두고 깨달음을 얻고 대성을 하지
만, 간혹 기연을 얻어 단기간에 대성을 이루는 경우도 있었다.

어떤 사람은 기연을 얻고 대성을 이루기 위해 만년설삼이나
천년화리 같은 것들을 찾아다니는 경우도 있지만, 기연은 그야
말로 하늘이 내려주는 것.

인연이 없는 자는 평생을 찾아다녀도 만나기 어렵지만, 하늘
이 정해준 자는 저절로 찾아오기도 했다.

"흐음, 그렇군요."

기무결이 고개를 끄덕였다.

얼핏 봐도 세 명의 여인 모두 벽에 막힌 듯 수련에 좀처럼 진

전이 없어 보였다.

그는 문득 아미삼봉이 악불존자와 식인광자 등과 싸우던 모습을 떠올렸다. 확실히 그녀들의 무공은 대단해서 그 기세가 무척이나 날카로웠지만, 아쉬운 부분도 있었다. 어떤 상황에서는 막을 것이 아니라 몸을 틀어 방향을 바꾼 다음 공격을 했다면 더 효과적이었을 것이었다. 어떤 경우는 검에 힘이 너무 많이 실려서 제 위력을 발휘하지 못한 경우도 있었고, 조금만 깊게 찔러서 공격해 들어갔다면 몇 배는 더 위협적인 검법으로 바뀌었을 것이었다.

하나 이런 건 그야말로 호랑이에게 날개를 달고 하늘 위로 날아서 싸우라는 것이나 마찬가지였다.

기무결의 공력이나 경지는 이미 인간의 것이 아니었다. 그의 눈에는 아주 단순하게 보이는 것들이 다른 사람들에게는 너무 어려울 수밖에 없었다.

第六章
포전인옥

一

그때 심약란이 조심스럽게 말했다.

"맹주님께 부탁 좀 해도 될까요?"

"소생이 할 수 있는 일이라면 당연히 도와드려야죠."

"그럼, 저희들의 수련 좀 봐주세요."

"하지만, 소생은 아미파도 아니고……."

차마 말은 하지 못했지만, 아름다운 여인들의 수련을 봐주다 그녀들의 명성에 흠집이 날까 두려웠다.

하나 조예린은 손뼉을 치며 좋아했고, 부옥교는 은근히 기대 어린 시선으로 기무결을 쳐다보았다.

이것은 평생 두 번 다시 오지 않을 절호의 기회였다.

기무결이 천하제일고수라는 사실에는 누구도 이견이 없었다. 그런 그의 지도를 조금이라도 받으면 막혀 있던 벽을 깨고

한 차원 높은 단계로 올라설 수 있는 것이다.

'세상의 이목 따위는 신경 쓰지 않는 걸 보니 영락없는 무림의 여걸들이로군.'

그러고 보니 그 역시 화은설에게 기를 쓰고 무공을 배우려 했던 적이 있지 않던가?

기무결은 그때 생각이 떠올라 빙그레 웃었다.

"좋습니다. 세 분의 수련에 소생이 도움이 된다면 기꺼이 도와드리겠습니다."

조그만 인연이 운명을 바꾸고 세상을 뒤엎는 법이다.

그로부터 몇 년 후.

무림에는 세 명의 절세적인 여협이 탄생한다.

그녀들은 아미파 역사상 최고의 고수로 아미파의 이름을 천하에 두루 떨치게 된다.

二

마도의 진영은 서쪽이었다.

기무결이 그곳에 들어서기 무섭게 식욕을 자극하는 냄새가 코끝을 찔렀다.

한쪽에서는 술판이 벌어지고 있었다. 바닥에 술병들이 셀 수 없을 정도로 나뒹굴고 있는 것을 보면 밤새도록 마셔댄 것 같았다.

하지만 여전히 술판은 끝날 줄 몰랐다. 노릇노릇 고기 익는 냄새가 코끝을 자극했고, 와자지껄 떠드는 소리가 장원을 뒤흔들고 있었다.

"여어, 자네 왔나?"

반갑게 손까지 흔들며 기무결을 향해 알은척하는 사람은 석대공이었다. 그의 주위에 마황칠패가 있었고, 한 명의 여인이 술시중을 들어주고 있었다.

바로 왕혜령이었다.

그녀는 피곤한 기색 하나 없이 고기가 익을 때마다 각자의 그릇에 올려주었다. 마황성의 성주와 마황칠패가 소박하게 술과 음식을 먹는 모습이 그렇게 자유분방할 수가 없었다.

"왕 소저, 밤새도록 술시중을 든 겁니까?"

"별로 힘들지 않아요. 그리고 양부님들께서 안주도 없이 술만 드셔서 걱정되어 자리를 떠날 수가 있어야죠."

"야, 양부님들이오?"

"마황칠패 어르신들이 저를 어여삐 보시고 양녀로 삼아주셨답니다."

"예에?"

기무결이 의외라는 표정으로 마황칠패와 왕혜령의 얼굴을 번살아 쳐다보았다.

지금이야 모든 오해가 풀렸다지만, 만검비와 육정수 두 명의 손에 천왕세가가 쑥대밭으로 변한 것은 너무도 유명한 일이었다.

"무얼 그리 쳐다보는 게야?"

"우리 얼굴에 뭐라도 묻었느냐?"

"그, 그게 아니라 손녀도 아니고 양녀라 해서 조금 놀랐습니다."

"흐흐, 우리 령아가 네놈보다 배분이 높아서 불만이냐?"

"그, 그럴 리가 있겠습니까?"

"앞으로 네놈이 령아를 무시하면 그건 곧 우리를 무시하는 것. 몇 날 며칠 싸울 각오를 해야 할 것이다."

기무결이 펄쩍 뛰었다.

"소생은 왕 소저를 무시한 적이 없습니다."

"령아가 여기까지 찾아왔는데도 달콤한 말 한마디 하지 않고 예의를 갖추고 대하는 것이 무시하는 것이 아니면 무엇이란 말이냐?"

"세, 세상에 그런 억지가 어디 있습니까?"

"억지는 무슨 억지."

"령아는 강북제일미인이다. 저 얼굴을 보고도 마음에 동요가 일지 않는다면 그것이야말로 령아의 자존심을 능멸하는 것이지."

"암. 그렇고말고."

기무결은 뜨악했다.

이건 아예 왕혜령을 희롱하고 음흉한 짓을 하라는 뜻이었다.

'미쳤군. 다들 제정신이 아니야.'

왕혜령은 부끄러운 나머지 얼굴을 붉히고 저 멀리 도망친 뒤였다.

기무결은 머리를 흔들었다.

아무래도 마황칠패가 왕혜령을 양녀로 삼은 이유를 알 것 같았다. 그녀를 자신과 결혼시킨 다음 그것을 빌미로 마황성을 물려줄 생각인 것 같았다. 물론 왕혜령도 그게 싫지 않아서 그들의 제안을 덥석 받아들인 것이리라.

'어이구, 능구렁이들 같으니.'

머리가 지끈거렸다.

이건 어떻게 된 게 가는 곳마다 이 모양이니 미치고 팔짝 뛸 노릇이었다.

하지만 그것도 잠시.

기무결은 잠시 복잡한 것들은 잊고 눈앞에 닥친 현안만 생각하기로 했다. 지금 한가하게 여인들 생각을 하며 달콤한 행복에 젖어 있을 때가 아니었다.

"사실은 의논을 구할 것이 있어서 찾아왔습니다."

그는 즉시 구파일방의 장문인들이 제안한 지존맹의 개파 문제를 상의하기 시작했다.

석대공은 얼굴을 찌푸렸다.

"글쎄. 나는 지금도 크게 나쁘지 않다고 생각하네만."

"하지만 이 상태로는 솔직히 중구난방이라 전력을 극대로 끌어 올리기 어렵습니다."

"그것도 맞는 말이지만, 맹을 어떻게 구성하려고 그러나? 맹주는 자네가 한다고 해도 요직을 정할 때 제법 불협화음이 날 걸세."

당장 석대공만 해도 최고의 자리를 구파일방에게 양보할 생각이 없었다.

아마 구파일방도 마찬가지일 터.

서로의 자존심이 걸려 있어서 양보하는 건 그리 쉬운 일이 아니었다.

"우린 단기간에 최고의 적과 싸워야 하지 않나? 그럼 감정싸움으로 시간을 낭비하기보단 지금 상태에서 전열을 가다듬는 게 좋지 않겠나?"

"으음."

듣고 보니 그것도 맞는 말이었다.

시간이 많다면 천천히 화합을 인도해 가겠지만, 지금은 시간이 촉박했다.

'내가 너무 생각이 짧았군.'

어쩌면 이것도 너무 범죄 자문 책사를 의식했기 때문인지 몰랐다.

그렇다고 구파일방의 생각이 틀렸다는 건 아니었다.

오히려 구파일방쪽의 생각과 석대공의 의견을 적절히 조합하면 더 좋은 효과를 만들어낼 수도 있었다.

하지만 그러기에는 아직 기무결의 연륜이 많이 부족한 편이었다.

그는 문파를 이끌어 나간 적이 없었다.

당연히 이쪽도 신경을 써야 하고 저쪽도 배려를 해야 하기에 맹주란 자리가 그리 녹록치 않다는 것을 새삼 깨달은 것이다.

三

술자리는 자연스럽게 끝났다.

노릇노릇 타오르던 고기가 한쪽으로 치워졌고, 활활 타오르던 불도 꺼진 지 오래였다. 어지럽게 널브러져 있던 술병들 역시 한쪽으로 치워져 있었다.

그때, 석대공이 의아한 표정으로 물었다.

"그건 그렇고 육문칠가를 각개격파하겠다고 했던 너의 계획은 어찌 되었느냐? 놈들을 무림맹 밖으로 끌어낸 다음 하나씩 해치우겠다고 하지 않았었나?"

그 이후에는 누구도 들은 것이 없었다.

기무결은 계획이 실패했다는 걸 사람들에게 알려주지 못했던 것이다.

우선 면목이 없기도 했지만, 범죄 자문 책사가 무림맹의 만기어음을 막은 지 고작 하루가 지났을 뿐이었다. 기무결은 범죄 자문 책사의 반격을 막을 방법만 떠오르면 모든 걸 말해줄 생각이었다.

"표정을 보니 실패한 모양이군."

"죄송합니다."

기무결은 굳이 변명하지 않았다.

"후후! 자네가 죄송할 게 뭐 있나? 나 역시 각개격파의 계획이 꽤 괜찮다고 생각했으니까 말이지."

괜찮은 정도가 아니었다.

통쾌하다 못해 기발할 정도였다.

그건 아마 모든 마도인의 꿈일 것이다. 남자라면 모름지기 이런 담력과 기개가 있어야 한다. 석대공은 이래서 더 기무결이 마음에 드는지도 몰랐다.

"한데 말일세. 그들을 굳이 무림맹에서 끌어낼 필요가 있겠나?"

"그게 무슨 말입니까?"

"자네가 가진 재력이라면 육문칠가를 철저히 짓밟아줄 수도 있지 않나 싶어서 말이네."

"돈으로 말입니까?"

"이모백이 화씨세가 주변에 홍등가를 만들려고 했다가 실패했다며?"

"그건 어디서 들었습니까?"

"후후! 마황성의 정보력을 무시하지 말게나."

"확실히 그런 적이 있었습니다. 물론 소생 역시 그런 방법을 써서 육문칠가를 상대해 볼까도 생각해 봤지요."

범죄 자문 책사 때문에 각개격파가 막힌 지금 육문칠가 일대를 싸그리 홍등가로 만들어 버리는 것이 가장 좋은 대안이 될 수 있을 것 같았다.

자신이 가진 이천만 냥을 몽땅 쏟아부으면 홍등가 그 이상도 만들 수 있었다.

세상에 돈을 처발라서 안 되는 건 없다. 천하에서 가장 이름난 기녀들 하며 미색으로 유명한 기녀들을 데려오는 건 일도 아니다.

천하 곳곳에서 사람들이 몰려올 터.

색주가의 명성이 항주에서 육문칠가 쪽으로 바뀔 것이었다.

색주가의 명성이 높아질수록 육문칠가의 명예는 땅에 떨어질 것이었다.

집값은 폭락하고 제자들의 수련에도 방해를 받아 제대로 된 수련을 하지 못할 터. 뼈를 깎는 고행과 수련을 해야 하는 무림의 문파로서는 이보다 더한 타격도 없을 것이었다.

하지만 이것이 전부였다. 육문칠가 일대를 홍등가로 만들면 그들을 망신 주고 체면을 깎아 내릴 수는 있어도 그들을 무너뜨리는 것은 불가능했다. 이천만 냥을 쏟아부어서 겨우 망신을 주는 선으로 그친다면 그건 할 필요도 없다.

"그, 그런가?"

석대공은 아쉬운 표정으로 입맛을 다셨다.

아무리 연륜이 많아도 이런 범죄 관련한 분야에서는 기무결의 적수가 되지 못했다.

기무결도 살며시 눈살을 찌푸렸다.

아마 사용하기도 전에 봉쇄당할 가능성이 높았다.

'하긴, 그 방법을 쓰면 그자가 미리 알고 대응하려 들겠지.'

그렇다면 봉쇄를 한다면 어떤 방법으로 해올까?

문득 궁금해졌다.

기무결은 자신이 범죄 자문 책사가 되어 방법을 떠올려 보았다.

의외로 해결책이 간단했다.

그 일대의 땅을 미리 사놓는다면 의외로 쉽게 봉쇄할 수 있다. 어쩌면 너무 간단해서 딱히 방법이라고 할 것도 없을 정도였다.

'자, 잠깐?'

기무결은 머릿속에서 무언가 번쩍하고 떠오르는 것이 있었다.

자신의 계획을 봉쇄하려면 상당히 많은 돈이 필요하다.

일단 땅을 사들이기 시작하면 부동산 폭등이 일어 땅값이 천정부지로 치솟을 터. 어지간한 돈으로는 초가집 하나 사기 어렵게 될 것이었다.

"아!"

기무결이 가볍게 탄성을 터뜨렸다.

그러고 보니 이번에 범죄 자문 책사는 어디에서 백만 냥을 구한 것일까?

지금까지는 깊게 생각해 보지 않았었는데, 지금 생각해 보니 그게 의외로 간단한 문제가 아닐 수도 있겠단 생각이 들었다.

백만 냥은 결코 쉽게 구할 수 있는 돈이 아니었다.

한데 범죄 자문 책사는 그걸 삼 일 안에 구한 것이다.

그건 곧 그자에게 확실한 돈주머니가 있다는 뜻일 터였다.

'암거래 시장! 분명 암거래 시장일 것이다.'

기무결은 왠지 눈앞이 밝아지고 머릿속이 선명해지는 것 같았다.

왜 진작 그 생각을 하지 못한 것일까?

암거래 시장에서 흘러나온 돈이 황실과 무림맹에 흘러들어 갔으니 분명 암거래 시장과 무림맹은 밀접한 관련이 있다.

그리고 당시 기무결이 풍운산장의 일을 해결하는 과정에서 암거래 시장의 흔적을 포착하고 추격한 적이 있지 않던가?

그때, 그를 맞이한 건 암거래 시장이 아니라 범죄 자문 책사였다.

무언가 딱딱 맞아떨어지는 기분이었다.

암거래 시장 뒤에 범죄 자문 책사가 있는 게 틀림없었다.

그렇다고 범죄 자문 책사가 어떤 식으로 공격해 올지를 알았다는 건 아니다.

단지 기무결이 어떻게 해야 할지가 분명해졌을 뿐이었다.

四

기무결은 즉시 구파일방의 장문인들과 마도의 고수들을 소집했다.

그들이 한자리에 모인 건 화씨세가에 온 이후 처음 있는 일이었다.

구파일방의 장문인들은 당연히 지존맹의 개파 문제를 논의하기 위해 소집한 줄 알았다.

하지만 기무결의 입에서는 전혀 다른 얘기가 튀어나왔다.

그는 자신의 계획을 설명하기 전에 먼저 범죄 자문 책사에 대해 설명할 필요가 있었다. 용의 머리와도 같은 자였다. 가장 먼저 그를 제거하지 못하면 육문칠가와의 전쟁은 더욱 승산이 없어지기 때문이었다.

"범죄 자문 책사?"

사람들이 고개를 갸웃거렸다.

그들은 누구보다 경험이 풍부했지만, 천하에 범죄 자문 책사란 자가 있다는 소리는 처음이었다.

하지만 그자가 암거래 시장과 밀접한 관련이 있다는 말에 장내는 무거운 침묵이 감돌았다.

"그자가 무림맹의 만기어음을 해결한 것이 확실한 것이오?"

"그건 틀림없습니다. 그리고 아마 소생을 무너뜨리기 위해 반격해 올 것도 말입니다."

"흐음. 천하에 그토록 무서운 자가 있다는 말은 들어본 적이 없소이다."

여전히 사람들은 반신반의하는 표정이었다.

기무결도 그들의 반응이 당연하다고 생각했다.

설령 자신의 말을 믿는다 해도 별로 실감이 가지 않을 것이다.

원래 사람은 직접 경험을 하지 않는 이상 마음 깊이 실감하지 못하기 때문이었다.

"다들 신창양가장 사건은 알고 계실 겁니다. 당시 사건은 남궁세가에서 꾸민 일이었지요."

"그건 정말 의외였지."

"천하가 감쪽같이 속았으니 말이오."

사람들이 고개를 끄덕이며 말했다.

당시 남궁세가에서 꾸민 음모인지도 모르고 천하가 신창양가장의 행동에 크게 분노했었다.

특히 마황성은 본의 아니게 자신들과 연관되었던 일이기에 그때의 일을 떠올리면 불쾌하기 짝이 없었다.

그때, 기무결의 목소리가 사람들의 귀속으로 파고들었다.

"하나 그 안에 더 무서운 진실이 숨어 있습니다. 당시 남궁세가는 범죄 자문 책사에게 범죄 자문을 받고 일을 꾸몄다는 것입니다."

"버, 범죄 자문?"

"당시 남궁민은 소생의 손에 죽었습니다. 남궁민은 죽기 전에 한탄을 하듯 말했지요. 그건 모기 소리보다 더 작았지만 소생의 귀에는 분명히 들렸습니다."

'버, 범죄 자문 책… 사! 네, 네놈의 계획은 틀렸다.'

장내는 충격에 빠졌다.

사람들은 다들 수양이 깊은 무림의 고수인데도 비명과 경악성을 터뜨리고 말았다.

한동안 말을 잇는 사람이 없었다.

그건 그들이 몰랐던 범죄 자문 책사의 존재가 단순히 사실로 드러났기 때문은 아니었다.

이로써 육문칠가와 암거래 시장과의 관계가 확실해진 셈이었다. 그와 더불어 육문칠가의 더럽고 비열한 짓거리가 시간이 갈수록 점점 더 늘어나고 있었다.

긴 침묵을 깬 사람은 철산호였다.

"자네에게 묻고 싶은 게 있네. 그자가 풍운산장을 집어삼키려고 간세를 심어놓고 진두지휘한 자란 말인가?"

기무결이 고개를 끄덕였다.

"아마도 그럴 겁니다."

"구파일방은 오래전부터 암거래 시장을 쫓고 있었네. 당시 묵룡원의 존재를 찾아 그곳까지 간 적이 있었지만, 우리가 들이닥쳤을 때는 이미 묵룡원이 무너지고 난 이후였지."

그건 당연히 범죄 자문 책사가 일부러 정보를 흘렸기 때문이었다.

당시 범죄 자문 책사는 구파일방이 자신들의 뒤를 쫓고 있는지 아닌지 알아볼 필요가 있었다. 그래서 일부러 정보를 흘려 구파일방을 자신이 원하는 곳으로 유인하려 했던 것이다.

기무결도 제거하고 구파일방의 의도도 확인하고.

범죄 자문 책사에게는 일석이조의 계책이었다.

따지고 보면 구파일방과 풍운산장이 범죄 자문 책사에게 당한 셈이었다.

사람들은 뒤늦게 그 같은 사실을 알고 분노했다.

"그나저나 범죄 자문 책사가 그토록 무서운 자라면 정말 큰일이지 않나?"

"소생도 생각해 둔 계책이 있습니다."

"호오? 듣던 중 다행이군. 자네의 계책은 무언가?"

"여기 계신 분들이 소생을 도와주서야겠습니다."

기무결이 천천히 자신의 계획을 설명하기 시작했다.

그야말로 어마무시한 일이었다.

사람들은 놀란 나머지 벌린 입을 다물지 못했다.

五

이건 일종의 성동격서와도 같았다.

엄밀하게 말하면 포전인옥의 계책이기도 했다.

돌을 던져 옥을 취한다는 뜻으로 기무결은 미끼를 던져 범죄 자문 책사의 이목을 흩뜨려 놓은 다음 최후의 일격을 가할 생각이었다.

성동격서와 포전인옥.

이 두 개의 계책이 맞물린 그야말로 건곤일척의 승부수였다.

기무결은 이천만 냥을 쏟아부어 육문칠가 일대의 땅을 모조리 사들일 생각이었다.

마을이면 마을, 성읍이면 성읍.

어떤 것이든 그 일대의 땅은 모두 손에 넣어야 한다.

무려 이천만 냥이었다.

제아무리 범죄 자문 책사의 혜안이 뛰어나다 해도 기무결이 홍등가를 만드는 데 전력을 다하고 있다고 생각할 것이었다.

일단 그것이면 충분하다.

기무결은 범죄 자문 책사의 관심을 홍등가 쪽으로 쏠리게 만들고 그쪽으로 대비하게 만들 생각이었다.

"분명 육문칠가 가주들의 자부심과 명예를 생각하면 반드시 대비할 수밖에 없을 겁니다."

"그렇겠지. 당장 우리라고 해도 그럴 테니까."

"그 틈에 소생은 범죄 자문 책사의 자금줄인 암거래 시장을 찾아낼 생각입니다."

"오오!"

"그런 방법이라면 범죄 자문 책사도 감쪽같이 속을 수밖에 없겠군."

전혀 생각지 못한 일이었다.

구파일방의 장문인들과 마도의 고수들은 너 나 할 것 없이 박수를 치며 기뻐했다.

"그전에 하나 더 할 일이 있습니다."

"그게 무언가?"

"지존맹의 개파를 천하에 선언하는 겁니다. 날짜는 무림맹이 군웅대회를 여는 날과 똑같이 잡으면 더 좋겠지요."

"정말 개파를 할 생각인가?"

석대공이 걱정스러운 표정으로 물었다.

"개파를 하는 건 차후의 일입니다. 이것 역시 범죄 자문 책사의 이목을 속이기 위한 미끼일 뿐입니다."

"미끼? 자세히 설명해 보게."

"우리가 대놓고 땅을 사려고 한다면 그 저의를 의심스럽게 생각할 수도 있습니다."

"하긴, 그런 일일수록 은밀하게 진행하는 게 상책이지."

"그래서 하는 말입니다. 우린 개파식을 준비하는 척하자는 겁니다."

"옳거니! 멋진 허허실실이로다."

"우리가 철저히 은밀하고 치밀하게 나갈수록 상대는 더 속을 수밖에 없다는 말이로군."

"바로 그겁니다."

제아무리 범죄 자문 책사가 뛰어난 지략가라 해도 이쯤 되면 속을 수밖에 없을 터였다.

기무결은 말을 하면서도 점점 확신을 얻었다.

처음에는 그저 석대공의 말에 약간의 단서를 얻긴 했는데, 그게 개파식과 연관이 되면서 기발한 생각으로 발전한 것이다.

"우린 땅을 사는 게 목적이 아닙니다. 그렇다고 개파식이 목적도 아닙니다. 반드시 범죄 자문 책사의 막대한 돈을 끌어내 암거래 시장의 위치를 알아내는 것이 목적입니다."

그러기 위해선 기무결은 이천만 냥을 버릴 각오를 해야 한다.

결코 쉽지 않은 선택이었다.

아무리 돈에 무감각한 사람이라도 이천만 냥 앞에 초연할 수 있는 사람은 아무도 없을 것이다.

하지만 기무결은 조금의 망설임도 없었다.

사실 돈은 또 모으면 그만이다.

그에겐 금광도 있고 무림맹에 묻혀 있는 사천만 냥도 있다.

그렇다고 이천만 냥이 아깝지 않은 건 아니었다. 이걸 어떻게 해서 모은 건데. 눈에서 피 눈물이 나올 지경이었다.

그래도 우선순위라는 것이 있다.

여기서 돈이 아까워 조금만 머뭇거린다면 당하는 건 기무결이 될 것이었다.

어차피 버릴 돈이라면 굳이 망설일 필요가 있을까?

이렇게 된 이상 끝장을 보는 수밖에 없었다.

"철 장주님! 소생을 좀 도와주셔야 할 것 같습니다."

기무결의 시선이 철산호를 향했다.

"말하게. 무엇을 도와주면 되는가?"

"자금의 흐름을 파악해 주십시오."

풍운산장의 재무부에는 능력 있는 직원이 많았고, 그들의 능력이라면 충분히 돈의 출처를 확인해서 암거래 시장의 거처를 알아낼 수 있을 것이었다.

암거래 시장에서 흘러들어 온 돈은 반드시 자금 세탁 명목으로 전장을 거치게 되어 있다.

지금까지는 자금을 추격하기 어렵게 몇 번의 방어막을 쳐서 자금을 세탁했지만, 이번에는 그게 쉽지 않을 것이다.

어찌 그렇지 않겠는가?

기무결의 이천만 냥의 돈에 대응하려면 속전속결로 맞불을 넣어야 하는데, 그러려면 완벽하게 방어막을 칠 시간적인 여유가 없는 것이다.

"그거면 되겠는가?"

"반드시 성공해야 합니다. 실수가 있어서는 안 됩니다."

"알겠네. 목숨을 걸고 알아내겠네."

철산호는 결연한 표정으로 고개를 끄덕였다.

기무결은 그제야 안심할 수 있었다.

그 각오와 마음이라면 더 이상 걱정할 필요는 없을 것 같았다.

사기 대 범죄.

두 희대의 천재의 격돌 앞에 천하무림은 초유의 상황으로 접어들고 있었다.

기무결과 범죄 자문 책사는 비슷한 시기에 서로 비슷한 전략을 들고 나왔다.

먼저 포문을 연 쪽은 범죄 자문 책사였지만, 자금 동원이 빠른 건 기무결이었다.

결국 선제 공격을 먼저 가한 쪽은 기무결이었다.

아주 미묘한 차이였지만, 이것이 어떤 결과를 낳을지는 오직 하늘만이 알고 있는 일이었다.

六

─지존맹이 개파식을 선언한다.

하나의 소문이 무림을 진동했다.

시간은 정확히 한 달 뒤였고, 무림맹이 군웅대회를 여는 날과
똑같았다.

그로 인해 무림에는 온갖 무성한 소문이 난무했다. 정파무림
사이에 자중지란이 일어났다고 수군거리는 사람이 있는가 하면
구파일방이 육문칠가를 시기해서 마황성과 손을 잡고 육문칠가
를 배신했다고 구파일방을 비난하는 사람도 있었다. 일각에서
는 육문칠가의 폭주를 막기 위한 피치 못한 선택이라고 말하는
사람도 있었지만, 그건 극소수에 지나지 않았다.

하지만 모든 사람이 공통적으로 말하는 것이 있었다. 그건 바
로 변황삼패와 전쟁을 하기 전에 지존맹과 무림맹이 싸울 거라
는 것이었다.

그와 동시에 천하무림에 또 하나의 광풍이 불었다.

천하에 때아닌 투기 바람이 일었다.

천하 곳곳에서 동시다발적으로 벌어진 일이었다. 작게는 작
은 마을 하나가 통째로 팔려 나가는가 하면 많게는 큰 성읍 하
나가 몽땅 팔려 나갔다.

그렇게 엄청난 자금이 유입되어 마을과 성읍이 팔려 나간 곳

은 모두 열세 곳이나 되었다. 이런 일은 전례가 없던 일이라 천하가 들썩거리는 것도 무리는 아니었다.

허허벌판의 황무지도 엄청난 보상을 받고 팔려 나갔다. 하물며 핵심 지역에 위치한 집과 논밭 등은 두말할 나위도 없었다. 집과 땅을 팔고 졸부가 되었다는 백성들이 속출했다.

하지만 어디에고 셈이 밝은 자들이 있는 법. 그들은 더 많은 보상을 받아내기 위해 끝까지 땅을 팔지 않고 버텼다.

결국 버틸수록 보상금을 많이 받아냈다.

여기저기서 단단히 한몫 챙기려는 자들이 늘어났다.

시간이 지날수록 땅값은 더욱 치솟았고, 보상 금액 역시 천정부지로 솟구쳐 올랐다.

백성 중에는 이 많은 땅을 무슨 의도로 누가 사는 것인지 의문을 품는 자들이 생겨났다. 천하 곳곳에서 벌어지는 일이었다. 보상 금액만 해도 상상을 초월할 정도로 어마어마한 액수라는 건 세 살 먹은 어린아이도 알고 있는 일이었다.

"열세 곳에서 벌어지는 일이 모두 동일인물의 소행일까?"

"난 동일인물일 거라는 거에 한 표 걸지. 단순히 땅을 사려는 거면 몰라도 마을이나 성읍의 땅을 몽땅 사는 수법이 비슷하잖아?"

"그렇게 보면 동일인물이 맞는 것 같긴 하지만, 천하에 그 누가 있어 그 많은 보상금을 준단 말인가?"

"일각에서는 지금까지 풀린 돈이 천만 냥이 훌쩍 넘을 거라고 하더군."

"하긴. 그 생각을 하면 동일인물이 아닌 것 같기도 하구."

백성들은 두세 명만 모이면 모두 설왕설래 격론을 벌였다.

모든 게 의문이었다. 과연 동일인물이 맞는 것인지부터 시작해서 땅을 사들이는 의도가 무엇인지 알려진 것이 전혀 없었다.

하지만 무림에 조금만 식견이 있는 사람이라면 그 열세 곳이 일정한 규칙을 가지고 있다는 것을 단박에 알아차렸을 것이었다.

육문칠가.

천하 곳곳에서 동시다발적으로 벌어지고 있는 투기의 실체는 바로 육문칠가가 위치한 곳의 주변 지형이었다.

第七章

기무결 대 범죄 자문 책사

一

　"감히 어떤 자가 육문칠가의 인근의 땅들을 사들이는 것일까?"

　대충 생각해도 그 의도가 결코 좋은 게 아니라는 것쯤은 알 수 있었다.

　육문칠가 일대는 하나의 성지로 여겨지고 있었다. 대부분 말에서 내려서 지나가야 하고 칼이나 무기도 소지할 수 없었다. 그런 곳을 누군가 사들이고 있다는 건 분명 불순한 의도가 깔려 있지 않고는 불가능한 일이었다.

　이건 명백한 도전이요, 도발이었다.

　하지만 정천팔룡은 당장 누구의 짓인지 감조차 잡히지 않았다.

　가장 의심 가는 사람은 당연히 기무결이었다.

기무결 외에 천하에 감히 육문칠가 인근 지역의 땅으로 수작을 부릴 수 있는 사람은 아무도 없었다.

하나 기무결은 지금 지존맹의 개파식으로 인해 정신이 없을 터였다.

사실 개파식을 한 달 안에 한다는 것은 거의 불가능한 일이었다.

초대장을 천하 곳곳에 전해주는 일만 해도 한 달이 걸릴 것이었다. 하물며 초대장을 받은 하객들이 찾아오는 시간을 감안하면 적어도 삼 개월이란 시간이 있어야 안전하게 준비할 수 있는 것이다.

때문에 개파식을 한 달 뒤로 정한 건 분명 무림맹의 군웅대회를 방해하기 위하고 최대한 전력을 끌어모으겠다는 수작이 분명했다.

그래서였다.

개파식 준비에 눈코 뜰 새 없을 기무결이 육문칠가 일대의 땅을 사들일 여유가 없는 건 당연한 일이었다.

"으으, 그렇다면 대체 누구의 짓이란 말이냐?"

정천팔룡은 분기탱천해서 견딜 수 없었다.

그들은 당장 이 쥐새끼 같은 자를 잡아서 요절을 내야 속이 시원해질 것 같았다.

범죄 자문 책사가 그들을 진정시켰다.

"쯧쯧, 다들 진정들 하시지요. 사실 알고 보면 그리 놀랄 일은 아닙니다."

"알고 보면이라니 그게 무슨 소리요?"

"혹시 선생은 이게 누구의 짓인지 알고 있단 말이오?"

"후후! 여러분들은 기무결이 파놓은 함정에 보기 좋게 걸려든 겁니다."

"함정?"

"놈은 일부러 개파식을 하겠다고 천하에 선포했습니다. 그로 인해 천하무림이 용광로처럼 뜨겁게 변했지요. 하지만 그건 우리의 이목을 속이기 위한 것. 놈은 구파일방과 마황성의 손을 빌려 땅을 사들이고 있습니다."

"우리도 그 생각을 하지 않은 것은 아니오. 하지만 한 달 안에 개파식을 준비하는 건 거의 불가능한 일이오."

"이번에는 선생이 틀린 것 같소. 단지 우리의 이목을 속이기 위해 개파식을 하겠다는 발상은 주객이 뒤바뀌어도 한참 뒤바뀐 것이란 말이오."

정천팔룡은 이번에는 쉽사리 범죄 자문 책사의 말을 믿으려 하지 않았다.

기무결이나 구파일방, 그리고 마황성이 시정잡배들도 아닌 이상 개파식을 하겠다고 선포한 이상 반드시 해야만 한다. 당연히 준비가 소홀하거나 중간에 취소하게 되면 천하의 지탄을 받는 건 물론이고 여론이 악화되어 오히려 무림맹과 육문칠가를 도와주게 될 것이었다.

하지만 범죄 자문 책사는 여전히 입가에 여유로운 미소를 머금었다.

"과연 그럴까요? 소생의 생각에는 충분히 그러고도 남습니다."

"으음, 좋소. 선생이 그렇게 확신을 하고 계시니 일단 그렇다고 칩시다."

"그럼, 그 이유를 설명해 보시오. 개파식보다 땅을 사들이는 일이 더 중요한 이유가 도대체 무엇이오?"

정천팔룡이 표정을 고쳐 범죄 자문 책사를 쳐다보았다.

"기무결은 지금 육문칠가 일대의 땅을 모조리 사들인 다음 그곳을 최고의 홍등가로 만들 생각인 겁니다."

"호, 홍등가?"

"그리 새로울 것도 없습니다. 이모백이 그럴 생각으로 화씨세가를 집어삼키려다 실패한 것을 잊었습니까?"

"아!"

"기무결은 이모백의 계획에서 착안을 했을 겁니다. 육문칠가를 각개격파할 방법이 막혔으니 방법을 달리한 것이겠지요."

"맙소사!"

"그, 그런 미친……."

정천팔룡은 너무 황당해서 한동안 말문이 막히고 말았다.

감히 생각도 못했다.

홍등가라니.

아무리 돈이 많아도 그렇지 이건 미친 짓이었다.

육문칠가 열세 곳의 주변 일대의 보상만 해도 그게 얼마인가?

정천팔룡은 상상도 할 수 없는 일이었지만, 지금 그 불가능한 일이 현실로 벌어지고 있었다.

그들의 얼굴이 하얗게 변했다. 홍등가가 들어서면 육문칠가의 명예는 땅에 떨어지고 천하의 웃음거리로 전락할 게 뻔했다.

"선생, 이를 어쩌면 좋겠소?"

"이대로 있다가는 이모백이 무너졌듯 우리도 그놈의 손에 조롱을 당하고 말 것이오."

정천팔룡은 불안에 떨었다.

대적을 하려 해도 상대가 될 리 없었다.

홍등가 계획을 막으려면 기무결보다 더 많은 보상금을 주어서 백성들의 땅을 사는 것밖에 없었다.

하지만 육문칠가를 모두 팔아 봐야 삼사백만 냥 정도 나오면 많이 받는 것이다.

그러니 문제였다. 평생 무공만 수련해 온 그들에게 기무결은 부동산 투기로 맞서온 셈이었다. 더구나 지금 땅이 팔려 나가는 속도만 보면 지금이라도 당장 홍등가가 생겨날 것 같았다.

"선생이 계획한 일은 언제 실행할 생각이오? 그것만 하면 기무결을 폭삭 망하게 만들 수 있지 않겠소?"

돈을 풀어 물가를 올렸다가 왕창 떨어뜨리는 것을 두고 하는 말이었다.

범죄 자문 책사는 고개를 저었다.

"이미 기무결이 선제 공격을 해왔으니 방어가 먼저입니다."

그 역시 아쉬움에 입맛을 다셨지만, 어쩔 수 없었다.

그가 막대한 양의 돈을 구하려면 아무래도 시간이 걸리는 데 반해 기무결의 현금 동원 능력은 이미 이모백과의 싸움에서 충분히 입증했기 때문이었다.

'기무결 그자가 아무래도 나를 의식하고 선수를 친 것 같 군.'

방어하는 건 그의 체질상 어울리지 않지만, 그렇다고 기무결 의 역공에 당황한 건 아니었다.

오히려 그는 입가에 미소를 지으며 말했다.

"클클! 홍등가는 들어서지 못할 것이니 너무 걱정하지 마시 지요."

"지금 선생의 일이 아니라고 너무 강 건너 불구경하듯 하는 거 아니시오?"

"육문칠가의 명예가 걸려 있는 일이오. 우린 지금 피가 마르 고 죽을 것 같단 말이오."

"그리 급할 거 없다는 소리입니다. 시간은 우리 편이지요."

"무슨 좋은 계책이라도 있는 것이오?"

"선생, 우리를 도와주시오. 기무결 그 미친놈의 계획을 막아 줄 사람은 오직 선생밖에 없소이다."

정천팔룡이 다급한 표정으로 범죄 자문 책사를 향해 소리쳤 다.

범죄 자문 책사가 별거 아니라는 듯 피식 웃었다.

"후후! 그건 걱정하지 마십시오. 기무결은 딴에 제법 머리를 굴린 모양입니다만, 한 가지 결정적으로 중요한 것을 놓치는 우 를 범했습니다."

"그게 무엇이오?"

"그건 바로 인간의 탐욕이지요."

"탐욕?"

"어딜 가나 셈이 밝은 자들이 있습니다. 욕심이 하늘을 찌르는 자도 많지요."

그들은 더 많은 보상을 타기 위해 최대한 시간을 끈다.

관건은 시간. 결국 목마른 사람이 우물을 판다고 급한 사람이 숙이고 들어가는 법이다. 물론 그러다 끝내 협상이 결렬되어 보상을 타지 못하고 제외되는 경우가 있긴 하지만, 그건 극히 극소수에 한해서일 뿐이었다. 한두 곳도 아니고 마을과 성읍의 땅을 모조리 사들이는 경우엔 마음먹은 대로 일사천리로 땅을 사들이긴 어렵다.

"듣고 보니 일리가 있는 말이로군."

"그렇게 되면 주변 시세가 애초 생각한 것보다 훨씬 초과할 수도 있겠어."

"바로 그겁니다. 기무결이 처음에 몇백만 냥 정도를 생각했다면 조만간 그 두세 배로 껑충 뛰어오를 겁니다."

이 정도 시세도 한 달 내외로 한정해서였다.

만약 시간이 더 늦춰지게 된다면 주변 시세는 최대 열 배 이상도 뛰어오를 수 있었다.

당연히 셈이 밝고 욕심이 많은 자들이 두세 배 금액만 받고 땅을 팔 리 만무한 것이다.

"여, 열 배! 그렇다면 적어도 몇천만 냥이란 소리 아니오?"

"그러니 땅을 가진 자들은 무조건 버티려고 하겠지요."

"마, 말도 안 돼. 몇천만 냥이라니."

"그게 가능한 일이오?"

"충분히 가능한 일입니다. 그래서 시간이 우리 편이라는 겁니다."

그야말로 상상을 초월하는 액수에 정천팔룡은 벌린 입을 다물지 못했다.

시간이 흐를수록 부동산 시세는 높아질 것이고, 아무리 기무결이 천하제일의 부자라 해도 몇천만 냥을 감당할 수는 없을 터였다.

三

"땅을 팔지 않고 버티는 자들이 늘어나고 있다구요?"

"그렇다네. 조짐이 심상치가 않아."

"그건 우리 쪽도 상황이 만만치 않다네."

"하남성 쪽에는 두 배의 가격을 제안했는데도 단호하게 거절했다네."

구파일방의 장문인들과 마황칠패는 하루에도 몇 번은 기무결에게 상황을 보고했다.

기무결의 명령대로 그들은 자파의 제자들을 변장시켜 신속하고 은밀하게 땅을 사들였지만, 어느새 소문이 돌기 시작하더니 땅을 사들이는 일이 난관에 부딪치고 말았다.

기무결이 가볍게 눈살을 찌푸렸다.

"흐음. 메뚜기도 한철이라고 이때 단단히 한몫 잡겠다는 심사겠지요."

하지만 아무래도 상관없었다.

기무결은 땅을 사려는 게 아니라 사는 척하는 것이니까.

그리고 자신이 가지고 있는 돈 역시 모두 쓸 생각이었으니 땅값이 얼마나 오르든 그건 중요한 게 아니었다.

그래도 마음속으로 정해둔 원칙이 있었다.

한 달 안에 결판을 보지 않으면 이 승부는 자신의 패배로 끝나고 말 것이었다.

"무조건 한 달 안에 결판을 내야 합니다. 그 안에 암거래 시장의 계좌를 확인하지 못하면 우린 그야말로 쪽박을 차게 될 겁니다."

땅을 사들이기 시작한 지 벌써 며칠이 지난 뒤였다.

하나 아직 무림맹이나 육문칠가 쪽은 별다른 반응이 없었고, 수상한 계좌나 돈 거래 역시 발견된 것이 없었다. 사실 지금쯤이면 조금이라도 반응이 왔어야 정상이었다. 구파일방의 장문인과 마황칠패의 마음은 점점 초조해지고 있었다.

"혹시 놈들이 우리의 계획을 알아챈 것은 아닐까?"

"그건 아닐 겁니다."

기무결도 확신은 하지 못하고 있었다.

다른 사람들이라면 몰라도 범죄 자문 책사는 분명 자신이 주도해서 땅을 사들이고 있다는 것을 알고 있을 터였다. 그런데도 별다른 반응을 보이지 않는다는 것은 어쩌면 범죄 자문 책사가 사람들이 더 비싼 가격에 땅을 팔기 위해 쉽게 땅을 내놓으려 하지 않는다는 것을 예상했기 때문일지도 몰랐다.

'으음. 그렇다면 골치 아프게 생겼군.'

역시 만만한 자가 아니었다.

이런 식이라면 오히려 기무결이 범죄 자문 책사에게 끌려 다닐 수밖에 없었다.

하지만 그건 안 될 말이었다. 여기서 끝장을 내지 못하면 결국 자신과 지존맹의 운명도 장담할 수 없을 것이었다.

기무결은 승부수를 던졌다.

"보상금을 다섯 배로 준다고 하세요."

"다, 다섯 배?"

"그럼, 이천만 냥 중에 남는 돈이 거의 없게 되네."

"한 번에 쓰기에는 너무 무모한 금액일세."

"상관없습니다. 이왕 시작한 승부이니 끝을 봐야지요."

이건 일종의 담력 싸움이었다.

돈을 쓰는 기무결도 살이 떨리는 일이지만, 이를 지켜보는 쪽도 어지간한 배짱이 없으면 버텨내기 어려운 일이었다.

四

"시, 시중에 엄청난 돈이 풀렸네."

"그렇습니까?"

"지금 그렇게 한가하게 있을 때가 아닐세."

"놈이 보상금으로 다섯 배를 제안했고, 그로 인해 계속 버티던 자들이 속속 땅을 팔고 있단 말이네."

정천팔룡은 똥줄이 타들어가고 있었다.

한 번에 다섯 배의 보상금을 제안할 줄은 감히 생각도 못한 일이었다.

대충 계산을 해도 이천만 냥 정도는 쓴 것 같았다.

무모하다고 해야 할지 아니면 배짱이 두둑하다고 해야 할지.

어쨌든 그들은 범죄 자문 책사의 말만 믿고 있다가 뒤통수를 맞은 심정이었다.

이대로 있다가는 정말 육문칠가 일대의 땅이 모두 팔려 나갈 것 같았다.

그렇게 되면 홍등가가 들어서는 것도 시간문제이리라.

"으으, 기무결 이놈은 정말 단단히 미쳤네."

"이제 어떻게 해야 하나. 지금이라도 돈을 쏟아부어 맞대응해야 하네."

그들은 치가 떨릴 지경이었다.

그래서 더 무서운 일이었다.

기무결 이 미친놈이 당장에라도 육문칠가를 홍등가로 만들 것 같았다.

五

범죄 자문 책사는 여전히 느긋하기 짝이 없었다.

급하거나 초조할 이유가 전혀 없었다.

기무결이 승부를 걸어온 것을 느낌으로 알 수 있었다.

그건 그만큼 초조하다는 반증일 터.

사실 그것부터가 사실 말이 안 되는 일이었다.

개파식이라는 장막까지 치고 철저히 은밀하게 땅을 사들이던 것을 포기한 듯 지금은 대놓고 승부를 걸어오고 있었다.

"분명 내가 반응을 보이지 않으니 초조해진 것이리라."

범죄 자문 책사는 피식 비웃었다.

승리의 여신이 자신을 향해 미소를 짓고 있는 것이 느껴졌다.

하나 그는 결코 서두르지 않았다.

고양이가 쥐를 가지고 놀 듯 그는 더욱 차분하게 마음이 가라앉았다.

애초에 그가 서두르지 않은 데에는 그만한 이유가 있었다.

그에겐 육문칠가 일대를 홍등가로 만드는 계획을 아주 간단하게 무력화시킬 수 있는 방법이 있었다.

그건 생각보다 간단하다.

인근 지역의 땅 중에서 가장 핵심적인 곳만 비싼 가격에 산다면 돈은 얼마 들이지 않고도 기무결의 계획을 원천봉쇄할 수 있다.

마을에 들어오는 입구나 길목이 좋은 예였다.

일반적으로 핵심적인 지역은 유동 인구가 많은 곳으로 생각하게 마련이다.

하지만 범죄 자문 책사의 생각은 달랐다. 마을에 들어서는 입구나 길목만 차단하면 마을이나 고을로 들어서는 방법 자체를 막을 수 있었다. 외부에서 손님들이 마을이나 고을에 들어오지 못하면 아무리 화려한 홍등가가 들어선다 해도 아무 의미가 없어지는 것이다.

"이제 알겠습니까? 기무결은 수천만 냥을 써야 가능한 일을 우린 수십만 냥 정도만 써도 충분히 막을 수 있다는 것을 말입니다."

손님을 받지 못하면 영업을 지속하기도 어려운 법.

그렇게 한 달 두 달 지나다 보면 적자가 눈덩이처럼 불어나 파산하는 건 시간문제일 것이다.

정천팔룡은 탄성을 터뜨렸다.

"역시 선생이시오."

"어떻게 입구나 길목을 생각한 것이오?"

"돈도 얼마 들이지 않으면서도 홍등가를 원천적으로 봉쇄할 수도 있고, 이거야말로 일석이조의 계책이오."

"후후! 단순히 그것만이 전부가 아니지요. 기무결은 반드시 파산할 겁니다."

"그럼, 이러고 있을 때가 아니지 않소? 당장 입구와 길목을 사들입시다."

혹시라도 기무결이 눈치를 채고 선점할까 두려웠다.

하지만 범죄 자문 책사는 고개를 흔들었다.

"정중동이라 했습니다. 기무결이 초조하고 급하게 움직일수록 우리는 가만히 지켜만 봐도 충분합니다."

"지금까지 계속 지켜봤는데 언제까지 더 기다려야 한다는 것이오?"

"사실 한 가지 확인할 것이 있습니다."

"그게 무엇이오?"

"아무리 생각해도 육문칠가 일대를 홍등가로 만든다고 해서 기무결이 얻을 수 있는 건 딱히 없습니다."

순간 정천팔룡이 불쾌한 표정으로 소리쳤다.

"우리의 명예가 걸린 일이오. 세상에 이보다 더 중요한 것이 어디 있단 말이오?"

"그거야 그대들의 입장일 뿐이지 기무결의 생각은 아니지 않습니까? 이천만 냥을 쏟아부어 정천팔룡과 육문칠가를 망신시키는 선에서 끝낸다? 지나가는 개가 웃을 일입니다."

그랬다.

범죄 자문 책사는 지금 기무결의 의도를 의심하고 있는 중이었다.

만약 육문칠가와 무림맹을 무너뜨리는 것이 목적이었다면 이렇게까지 의심하진 않았을 것이었다.

하지만 겨우 그들을 망신만 주는 것이라면 확실히 천문학적인 돈을 쏟아붓고 얻는 이익치고는 너무 초라했다.

"으음."

정천팔룡의 얼굴은 붉으락푸르락 변했다.

범죄 자문 책사의 말은 듣고 있기 거북할 정도로 모욕적인 것이었지만, 생각해 보면 그리 틀린 말도 아니었다.

"그래서 선생이 하고 싶은 말이 무엇이오?"

"어쩌면 지금 벌이고 있는 모든 것이 소생을 속이려는 계책일지도 모른다는 생각이 들더군요."

"허어, 그게 더 이상한 일이오. 겨우 선생을 속이려고 이천만 냥을 쏟아붓는단 말이오?"

"선생을 속여서 기무결이 얻는 건 또 무엇이 있단 말이오?"

"기무결은 육문칠가보다 소생을 더 두려워하고 있습니다. 때문에 소생을 제거하지 않고는 육문칠가와의 전쟁에서 승산이 없다고 생각하고 있지요."

가히 소름이 돋을 정도로 무서운 혜안이었다.

그는 기무결의 머릿속에 들어갔다 나온 사람처럼 정확하게 알고 있었다.

하지만 그다음이 문제였다.

기무결이 자신을 속여서 얻는 게 무엇이고, 어떤 것을 행하려는지 전혀 감을 잡을 수 없었다.

거금을 들여 사들인 땅이 하늘로 사라지는 것은 아니다.

그건 곧 언제든 땅을 팔고 돈을 마련할 수 있다는 소리.

부동산 거품이 꺼지면 극심한 손해를 보겠지만, 완전히 망하는 건 아니었다.

그래서였다.

일단 기무결이 하는 것을 좀 더 지켜보고 판단을 내려도 늦지 않았다.

홍등가를 만들려는 계책이 정말 진심에서 우러나온 것이라면 어떤 어려움이 오더라도 끝까지 밀어붙여야 정상이었다.

"지금까지 파악한 기무결의 자산은 대략 이천만 냥 정도입니다."

"언제 그걸 알아낸 것이오?"

"지피지기면 백전백승이라 하지 않았습니까? 처음부터 기무결과 전표 전쟁을 벌일 생각이었는데, 그자의 자산 규모도 파악하지 않고 시작할 수는 없지요."

"역시 선생은 치밀하시오."

"기무결은 천만 냥 정도를 전장에 예치해 두었고, 이모백의 수중에서 빼앗은 재산이 천만 냥입니다."

"그렇다면 이번에 거의 다 쓴 것이 아니요?"

"아마 기무결은 조만간 자금력이 한계에 봉착할 겁니다."

하지만 아직 사야 할 땅은 여전히 많이 남아 있었다.

그렇다는 건 홍등가 계획을 포기하든가 아니면 사채를 끌어와서라도 계속 밀어붙이든가 둘 중 하나를 선택할 수밖에 없었다.

"만약 기무결이 소생과 사생결단을 내겠다고 마음을 먹었다면 당연히 사채라도 끌어다 써서 땅을 사려 할 겁니다."

그렇다면 그때는 당연히 그 역시 입구와 길목을 사들여 원천봉쇄 작전을 행할 생각이었다.

하나 만약 그게 아니고 이 모든 것이 자신을 속이려는 거대한 함정이라면 굳이 함정에 빠질 이유가 없는 것이다.

'흐흐, 아마 그때는 가만히 지켜보는 것만으로도 승리할 수 있을 것이다.'

이제 개파식까지 남은 시간은 대략 이십 일 정도.

시간은 여전히 범죄 자문 책사의 편이었다.

六

다시 며칠이 지났다.

기무결의 수중에는 돈이 바닥났지만, 여전히 범죄 자문 책사의 움직임은 보이지 않았다. 암거래 시장 쪽 동향도 조용했고, 수상한 계좌나 돈 뭉치의 흐름도 발견된 것이 없었다.

상황은 절망적이었다.

이 정도까지 돈을 썼다면 이젠 확실하게 반응이 나와야 정상이었다.

한데 범죄 자문 책사는 모든 걸 알고 있기라도 하듯 아무런 반응도 보이지 않고 있었다. 기무결은 전혀 생각지 못한 일이었다.

이쯤 되면 천하의 기무결도 초조해질 수밖에 없었다.

그의 계획은 거의 실패한 것이나 마찬가지였다. 아무것도 얻은 건 없고 가지고 있던 돈만 날려 버릴 판이었다.

'도대체 무엇이 문제일까?'

기무결은 이번 계획을 처음부터 차근차근 되짚어보았다.

분명 어딘가에서 허점이 드러났으니 범죄 자문 책사가 알아차렸을 것이었다.

하지만 잘못된 곳을 찾을 수 없었다. 그는 자신의 모든 재산을 쏟아부었고, 누가 봐도 사생결단의 자세로 임했기 때문이었다.

"자, 잠깐!"

기무결은 불현듯 머릿속에 스치고 지나가는 것이 있었다.

아직 사야 할 땅은 많은데 돈은 떨어졌다.

한데 만약 사생결단의 자세로 나가야 하는 자신이라면 어떻게 해야 하는 것일까?

아마 사채를 끌어다 쓰든가, 다른 누군가에게 돈을 빌려서라도 계획을 완성해야 옳다.

하지만 지금 기무결은 그렇게까지 하고 있진 않았다. 한데도 이걸 사생결단의 자세로 임하고 있다고 말할 수 있는 것일까?

그건 아니었다.

기무결은 그저 자신의 돈 이천만 냥을 쏟아부은 것으로 충분하다고 만족하고 있었다.

"어쩌면 그래서 그런 것이 아닐까? 놈은 그래서 상황을 지켜보는 것일지도 모른다."

생각해 보면 그 역시 처음에는 홍등가 계획을 실행하기 전에 망설였던 적이 있었다.

그건 단순히 그들을 망신 주는 선에서 끝나고 얻을 수 있는 실익이 별로 없었기 때문이었다. 그래도 밀어붙였던 것은 육문칠가를 무너뜨리는 것이 목적이 아니라 암거래 시장을 찾아내기만 하면 되기 때문이었다.

"분명 범죄 자문 책사도 나와 똑같은 생각을 하고 있는 것이다."

그렇다면 이제 무엇을 해야 하는지 분명해졌다.

사생결단의 자세.

그리고 돈을 빌리는 것이었다.

만에 하나 돈을 빌려서 땅을 매입했는 데도 범죄 자문 책사가 반응을 보이지 않으면 어떻게 하나 걱정이 앞섰다.

하지만 몇 번을 생각해도 이 방법밖에 없었다.

"이렇게 된 이상 끝까지 간다."

이미 전 재산을 날린 마당에 막대한 빚까지 질 수 있었다.

하나 애초 이번 전쟁은 담력 대결이라 생각하지 않았던가?

누구의 배짱이 더 두둑하고 담력이 높은지 끝까지 가는 수밖에 없었다.

기무결은 곧장 철산호를 찾아갔다.

지존맹 내에서 자금력이 가장 풍부한 사람은 철산호일 것이다.

"혹시 풍운산장에서 돈을 빌릴 수 있겠습니까?"

七

세상에 돈을 빌려달라는 말만큼 어려운 것도 없다.

옛말에 가족들과도 하지 말라는 것이 돈 거래란 말이 있을 정도다.

하지만 기무결은 너무 쉽게 돈을 빌려달라고 말했고, 철산호역시 단 일 초의 망설임 없이 대답했다.

"얼마면 되겠나?"

"가능한 많을수록 좋습니다."

"알겠네. 군아에게 말해서 최대한 많이 보내달라고 하겠네."

기무결은 일단 한숨을 돌렸다. 금액적으로만 놓고 보면 풍운산장에서 돈을 빌리는 것이 가장 적다고 할 수 있다.

하나 풍운산장이야말로 절대 빠져서는 안 되는 중추적인 역할을 담당하고 있었다.

"어쩌면 그 돈을 갚을 수 없을지도 모릅니다."

"어느 정도 예상하고 있는 일이네."

"금액이 커서 자칫 풍운산장이 심각한 자금 압박에 빠질 수도 있습니다."

"그러니 자네와 풍운산장은 공동 운명체라는 걸 명심하게.

자네가 무너지면 풍운산장도 무너지는 게야."

부담을 주려는 게 아니었다.

오히려 전적으로 기무결을 믿고 신뢰한다는 뜻이었다.

거기에 더해 철산호는 철예군의 능력을 믿고 있었다. 설령 풍운산장이 심각한 자금 압박에 빠져도 철예군이라면 슬기롭게 이겨낼 거라고 확신했다.

원래 철예군은 만사에 귀찮아하는 성격이었고, 얼마 전까지만 해도 철팽호와 철위강 형제가 차기 풍운산장의 장주 자리를 놓고 암투를 벌인 것을 떠올리면 대단한 변화였다.

하지만 어쩌면 당연한 일인지도 몰랐다. 기무결이 풍운산장을 떠난 이후 숨어 있던 간세를 모두 찾아내 척결한 사람은 철예군이었다. 또한 그녀가 녹혈무형고의 해독제를 만들어 철산호의 목숨을 살려낸 것 역시 무시할 수 없는 일이었다.

'공동 운명체라…….'

부담이 안 된다면 거짓말일 것이다.

하나 지금 상황에서 이보다 더 적절한 표현도 없었다.

철산호와 풍운산장이 사생결단의 자세로 동참해 주었지만, 그건 지존맹 내에서 겨우 하나일 뿐이었다.

기무결은 즉시 마황성과 구파일방을 찾아갔다.

기왕 시작한 일이었다.

어설프게 하느니 차라리 안 하느니만 못한 법이다.

지금 십시일반 돈을 모으는 것이 아니었다. 돈을 갚지 못하면 그 어떤 문파라도 휘청거리고 무너질 수 있을 정도로 막대한 양의 돈을 내놓는 것이었다. 돈이 없는 문파들은 전장에 문파를 담보로 돈을 빌리는 방법도 있었다. 유구한 역사를 자랑하고 있는 구파일방의 장문인들은 기무결의 말을 듣는 순간 기절초풍할 지경이었다.

누구도 쉽게 결정할 일이 아니었다.

이젠 누가 죽어도 어느 하나는 반드시 죽을 수밖에 없는 상황이었다.

한참을 긴 침묵이 장내를 뒤덮었다.

그렇게 얼마의 시간이 지났을까.

범죄 자문 책사를 속이는 방법은 그것밖에 없다는 말에 석대공이 한참을 생각하다 어렵게 결정을 내려주었다.

"어차피 그 잡것들과의 전쟁에서 패하면 마황성의 건물이 다 무슨 소용이겠는가?"

고마운 말이었다.

결국 석대공을 시작으로 구파일방의 장문인들도 어렵게 결정을 내릴 수밖에 없었다.

그렇게 뜻은 모아진 셈이었다.

이젠 육문칠가 일대의 땅을 모두 사고도 남을 돈이 마련된 것이다.

第八章
암거래 시장의 정체

—

귀신이 곡할 노릇이었다.

범죄 자문 책사는 홍등가 계획은 일종의 속임수라고 생각했었다.

기무결이 무슨 의도로 육문칠가 일대를 홍등가로 만들려고 하는지 알 수 없지만, 자신을 속이기 위해 개파식을 한 달 안에 진행하려 한다는 것은 확신했다. 모든 정황이 그렇게 말해주고 있었다. 때문에 그는 기무결의 자금이 바닥날 때만 기다리고 있었다.

한데, 이게 웬걸?

기무결이 풍운산장에서 돈을 빌린 것까지는 어느 정도 예상한 일이었지만, 구파일방과 마황성의 건물들을 담보로 막대한 돈을 마련할 줄은 꿈에도 생각지 못한 일이었다. 기무결은 그 돈으로 다시금 마구잡이로 땅을 사들이기 시작했다.

이건 무모한 건지 아니면 제대로 미친 건지 구분이 가지 않았다.

이젠 기무결 혼자 망하는 것이 아니었다. 육문칠가 일대에 홍등가를 세워서 수익을 내고 담보를 갚지 않으면 구파일방과 마황성, 그리고 풍운산장은 쫄딱 망하기 때문이었다.

수백 년의 유구한 역사를 지닌 구파일방과 마황성이 겨우 담보를 갚지 못해 망한다면 천하에 누가 믿으려 할까?

하지만 이는 엄연한 현실이었다.

의심이 많은 범죄 자문 책사도 이쯤 되면 믿지 않을 수가 없었다.

지금까지 한 번도 자신의 확신이 틀려본 적이 없던 범죄 자문 책사였기에 이는 꽤나 충격적인 일이었다.

정천팔룡의 원망은 이만저만 큰 것이 아니었다.

여기저기서 질책이 쏟아져 나왔다.

"그러게 우리가 처음부터 뭐라고 말했소?"

"육문칠가의 명예가 땅에 떨어지면 무림맹은 무사할 것 같소?"

"홍등가가 세워지면 그대도 회주의 질책에서 벗어나진 못할 것이오."

사실 그들은 범죄 자문 책사가 육문칠가의 명예를 너무 하찮게 생각한 것부터가 마음에 들지 않았었다. 그러다 기무결이 구파일방과 마황성을 담보로 또 한 번 막대한 자금을 마련해 두 번째 공습을 시작하자 이젠 똥줄이 타다 못해 미치기 일보 직전이었다.

"다들 진정하십시오. 아직 늦은 건 아닙니다."

지금이라도 입구와 길목을 사들여도 충분하다.

하지만 왠지 맥이 빠지는 것은 어쩔 수 없었다. 무언가 거창한 술수를 기대했던 그의 기대와는 달리 겨우 육문칠가의 명예를 떨어뜨리기 위해 모든 것을 다 건 기무결의 행동은 실망스럽기 그지없었다.

'적어도 뱀의 머리는 될 줄 알았더니 이건 피라미도 안 되는 놈이었어.'

범죄 자문 책사는 이제 더 이상 지켜볼 필요가 없었다.

그는 즉시 암거래 시장에 전서구를 날렸다.

필요한 돈은 백만 냥 정도.

기무결이 쏟아부은 돈에 비하면 그야말로 조족지혈이었다.

二

"방금 재무부에서 연락이 왔네."

"어떻게 되었습니까?"

"드디어 암거래 시장의 위치를 알아냈네. 자네의 예측이 맞았어."

철산호의 목소리가 들떠 있었다.

실체는 존재하지만, 절대 찾을 수 없어서 존재 자체를 의심하는 것. 그러면서도 천하에 온갖 해악을 끼쳐서 세상에 존재해서는 안 되는 곳이 바로 암거래 시장이었다.

오랫동안 구파일방과 동창의 추적을 비웃어오던 암거래 시장이 끝내 기무결에 의해 그 모습을 드러내게 된 것이다.

"최근 육문칠가 일대를 드나들 수 있는 길목과 입구가 모두 팔려 나갔는데, 그 돈을 추적해 보니 암거래 시장에서 흘러나온 것이더군."

초조하게 기다리던 기무결에게 그야말로 희소식이 아닐 수 없었다.

하지만 그 대가가 결코 만만치 않았다. 자신의 전 재산은 물론이고 구파일방과 마황성, 그리고 풍운산장의 모든 것을 다 걸어야만 했다.

"그곳이 어디입니까?"

"그게 좀 이상한 일인데……. 돈이 흘러나온 곳이 양경부라고 하네."

"양경부라면 관아 아닙니까?"

"광동성에 있는 곳이지."

엄밀하게 말하면 광동성 일대의 관아를 관리하는 상급기관이었다.

관아의 수장을 현령이라 한다면 양경부의 장관은 부윤이라 일컫는다.

기무결은 한 방 얻어맞은 기분이었다.

천하의 기무결조차도 전혀 생각하지 못한 곳이었다.

설마 법을 지키고 수호해야 할 관아가 암거래 시장의 주범이라고 그 누가 상상이나 하겠는가?

한편으로는 기막힌 위장막이기도 했다.

이러니 구파일방과 동창이 천하를 다 뒤져 가며 암거래 시장을 찾았지만, 끝내 알아내지 못할 수밖에 없었다.

"이제 어떻게 할 셈인가?"

같이 가야 하지 않겠냐고 물어본 것이다.

기무결은 고개를 흔들었다.

"시간이 얼마 없습니다."

혼자 움직이는 것이 편했다.

여기서 광주까지는 수천 리가 넘게 떨어져 있었다.

제아무리 초절정 고수라 해도 꼬박 십여 일은 달려야 갈 수 있는 거리였다.

하지만 기무결은 하루 정도면 충분히 도착할 수 있었다. 밥을 먹는 시간을 줄인다면 하루도 걸리지 않을지도 몰랐다.

"그래도 혼자는 위험하지 않겠나?"

암거래 시장이 위험하다는 건 천하가 다 아는 일이었다.

기무결의 능력은 알고 있었지만, 그래도 한 손이 열 손을 당하지 못하는 법이다. 옆에서 도와줄 사람이 있다면 좀 더 쉽게 해결할 수 있을 터였다.

하지만 이번에도 기무결은 고개를 흔들었다.

그가 잘나서 혼자 해결하겠다는 것이 아니었다.

암거래 시장이 위험하다는 것을 모르는 것도 아니었다.

하나 같이 움직이면 범죄 자문 책사의 이목에 걸릴 가능성이 높았다. 어찌 그렇지 않겠는가? 모두가 이곳을 주목하고 있는 상황에서 기무결은 물론이고 핵심적인 고수 몇 명이 보이지 않으면 누구나 의심부터 할 것이기 뻔했다.

기회는 오직 한 번뿐이었다.

기무결이 암거래 시장을 노리고 있다는 것이 알려진다면 모든 노력이 물거품으로 변하고 말 것이었다.

때문에 보안을 위해서라도 혼자 갈 수밖에 없었다.

철산호도 무거운 표정으로 고개를 끄덕였다. 천하의 운명이 기무결의 어깨에 달려 있었다.

"그나저나 이 상황에 할 말은 아니네만, 군아 말일세. 이번 일이 끝나면 예전에 했던 약속을 다시 지켜줘야겠네."

"끙!"

기무결은 입이 열 개라도 할 말이 없었다.

철산호는 전장에 예치해 둔 천만 냥이 어디서 나온 것인지 대충 짐작하고 있었다.

예전부터 자신이 살수천자의 보물을 찾기 위해 무림맹에 들어간 것을 알고 있었으니 말이다.

하나 모른 척 비밀을 지켜주고 있었다. 그것만으로도 이미 철산호에게 큰 빚을 진 셈이었다.

"좋습니다. 철 소저와 세 번 만나면 됩니까?"

"그건 안 될 말이지. 이제 열 번은 만나야 하네."

"이, 이건 약속이 틀리지 않습니까?"

"클클! 약속을 먼저 어긴 사람은 바로 자네일세. 이건 그에 대한 이자라고 생각하게."

"끙!"

이자가 거의 사채 수준이었다.

철산호의 마음을 모르는 건 아니었다.

열 번을 만나보라는 건 곧 철예군과 결혼을 하라는 뜻이나 마

찬가지였다. 자신에게 화은설이 있다는 것을 알면서도 이런 제
안을 한 것은 대장부에게 삼처사첩 정도는 흉이 아니라고 생각
하는 것 같았다.

하지만 기무결이 괜찮지 않았다.

원래 다다익선이라 했다. 남자들은 열 여자 마다하지 않을뿐
더러 상대가 천하절색의 미녀들이라면 두말할 나위도 없었다.

그런 면에서 기무결은 조금 특이한 남자였다.

그는 이곳저곳 정을 뿌리고 다니는 것을 별로 좋아하지 않았
고, 상대가 천하절색의 미녀들이라 해도 사랑은 하나면 족하다.

차라리 잘된 일인지도 몰랐다.

이건 그냥 어영부영 넘어갈 일이 아니었다.

화은설과 혼례를 올리면 철산호도 더 이상 미련을 버리고 깨
끗하게 자신을 포기하리라.

하지만 혼례를 올리든 철예군을 만나든 모든 건 암거래 시장
에서 무사히 살아 돌아온 다음의 일이었다.

三

광동성의 광주는 상업이 발달한 곳으로 특히 해상 무역의 중
심지로 통한다.

때는 늦가을로 접어들었지만, 광동성의 오후는 따듯한 바람
이 불고 있었다.

기무결은 상인 복장을 하고 양경부 앞을 지나갔다. 상급기관
이라 그런지 일반 관아보다 그 규모가 배는 더 컸다.

그는 즉시 기감을 열고 양경부를 조사했다.

조금이라도 불쾌하거나 이상한 기운이 느껴지면 일단 확인한 뒤 밤에 다시 돌아와서 그곳을 조사할 생각이었다.

그의 기감은 그동안 꾸준히 수련한 탓에 예전보다 더 깊어진 상태였다.

이것도 일종의 무공이었다. 수련을 하면 할수록 기감을 통해 느껴지는 기운이 정확해지고 예리해졌다. 가령 누군가 속으로 살의를 가졌다 해도 겉으로 표현하지 않으면 보통 사람들은 알아차리지 못한다.

하지만 기무결은 기감의 성취에 따라 얼마나 살의가 강하고 약한지를 정확하게 감지할 수 있었다.

최근에는 단순히 사람의 마음을 감지하는 것에서 한발 더 나아가 앞으로 벌어질 일들까지 느껴질 때가 있었다.

그건 일종의 천기를 엿보는 것과도 같았다.

우주 만물은 기의 흐름으로 이루어져 있는데, 이 기와 교감을 나눌 수 있다면 앞으로 일어날 일들을 미루어 짐작할 수 있게 된다. 사람들은 이를 예언이라 하는데, 기무결의 기감은 이미 신기가 느껴질 정도로 충만한 상태였다.

"으음, 불쾌한 기운은 느껴지지 않는군."

가능성은 크게 두 가지다.

하나는 암거래 시장이 양경부 지하에 있어서 기무결의 기감으로도 느끼지 못하는 것이거나 아니면 돈 관리만 양경부에서 하고 물건 거래 등은 다른 곳에서 하기 때문에 아무런 기운도 느껴지지 않는 것일지도 몰랐다.

두 가지 모두 가능성이 있었다.

일전에 기무결이 범죄 자문 책사의 함정에 빠져 진미객잔 지하 통로에 간 적이 있었다.

진미객잔은 천하에 산재한 암거래 시장 중 하나로 진미객잔의 지하에 자리를 잡고 있지 않았던가?

암거래 시장은 중개인을 따로 두고 손님을 유치하는 구조였다. 때문에 양경부가 중개인 역할을 맡고 있다면 충분히 가능한 것이다.

"일단은 지하에 있는 것보다는 중개인을 따로 두고 있을 가능성이 높겠지."

아무리 지하라 해도 암거래 시장이 양경부 밑에 있다 보면 언젠가 걸릴 수도 있는 문제였다.

그럼 무엇부터 해야 할까?

양경부의 부윤을 족쳐 보면 좀 더 자세히 알 수 있을지 몰랐다.

하지만 만에 하나 부윤이 결백하고 다른 누군가 암거래 시장의 간세라면 일은 더욱 골치 아파질 것이었다.

그렇게 한창 양경부 주변을 서성거리며 생각에 잠겨 있을 때였다.

정문을 지키던 관병이 기무결의 행동을 수상하게 여기고 가까이 다가왔다.

"네 이놈, 여기서 무얼 하고 있느냐?"

"헤헤, 나리! 광동성은 처음 온 장사치온데 여기다 그릇을 펼쳐 놓고 팔 수 있는지요?"

기무결은 등에 봇짐을 메고 있었다.

순간 관병의 입에서 호통이 터져 나왔다.

"한심한 놈! 썩 물러가지 못할까? 이곳은 장사치들이 물건을 늘어놓고 팔 수 있는 곳이 아니다."

"죄, 죄송합니다요, 나리!"

기무결이 겁에 질린 표정으로 뒷걸음질 치고 몸을 돌렸다.

하나 그의 눈빛이 양경부의 정문을 향해 반짝거리고 있었다. 마침 양경부 안에서 깡마른 중년 사내가 나오고 있었다.

'저자는?'

낯이 익은 자였다.

아니, 잊을 수가 없는 자였다.

밀종 대수인의 고수!

그는 바로 신강쌍괴 중 한 명인 부표였다.

四

"당주님 오셨습니까?"

부표는 한참을 걸어가 화려하게 생긴 장원 안으로 들어갔다.

수문위사들이 그를 보고 허리를 굽혀 인사를 했다.

부표는 고개만 끄덕이고 안으로 들어갔다. 하지만 누군가 자신의 뒤를 따라온 것은 꿈에도 모르고 있었다.

혼원방!

기무결은 가볍게 눈살을 찌푸렸다.

처음에는 암거래 시장만 생각하고 왔다가 의외의 모습에 적잖이 당황했다.

'이, 이게 어떻게 된 것일까?'

잠시 머릿속이 혼란스러웠다.

그럴 수밖에 없었다.

광주의 무림은 춘추전국시대를 방불케 할 정도로 수많은 문파가 난립하고 있었다. 하루에도 몇 개의 문파가 나타났다가 사라지기를 반복했다. 광주의 무림은 밀림과도 같았다. 경쟁이 치열해서 살아남는 것이 쉽지 않았다.

하지만 오래전부터 천년 거목처럼 광주무림을 든든히 지켜온 곳이 있었으니 사람들은 이들을 일컬어 사패천이라 불렀다. 서쪽으로는 불산의 검호각이 단연 으뜸이었고, 북쪽으로는 황룡표국, 동쪽에는 사이한 술법으로 악명이 자자한 사혈림, 남쪽에는 여인들의 문파인 선하장이 바로 사패천이었다.

그런 광주의 무림에 최근 변화의 바람이 일고 있었다.

영원히 변화지 않을 것 같던 사패천이 무너지고 몇 개의 문파가 패권을 차지한 것이다.

그들은 생긴 지 얼마 되지 않았지만, 주변의 군소방파들을 하나둘 흡수하더니 불과 몇 년 만에 광주를 넘어 광동성에서도 손가락 안에 꼽히는 문파로 성장했다. 거의 전례가 없는 일에 사람들이 주목한 것은 당연한 일이었다.

삼강이상.

혼원방.

신마장.

태양산장.

이들 세.개의 문파는 능히 구파일방과도 견줄 만하다고 해서 삼강이라 불렀다.

북천표국.

철기마전.

이들은 특이하게 장사를 하는 상인들이면서도 그 무공이 괴이하고 독특해서 중원에서는 처음 접하는 절기들을 사용했다.

기무결도 삼강이상의 소문을 들은 기억이 있었다.

그들이 합종과 연횡을 맺고 사패천을 무너뜨린 것으로 알려져 있었지만, 어쩌면 그게 아닐 수도 있다는 생각이 들었던 것이다.

"으음, 신강쌍괴가 방주가 아닌 당주라고?"

기무결은 신강쌍괴와 싸워본 적이 있었다.

당시 그는 상당히 고전을 면치 못했었다.

만약 신강쌍괴가 처음부터 합공을 펼쳤다면 기무결은 목숨을 장담하기 어려웠을 것이다.

그때는 기무결이 천무은행잠종대법을 완벽하게 수련하지 못하기도 했지만, 부표의 밀종 대수인과 화영의 단월탈혼도법은 결코 정천구룡의 아래가 아니었다.

바로 그것이었다.

부표를 수하로 부릴 수 있으려면 적어도 오사나 십강은 되어야 할 것이었다.

그리고 오사나 십강의 위력은 이미 구룡겁화에서 증명이 된 상태였다. 단 한 명이 아미파와 청성파의 수십 명의 고수를 괴멸시키지 않았던가?

사패천이 강하다고 하나 아미파와 청성파를 뛰어넘을 순 없다.

더 중요한 문제는 신강의 무림이 광동성의 무림으로 숨어 들어왔단 것이다.

새외삼패의 하나인 신강의 고수가 떡하니 중원무림에 문파를 만들고 활개를 치고 있었다. 그리고 그는 암거래 시장과 밀접한 관련이 있는 자였다.

그렇다면 새외삼패의 나머지 인물들도 이곳에 있지 말라는 법이 없었다.

"암거래 시장이 새외삼패이고, 새외삼패가 곧 암거래 시장이다."

五

혼원방은 수하가 채 백 명이 되지 않는 문파였다.

이 정도 규모면 중원에서 아주 작은 소문파로 취급을 당한다.

하지만 규모가 작다고 무시하다간 큰코다치기 십상이었다.

그들은 한 사람이 능히 백 명을 상대할 만큼 개개인이 뛰어난 무공을 지니고 있기 때문이었다.

또한 그들의 성정은 하나같이 늑대처럼 사납고 이리처럼 거칠어 한 번 싸움이 나면 반드시 피를 봐야 직성이 풀리는 것으로 유명했다. 때문에 어지간한 사람조차 혼원방과는 원한을 맺지 않으려고 눈치를 볼 정도였다.

혼원방의 방주는 야율한이라는 자로 육십 대 노인이었다.

그의 출신 내력은 알려진 것이 거의 없었다. 야율한이라는 이름도 처음 듣는 것이었다. 일각에서는 떠돌이 낭인이었다가 우연찮은 기회에 기연을 얻고 늙은 나이에 고수가 되었다고 말하는 사람들이 있는가 하면 어떤 자들은 전대 마인이 신분을 속이고 야율한의 이름으로 살아가고 있는 것이라고 말했다.

부표는 자존심이 꽤나 강한 무인이었지만, 야율한을 대하는 모습은 두려움과 경외 그 자체였다.

그는 시종일관 깊게 부복한 허리를 제대로 펴지 못한 채 야율한을 대하고 있었다.

"방주님, 회에서 또다시 독촉이 내려왔습니다. 아, 앞으로 십일 안에 삼천만 냥을 모두 준비하지 않으면……."

부표는 더 이상 말을 잇지 못했지만, 야율한 그다음 내용을 충분히 짐작할 수 있었다.

그의 두 눈에 분노의 불꽃이 튀었다.

"으으, 이 찢어 죽일 놈. 백만 냥을 준 것이 언제이거늘. 우릴 무시해도 너무 무시하는구나!"

"하지만 방주님! 신강무림의 미래가 달려 있는 일입니다. 삼천만 냥만 건네주면 속박에서 완전히 풀어준다고 하니 어떻게든 마련해 주는 것이……."

"그걸 누가 모르는가? 문제는 삼천만 냥이 뉘 집 애 이름도 아니고 무슨 수로 마련을 하냔 말이야."

지금까지 이런저런 핑계를 대고 뜯어간 돈만 해도 족히 백만 냥이 넘어갈 터였다.

게다가 암거래 시장으로 온갖 불법을 자행하면서 벌어들인 돈 역시 고스란히 회주의 손에 들어갔다.

새외삼패와 중원무림은 서로 견원지간.

그들은 한 번도 좋은 관계를 맺고 지내온 적이 없었다.

그런 그들이 중원무림에 들어와 시정잡배들처럼 암거래나 일삼으며 주구 노릇을 한다는 건 죽기보다 더 괴로운 일이었다.

하나 회에서 내려온 명령을 거부할 수 없었다.

그를 비롯한 오사와 십강, 그리고 신강쌍괴는 모두 회주라는 자에게 속박되어 어떤 명령이라도 따라야만 하는 처지였다.

설령 그것이 자살을 명한다 해도 마찬가지였다.

야율한은 신강무림을 대표하는 고수였다.

죽음의 심판자.

명부천사 야율기가 그의 진실한 내력이었다.

야율기는 오사 중에서도 최고의 고수로 군림했고, 지금까지 수백 번의 싸움 중에서 누구도 그의 적수가 되지 못했다.

한때 그의 야망과 포부는 대단한 것이었다.

중원무림에 정천구룡이 있고 마황칠패와 석대공이 있다고는 하지만, 누구도 그의 눈에 들어오는 사람이 없었다. 신강무림의 전력을 일으켜 중원무림을 일통하겠다는 포부와 야망이 조금씩 움터올 때였다.

자신을 회주라고 소개한 자가 나타나 비무를 청했을 때 어이가 없어서 코웃음 치고 말았다.

천하에는 자신의 분수도 모르고 미쳐 날뛰는 부나방 같은 자가 너무 많았다.

하지만 그의 생각은 비무가 채 일 초도 끝나지 않았을 때 바뀌고 말았다.

강해도 너무 강했다.

이건 도저히 인간의 무공이라 할 수가 없었다.

설령 악마가 지옥에서 환생해서 온다 해도 이보다 더 강할 수는 없을 것 같았다. 이는 절망을 넘어 영원히 넘볼 수 없는 거대한 벽이었다. 회주의 손에 백 초라도 버텼다면 이렇게 굴욕을 당하면서까지 하수인 노릇도 하지 않았을 것이었다.

하지만 현실은 전혀 그렇지 않았다.

십 초!

딱 십 초 만에 회주의 손에 피를 토하고 패했다.

그건 충격 그 자체였다.

더 놀라운 건 오사와 십강, 그리고 신강쌍괴가 자존심을 버리고 모두 달려들었는데도 백 초도 버티지 못하고 패했다는 것이었다.

그때 알았다.

회주는 악마의 환생체이면서 동시에 고금무적의 고수라는 것을.

때문에 그의 명을 거부하면 단순히 자신들만 죽는 것으로 끝나는 것이 아니라 신강무림 자체가 궤멸될지 몰랐다.

"흐음."

야율한의 두 눈에 고뇌의 빛이 떠올랐다.

지금까지 그가 신강무림을 쥐어짜서 마련한 돈은 이천만 냥 정도.

돈이 될 수 있는 것은 거의 모두 팔아서 만든 돈이었다. 어떤 문파는 장원을 팔아야 했고, 어떤 곳은 문파를 유지할 수 있는 생명인 사업체를 포기해야 했다.

하지만 남은 천만 냥은 도저히 구할 방법이 없었다.

사실 이것만으로도 신강무림은 거의 고사 직전으로 내몰린 상태였다. 이제 더 이상 신강무림은 내다 팔 물건도 없지만, 여기서 조금만 더 쥐어짜면 회주의 손에 궤멸되기 전에 스스로 무너져 내릴 것이 뻔했다.

그럼에도 불구하고 할 수만 있다면 삼천만 냥을 구해서 주고 싶었다.

그의 유일한 소원은 회주의 손에서 벗어나는 것이었다.

"회주는 우리가 삼천만 냥을 구하지 못할 것을 알고 일부러 무리한 요구를 한 것이다."

그건 곧 자신들을 곱게 풀어줄 생각이 없다는 것이었다.

속에서 분노가 치밀어 올랐다.

이렇게까지 무시를 당하고 모욕을 받으면서까지 살아야 하나 싶은 생각이 들었다.

하나 회주의 공포스러운 무공을 떠올리고는 이내 고개를 떨구고 말았다.

지렁이가 분노한다고 달라지는 건 아무것도 없다.

그저 밟으면 꿈틀대는 것이 전부였다.

지렁이!

천하의 명부천사 야율기가 회주 앞에서는 한낱 지렁이 같은 존재일 뿐이었다.

六

시간은 삼경을 지나 자정이 되어 가고 있었다.

부표는 야율기의 처소를 나와 터덜터덜 자신의 처소로 향했다.

오늘따라 유난히 달빛이 쓸쓸하게 느껴졌다.

그는 자신의 처지를 비관했다.

신강에서 거칠 것 없이 지내던 때가 그리웠다.

야율기는 하수인 노릇이라도 하지.

그는 하인들이나 하는 하찮은 잔심부름꾼으로 전락한 지 오래였다.

천하의 부표가 잔심부름이나 하고 다닐 줄 누가 짐작이나 했겠는가?

"제길, 오늘 같은 날은 술 생각이 절로 나는군."

그러고 보니 술을 먹어본 적이 언제인지 기억조차 나지 않았다.

삼천만 냥을 만들기 위해 백방으로 뛰어다닌다고 밥도 제대로 먹지 못하고 있는 실정이었다.

부표가 처소의 문을 열고 등불을 켜는 순간이었다.

그의 신형이 흠칫 멈춰 섰다.

누군가 그의 침상에 걸터앉아 있었던 것이다.

"아, 아니, 네놈은?"

부표의 두 눈이 크게 치떠졌다.

딱 한 번 만났을 뿐이지만, 결코 잊을 수 없는 얼굴이었다.

기무결은 팔짱을 낀 채 부표를 기다리고 있었다.

"오랜만이오, 형장! 잠시 할 말이 있는데 시간을 좀 내줬으면 좋겠소."

"으으, 이놈이 어디서 개수작이냐?"

부표가 다짜고짜 두 팔을 앞으로 내밀었다.

순간 그의 팔이 환상처럼 쭉쭉 늘어나고 손바닥이 갈수록 증폭되어 갔다. 기무결의 지척에 도달했을 때는 일곱 배로 커져 있었다.

밀종의 대수인이었다.

기무결은 예전엔 감히 막기 어려워 피하기 급급했었다.

하지만 지금은 가볍게 손가락을 튕겨 대수인을 막아냈다.

펑!

폭죽이 터지는 소리와 함께 일곱 배로 증폭되었던 대수인이 급격히 줄어들기 시작했다.

"큭!"

부표는 두 팔이 지르르 울리고 속이 울렁거렸다.

그의 신형은 힘을 이기지 못하고 뒤로 칠팔 보 이상 밀려났다. 그러고 나서야 겨우 자세를 갖출 수 있었는데, 만약 그 틈에 기무결이 반격을 가해왔다면 꼼짝 없이 당했을 것이었다. 하나 기무결은 여전히 침상에 걸터앉은 자세 그대로였다.

'으으, 이놈의 무공이 천하무적이라더니 그 소문이 결코 틀리지 않구나!'

第九章
새외삼패

一

　적으로 적을 상대하게 할 수만 있다면 천하에 이보다 더 효과
적인 일은 없을 것이다.

　사람들은 이를 일컬어 이이제이라 불렀다.

　기무결은 원래 암거래 시장을 붕괴시켜 범죄 자문 책사의 자
금줄을 끊어놓을 생각이었다.

　하지만 새외삼패가 곧 암거래 시장이라는 사실을 알고 생각
이 달라졌다.

　기무결은 뛰어난 기감과 이목을 통해 야율기와 부표의 대화
를 엿들을 수 있었다.

　"역시 새외삼패는 약점이 잡혀서 마지못해 도와주고 있었던
것이었어."

　회주라는 자가 도대체 얼마나 강한 고수이기에 새외삼패의

고수들이 하나같이 하수인으로 전락했는지 놀라울 따름이었다.

'아마도 그 회주라는 자가 감찰총국과 육문칠가를 뒤에서 조종하고 있는 것이리라.'

문득 사도옥이 펼쳤던 제왕심결이 떠올랐다.

매천강이 말했던 것처럼 확실히 제왕심결은 무서운 무공이었다.

다행히 사도옥의 성취가 그리 높지 않아서 이길 수 있었지만, 만약 회주라는 자가 제왕심결을 익혔다면 결코 쉽지 않은 상대가 될 것이 분명했다.

더구나 제왕심결 말고도 다른 고금 무공을 한두 개 정도 더 익혔다면 천하의 기무결이라 해도 승패를 장담하기 어려울 것이었다.

'그렇게 보면 새외삼패가 하수인으로 전락한 것도 결코 놀라운 일만은 아니구나!'

하나 그것이 전부는 아니었다.

기무결은 그들의 대화를 듣고 무언가 번쩍하고 떠오르는 것이 있었다.

사실 구룡겁화를 겪을 당시에도 이런 비슷한 느낌을 가진 적이 있지 않았던가?

그는 심진기 등에게 구룡겁화를 일으키면 누구에게 이득이 있는지를 물었고, 심진기 등은 선뜻 대답하지 못했다. 그건 구룡겁화가 성공을 해도 새외삼패에게 별다른 이익이 돌아가지 않는다는 것을 반증해 주는 것이었다.

아마 그때부터 무림맹에서 주도한 군웅대회에 어떤 흑막이 있을 거라는 걸 의심하기 시작했던 것 같았다. 아무튼, 그때 어렴풋이 짐작을 하고 있었다가 이번에 야율기와 부표의 대화를 듣고 나서 확실하게 알게 된 것이다.

그래서였다.

기무결은 과감하게 이이제이 전법으로 전략을 바꾸었다.

이건 일종의 모험이었다.

중원무림은 대대로 새외삼패와는 원수처럼 지내온 데다 지금만 해도 그들은 암거래 시장을 장악해 온갖 불법과 불의를 자행하고 있었다. 하물며 회주라는 자에게 협박을 받고 있는 상황에서 선뜻 기무결과 손을 잡을지 의문이었다. 그들이 배신을 하면 지금보다 더 치명적인 결과를 가져올지 몰랐다.

그래도 운명을 걸고 모험을 걸어볼 가치가 있었다. 성공만 하면 범죄 자문 책사에게뿐만 아니라 육문칠가와 회주라는 자에게도 큰 타격을 가할 수 있기 때문이었다.

"소생은 싸우려고 온 것이 아닙니다."

기무결은 어느새 팔짱을 끼고 있었다.

어찌 보면 부표를 무시하는 것 같기도 했지만, 싸울 의사가 전혀 없다는 것을 보여주는 우회적인 표현이었다.

부표는 선뜻 대답을 하지 못하고 기무결의 얼굴을 뚫어지게 쳐다보았다.

기무결의 의도를 확인하겠다는 뜻이었다.

하지만 이내 그는 얼굴을 찌푸리고 말았다. 맑고 깨끗한 가을 하늘을 보듯 기무결의 두 눈엔 아무것도 보이지 않았다.

부표의 공력으로는 기무결의 발끝에도 미치지 못했다.

눈빛은 고사하고 기무결의 몸에서 아무런 공력의 기운도 느끼지 못했다.

'으음. 예전에는 한 마리 이무기였다면 지금은 여의주를 물고 하늘로 승천한 용이 되었구나!'

기무결의 의도는 알 수 없지만, 한 가지 확실한 건 지금 그의 실력으로는 기무결의 일초반식도 되지 못한다는 것이었다.

"나를 찾아온 용건이 무엇이냐?"

사실 여기를 어떻게 알고 찾아왔는지 묻고 싶었지만, 그러다 보면 일방적으로 기무결에게 끌려갈 것 같아 그만두었다.

기무결이 빙그레 웃으며 말했다.

"단도직입적으로 말하겠소. 소생에게 새외삼패를 구할 수 있는 방법이 있는데 어디 한번 들어보겠소?"

二

사람은 절박하면 지푸라기라도 잡고 싶어지는 법이다.

지금 새외삼패의 경우가 그랬다.

그들은 회주의 속박에서 벗어날 수만 있다면 악마에게 영혼이라도 팔 수 있었다. 그런 면에서 기무결의 말은 확실히 효과가 있었다. 야율기와 대화할 수 있는 자리가 생각보다 빨리 만들어질 수 있었다.

"그대가 그 유명한 일초무적자인가? 아니, 이제는 정마지존이라 불러야 하나?"

야율기의 표정에는 팽팽한 긴장감이 묻어 나오고 있었다.

어쨌든 아직 그들은 적이었다.

여차하면 바로 공력을 일으켜 싸워야 할 사이였다.

"아무렇게나 편할 대로 불러도 됩니다."

"새외삼패를 구할 수 있는 방법이 있다는 게 정말인가?"

"소생이 지금 회주라는 자와 전쟁을 하고 있는 건 알고 있겠지요?"

"그것 때문에 지금 우리도 비상이 걸려 있네."

"후후! 방주께선 꽤나 솔직하시군요."

"이렇게 된 이상 숨길 것도 없지. 자네도 이곳이 암거래 시장인 줄 알고 찾아왔을 것 아닌가?"

하지만 진작부터 궁금한 것이 있었다.

기무결이 어떻게 알고 이곳을 찾아올 수 있었는지 묻지 않을 수 없었다.

"구파일방과 황실도 찾지 못한 것을 그대는 어떻게 찾을 수 있었나?"

"후후! 소생의 모든 것을 내던지고 나서야 겨우 단서를 찾을 수 있었습니다."

"그게 무슨 소리인가?"

"소생은 육문칠가를 무너뜨리기 위해서는 범죄 자문 책사의 자금줄을 막는 게 먼저라고 생각했습니다."

"나쁘지 않은 판단이로군."

"육문칠가 일대의 땅을 사들인 건 암거래 시장의 위치를 파악하기 위해서였습니다."

"그게 무슨 말인가?"

언뜻 이해가 되지 않았다.

"육문칠가 일대의 땅을 사들인 건 그곳들을 홍등가로 만들기 위해서였지요. 육문칠가는 기를 쓰고 막으려 들 테고 그러다 보면 암거래 시장에서 돈을 흘러나오리라 예상하고 모든 계좌를 추적했습니다."

"으음."

야율기의 입에서 절로 신음성이 흘러 나왔다.

이렇게 심기가 무서운 자는 범죄 자문 책사 이후로 처음이었다.

아니, 기무결이 이곳을 찾아왔으니 범죄 자문 책사의 완패라 할 수 있었다.

'그자가 이 사실을 알면 어떤 표정을 지을지 궁금하구나!'

그동안 범죄 자문 책사에게 쌓인 감정이 많았다.

그래서인지 범죄 자문 책사의 표정을 직접 보지 못하는 게 아쉬울 정도였다.

"새외삼패가 자유를 얻을 수 있는 건 소생에게 협력하는 것밖에 없습니다."

"설마 그게 자네가 말한 그 방법이란 것인가?"

"그렇습니다."

"어이가 없군."

야율기는 제대로 낚인 기분이었다.

솔직히 기무결을 처음 대한 심정은 기대 이상이었다.

기무결의 무공은 이미 귀가 따갑도록 소문을 들어서 알고 있었지만, 범죄 자문 책사와 견주에 전혀 밀리지 않을 만큼 심기가 뛰어날 줄은 몰랐었다.

상대가 회주가 아니었다면 충분히 인생을 걸고 손을 잡을 만했다.

하지만 기무결의 능력이 기대 이상이라 해도 회주의 상대는 아니었다. 인간이 아무리 강해도 신을 상대할 수는 없기 때문이었다.

"자네는 그만 돌아가게. 오늘 일은 모두 없던 것으로 하겠네."

야율기는 축객령을 내렸다.

협상은 시작하기 무섭게 결렬될 판이었다.

三

조바심이 날 수도 있는 상황이었지만, 기무결은 결코 서두르지 않았다.

그는 처음부터 이런 난관을 어느 정도 예상하고 있었던 것이다.

"소생이야말로 실망이로군요. 새외삼패의 기상이 겨우 이 정도였습니까? 하긴, 그러니까 하수인으로 전락을 해도 참고 있는 것이겠지만."

"갈! 말이 너무 심하구나!"

"중원의 무림은 모든 걸 걸고 전쟁을 벌이고 있습니다. 한데 지금 새외삼패의 모습은 어떻습니까? 구차할 정도로 목숨을 구걸하는 모습이 새외삼패의 정기요 기상이란 말입니까?"

"으으, 그 입 닥치지 못하겠느냐? 네놈이 무얼 안다고 지껄인단 말이냐?"

"각자의 입장이란 것이 있다고는 하지만, 새외삼패의 기상이 시정잡배들보다 못하다는 것은 알겠습니다."

"으으, 이놈이 죽고 싶어 환장을 하는구나!"

야율기가 대노한 나머지 기무결을 향해 일장을 후려갈겼다.

기무결의 말이 자격지심이 되어 야율기의 아픈 마음을 후벼파왔던 것이다.

슈아앙!

귀청을 찢어발길 듯한 괴성과 함께 주변의 공기가 빠르게 회오리치며 야율기의 손바닥으로 모여 들었다. 손바닥에 모여든 공기는 점점 압축되더니 끝내 새끼손톱 정도의 크기로 작아지는 것이 아닌가?

이것이 바로 야율기의 독문절기인 태청강폭류였다.

이렇게 압축된 공기에 갑자기 막대한 공기를 주입하면 그 힘을 이기지 못하고 폭발을 일으키는데 그 위력이 상상을 초월했다.

쾅! 콰르르릉!

폭발의 굉음이 지축을 뒤흔들었다.

그와 동시에 기무결의 몸은 불꽃에 휩싸였고, 장내는 자욱한 연기로 뒤덮였다.

"끝났군."

야율기는 더 이상 볼 것도 없었다.

그 안에 야율기의 자부심을 느낄 수 있었다.

태청강폭류에 한 번 격중되면 누구도 살아남기 어려웠다.

하물며 야율기는 극도로 분노한 상태에서 태청강폭류를 극성으로 끌어 올린 상태.

더구나 태청강폭류가 폭발을 하면서 솟구쳐 나오는 파편들은 천하에서 가장 강한 기운인 강기들이었다. 죽음은 이미 예정된 일. 기무결은 시신도 온전히 찾기 어려울 것이었다.

하나 이게 웬걸?

자욱했던 연기가 사라지고 난 뒤의 모습은 충격 그 자체였다.

기무결에게는 그 흔한 그을음 하나 보이지 않았다. 옷깃 하나 상한 곳이 없었고, 하다못해 머리카락 한 올 헝클어진 것이 없었다.

"이게 무슨 무공입니까? 위력이 상당하군요."

기무결이 혀를 내두르며 말했다.

하지만 야율기의 눈에는 자신을 비웃는 것처럼 느껴졌다.

"이놈! 잘난 척하지 마라."

자신의 목숨이 아까워서 이러는 것이 아니었다.

신강무림의 무고한 생명이 회주의 손에 달려 있기 때문이었다.

슈아앙!

이번에는 두 팔을 휘둘렀다.

원래 하나에 하나를 더하면 이가 되지만, 지금 야율기의 태청강폭류는 한 팔을 휘둘렀을 때보다 세 배 이상의 위력이 흘러나왔다.

이는 쌍청강폭류라는 지고무상한 절기였다.

야율기는 지금까지 수많은 적을 상대했지만, 쌍청강폭류는 딱 한 번, 회주라는 자를 상대로 펼쳤을 뿐이었다. 그때는 처참한 실패를 맛보았지만, 회주는 인간이 아닌 신이었다. 쌍청강폭류는 야율기조차 두려울 정도로 그 위력이 초절하다. 어쩌면 폭발의 여파에 바닥이 갈라지고 전각이 붕괴될 수도 있었다.

'천하에는 기인이사가 모래알처럼 많다더니 실로 대단한 무공이다.'

기무결은 연신 감탄을 터뜨렸다.

쌍청강폭류의 위력은 석대공의 공력에 비해 전혀 부족하지 않았다.

하나 아쉬운 점도 있었다.

워낙 압도적인 힘에 치중한 나머지 정적인 느낌마저 들었다.

그건 움직임이 둔하고 투박하다는 의미와 다르지 않았다.

사실 기무결은 일부러 야율기의 자존심을 건드리는 말만 골라서 했다. 수양이 깊은 고승이라 해도 참기 힘든 일이었다.

한마디로 격장지계였다.

처음 자신의 제안을 거절한 이상 이제는 힘으로 누르는 수밖에 없었다.

그리고 힘으로 제압하는 가장 좋은 방법은 역시 자신의 능력을 확인시켜 주는 것이었다.

태청강폭류의 위력은 초절하기 그지없었지만, 기무결은 아침에 산책을 하듯 뒷짐을 지고 고스란히 맞았다. 기무결의 공력은 이미 인간의 한계를 벗어난 지 오래. 태청강폭류 정도는 굳이 공력을 일으킬 필요 없이 맞아도 아무렇지 않았다.

그것으로 야율기의 기를 한 번 꺾었다면 이젠 확실히 좌절과 절망감을 심어줄 차례였다.

四

야율기는 망연자실 그 자체였다.

그의 눈빛은 영혼이 떠난 사람처럼 아무런 기운도 느껴지지 않았다.

대신 퀭한 그의 표정이 지금의 상황을 말해주고 있었다. 기대 했던 폭발의 여파는 일어나지 않았다. 바닥이 갈라지는 일도, 전각이 붕괴되는 일도 없었다. 황당하게도 기무결은 쌍청강폭 류를 맨주먹으로 갈기갈기 부숴 버렸던 것이다.

'으으, 이런 말도 안 되는…….'

눈으로 보고도 믿기지 않는 기사였다.

세상에 천하에서 가장 강한 기운인 강기를 갈기갈기 부숴 버 릴 수 있다는 말은 들어본 적도 없었다. 비록 기무결의 동작은 단순하고 무식해 보였지만, 그것보다 더 자신의 가공할 능력을 보여주는 것도 없었다.

'어, 어찌 중원무림에는 이런 괴물이 많단 말인가?'

참담하기 짝이 없었다.

죽음보다 더한 절망과 좌절이 그의 온몸을 엄습했다.

당시 회주에게 패했을 때도 이렇게까지 참담하지 않았었다. 지금 기무결은 고작 약관이 조금 넘은 나이 아닌가? 엄마 뱃속 에서부터 무공을 수련했어도 이건 너무 심했다. 도저히 비정상적인 상황에 야율기는 모든 의욕마저 끊어졌다.

"어떻게, 계속하겠습니까?"

"으음."

야율기는 쉽게 대답할 수 없었다.

기무결!

이자는 더 이상 인간이 아니었다.

그는 회주에 이어 또 한 명의 신을 보는 것 같았다.

"두 번은 양보했지만, 세 번째부터는 단단히 각오해야 할 겁니다."

"허허!"

그저 헛웃음만 나왔다.

천하가 좁다 하고 지내온 야율기가 동네북 신세가 된 것 같았다.

절망과 좌절이 밀려오다 못해 이젠 인생이 허무하게 느껴질 지경이었다.

그의 고고한 자존심을 떠올리면 당연히 맞서 싸워야 정상이었다.

고수는 목숨을 버릴지언정 자존심이 무너져서는 살 수 없는 법이었다.

하지만 인간이 신과 싸울 수는 없었다.

이미 승패는 결정된 것.

더 이상 싸우는 건 무의미한 일이었다.

참담한 절망과 좌절은 회주 한 사람에게 받은 것만으로도 충분했다.

아무리 인정하고 싶지 않아도 그는 전력을 다한 반면 기무결은 본신의 공력을 채 반도 사용하지 않았다는 것을 느낄 수 있었기 때문이었다.

"자네 소문으로 듣던 것보다 더 무서운 사람이군."

"칭찬으로 듣겠습니다."

"아마 십 년 후에 자네는 능히 고금제일 고수가 될 수 있을 거네. 하지만 지금은 아니야. 회주는 정말 무서운 사람일세."

그러니 십 년 후에 도모를 하든가, 아니면 새외삼패를 모른 척해달라는 뜻이었다.

하지만 기무결은 고개를 흔들었다.

"회주가 중원무림을 접수하고 나면 과연 새외삼패를 그대로 둘까요?"

"그, 그건……."

선뜻 대답할 수 없었다.

회주의 야망은 단순히 대명제국의 황제가 되는 것이 아니었다.

그는 몽고제국이 천하를 통일했듯 자신의 막강한 무공을 앞세워 그 이상의 제국을 세우려 하고 있었다.

"기회는 한 번 가면 다신 오지 않습니다."

기무결이 마지막으로 선택을 강요했다.

"소생과 뜻을 같이하겠습니까, 아니면 평생 회주의 하수인으로 전락했다가 끝내 파멸을 맞이하겠습니까?"

군이 회주의 손에 파멸을 기다릴 필요도 없었다.

자신이 내민 손을 야율기가 끝내 거부한다면 그는 지금 당장 혼원방을 쓸어버릴 참이었다.

"그때는 아마 개미 새끼 한 마리 살아남지 못할 것입니다."

"지금 노부를 협박하는 것인가?"

"농담이 아닙니다. 그때 가서 소생의 손속이 매정하다 탓하지 마시지요."

"으음."

야율기는 기무결의 말이 결코 허언이 아니라는 것을 알고 있었다.

이미 두 번이나 기무결의 능력을 확인하지 않았던가?

그가 감당하지 못할 정도면 혼원방에 있는 사람 누구도 기무결의 적수가 되지 못했다.

결국 야율기는 고개를 좌우로 흔들고 말았다.

"자네를 도우면 우리에게 돌아오는 건 무엇인가?"

"완벽한 자유지요. 지금 새외삼패에게 자유보다 더 절실한 것이 있습니까?"

"그것이면 됐네."

그는 기무결이 제이의 회주가 될까 두려웠다.

역사를 돌아보더라도 그랬다.

동탁을 죽이기 위해 천하의 영웅들이 손을 합쳤지만, 막상 동탁이 제거되고 난 뒤에는 상황이 어땠던가?

동탁의 자리를 놓고 천하의 영웅들이 군웅할거하지 않았던가?

결국 그 자리는 조조의 것이 되었고, 그는 제이의 동탁이 되어 끝내 황제를 몰아내고 스스로 황제가 되고 말았다.

"그 부분은 걱정하지 않아도 됩니다. 대신!"

"대신 뭔가?"

"그동안 새외삼패가 중원무림에 들어와 저질렀던 만행에 대해서는 그에 합당한 보상이 있어야 합니다."

구룡겁화 당시 아미파와 청성파, 그리고 사천당문의 피해는 이루 말할 수 없을 정도로 컸다.

암거래 시장으로 온갖 불법이 자행된 것은 또 어떻던가? 지난 몇 년 동안 쌓인 피해를 생각하면 계산이 나오지 않았다.

"그건 우리의 뜻과는 무관하게……."

"하지만 새외삼패가 벌인 일은 맞지 않습니까?"

"그래서 자네가 원하는 것이 무엇인가?"

"새외삼패 각자 이천만 냥씩 주십시오."

"이, 이천만 냥!"

야율기는 자신의 귀를 의심했다.

기무결이 제정신으로 하는 말인지 의심이 들 정도였다.

어찌 그렇지 않겠는가?

회주를 상대하기 위해 서로 손을 잡으려는 순간이었다. 자신들의 기분을 맞춰주어도 부족할 판에 오히려 가지고 있던 돈을 빼앗아 가는 경우는 듣도 보도 못한 일이었다.

하지만 기무결은 단호했다.

그는 새외삼패와 손을 잡는 것이 아니었다.

당연히 협력을 하거나 동반자적인 입장은 더더욱 아니었다.

이미 자신이 야율기를 힘으로 굴복시킨 이상 협력 관계는 있을 수 없었다. 자신이 명령을 내리면 새외삼패는 무조건 따라야

했다. 그러지 않으면 새외삼패는 회주의 손에 파멸을 맞든가 아니면 자신의 손에 궤멸당하든가 둘 중 하나를 선택해야 했다.

야율기는 이루 말할 수 없을 정도로 굴욕감을 느꼈지만, 이는 엄연한 현실이었다.

그나마 기무결의 조건이 더 좋다고 할 수 있었다.

그는 회주를 제거하고 난 뒤에 새외삼패에게 자유를 주겠다고 약속해 주었다. 또한 기무결은 이천만 냥을 원했지만, 회주는 삼천만 냥을 원하고 있었다. 삼천만 냥은 마련할 수도 없지만, 만약 운이 좋아 그 돈을 모두 모으면 신강무림은 완전히 모래성처럼 완전히 자멸해서 영원히 일어설 수 없게 될 것이었다.

"그건 노부 혼자 결정할 일이 아닐세."

五

삼강이상은 모두 새외삼패의 화신이었다.

혼원방.

신마장.

태양산장.

삼강은 새외삼패가 중원무림으로 은밀히 들어와 세운 거점이었다.

혼원방이 신강무림이라면 신마장은 서장이었고, 태양산장은 대막무림의 화신이었다. 이 세 개의 문파는 새외삼패가 각자 이끌어 나가고 있었다.

그에 반해 북천표국과 철기마전은 새외삼패가 암거래 시장을 안전하게 운영하기 위해 힘을 합쳐 만든 것이었다.

사실 북천표국과 철기마전은 새외삼패가 만들었지만, 사실상 주인은 범죄 자문 책사였다. 사소한 것 하나도 그의 결제나 허락이 없이는 움직이지 않았다.

야율기는 신마장과 태양산장을 찾아가 기무결의 뜻을 전했다.

그들의 반응은 약속이나 한 듯 똑같았다.

그들은 야율기의 말이 채 끝나기도 전에 버럭 화를 내고 크게 분개했다.

단순히 기무결과 협력해서 회주와 전쟁을 하는 게 아니었다.

그동안 중원무림을 어지럽힌 책임을 물어 각자 이천만 냥씩 벌금을 내고 용서를 구해야 했고, 회주를 죽일 때까지 기무결의 명령을 따라야만 했다.

그들은 오물을 뒤집어쓴 것처럼 심한 모멸감을 느꼈다.

굴욕도 이런 굴욕이 없었다.

아무리 새외삼패가 회주의 하수인으로 전락한 처지라 해도 그들은 중원무림 따위는 무서워해 본 적이 없었다.

"으으, 애송이놈이 건방져도 분수가 있지."

"그토록 당당했던 명부천사가 이젠 간도 쓸개도 없는 것이오?"

야율기는 그들을 설득해 보려고 했지만, 그 어떤 말도 통하지 않았다.

하긴, 그들의 반응은 어찌 보면 당연한 것이었다.

사실 자신이 직접 경험하지 않으면 마음 깊이 와 닿기 어려운 법이다.

신강무림만 해도 그랬다.

혼원방에는 야율기 말고도 나머지 오사와 십강의 고수들이 있었다. 그들은 뒤늦게 야율기를 통해 기무결의 조건을 전해 듣고 벌 떼같이 일어났다.

하지만 결과는 야율기가 경험했던 것처럼 참담한 상태로 끝나고 말았다.

그야말로 압도적인 신위였다.

누구도 기무결의 삼 초를 받아내지 못했고, 심지어는 오사와 십강이 모두 달려들었는데도 채 백 초를 견디지 못했다.

그들 역시 야율기가 느꼈던 좌절과 절망을 뼛속 깊이 느껴야 했다.

회주 이후로 두 번째로 신을 보는 듯했다.

오사와 십강은 뒤늦게 기무결 앞에 무릎을 꿇었지만, 그때는 기무결의 조건이 하나 더 늘었다.

"앞으로 소생이 원하면 그것이 무엇이든 간에 무조건 딱 한 번 부탁을 들어줘야겠습니다."

"그런 게 어디 있소?"

"이건 죽으라면 죽어야 하고 신강무림을 통째로 중원무림에 바치라면 바쳐야 하는 것이오?"

"그래야죠. 소생의 조건은 이유 불문 무조건 따라야 한다는 것입니다."

"그런 건 애초에 조건에 없던 것이 아닌가?"

"그대들이 소생의 능력을 검증한 것은 자유지만, 그 대가는 결코 작지 않습니다. 어떻게 받아들이겠습니까?"

기무결은 또다시 그들을 압박했다.

만약 자신의 요구 조건을 거부한다면 지금 당장 혼원방을 쓸어버리겠다고 협박한 것이다.

결국 야율기를 비롯해 오사와 십강은 울며 겨자 먹기로 기무결의 뜻을 받아들여야만 했다.

한데 신마장과 태양산장이 또 그러고 있는 것이다.

야율기의 한켠에는 보상심리가 꿈틀거렸다.

신강무림만 기무결의 부탁을 들어줄 수는 없었다.

새외삼패는 하나.

그렇다면 신마장과 태양산장도 그렇게 되어야만 했다.

"그럼, 그리 전하겠소."

야율기는 즉시 혼원방으로 돌아와 기무결에게 신마장과 태양산장의 뜻을 전했다.

"이젠 어떻게 하겠나?"

"그들에게 하늘 위에 하늘이 있다는 것을 똑똑히 가르쳐 주어야지요."

그거야말로 야율기가 듣고 싶던 말이었다.

야율기는 속내를 감추고 물었다.

"그럼, 어디부터 가겠는가?"

"번거롭게 할 필요 없이 그냥 신마장과 태양산장을 한곳에 부르는 게 좋겠습니다."

"그, 그래도 괜찮겠나?"

"새외삼패를 무시하는 것이 아닙니다. 소생은 육문칠가의 고

수 팔십여 명과 싸워서 이긴 적이 있습니다."

"으음."

야율기는 머리카락이 곤두설 정도로 온몸에 소름이 돋았다.

그 말뜻은 무엇이겠는가?

혹시라도 자신을 배신하면 그 보복은 이루 말할 수 없을 만큼 가혹하게 들어가겠다는 무언의 압력이나 마찬가지였다.

그렇게 전설은 시작되고 있었다.

기무결은 새외삼패를 굴복시키고 범죄 자문 책사를 무너뜨리기 위해 마침내 일보를 내딛고 있었다.

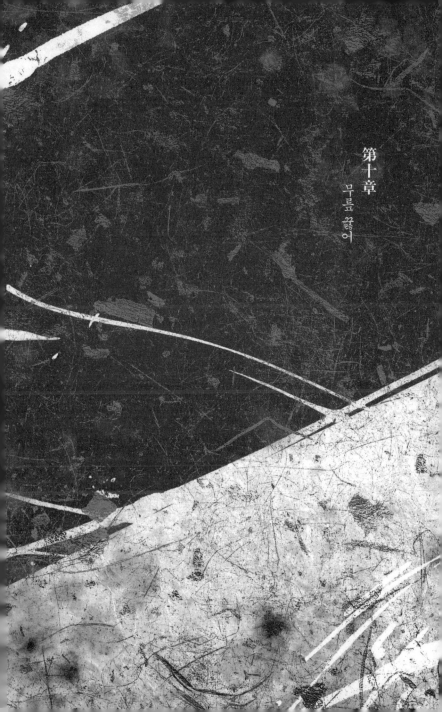

第十章
무릎 꿇어

一

　신마장과 태양산장에는 절정의 고수가 수를 헤아릴 수 없을 만큼 많았다.

　그중에서도 최고의 고수를 꼽으라면 단연 소뢰음사의 고수들과 대막혈궁의 열두 궁주였다.

　신마장과 태양산장은 각각 서장무림과 대막무림을 대표하고 있었다. 서장의 소뢰음사의 악명은 이역만리도 넘는 중원무림까지 자자했다.

　대막혈궁은 또 어떤가?

　그들은 겨우 열두 명밖에 되지 않지만, 그 힘과 위력은 능히 구파일방 전부와 견주어도 전혀 손색이 없을 정도로 대단한 것이었다.

　기무결이 내민 조건은 그들의 고고한 자존심을 한없이 짓밟는 것이었다.

"자유를 주는 대신 이천만 냥을 내놓으라고?"

"으으, 이런 미친! 새외삼패를 무시해도 너무 무시하는구나!"

적어도 협상이라면 상대의 기분을 맞춰주진 못해도 굴욕감을 느끼게 해서는 안 되는 법이다. 하물며 적과의 동침이라면 두말할 나위도 없었다.

한데 이건 어르고 달래도 부족할 마당에 수치와 모욕이 들 정도이니 무슨 말이 더 필요할까?

신마장과 태양산장의 고수들이 벌 떼처럼 일어난 것도 무리가 아니었다.

기무결의 소문을 듣지 못한 것은 아니었다. 기무결을 중심으로 구파일방과 마황성이 모여든 것도 알고 있었다. 새외삼패가 구룡겹화의 당사자이니 어쩌면 누구보다 더 자세히 기무결에 대해 알고 있을지도 몰랐다.

하지만 신마장과 태양산장의 눈에는 가소롭기 그지없었다.

구파일방? 마황성?

그들은 옛날부터 중원무림을 두려워해 본 적이 없었다.

회주의 하수인으로 전락한 것만 해도 그랬다.

사실 서장무림과 대막무림은 회주라는 자에게 굴복한 것이지 중원무림에 패한 건 아니었다. 설령 중원무림이 예전보다 강해졌다고 해도 새외삼패의 힘과 능력 역시 그에 못지않다고 자부했다.

"그래서 소생의 제안을 받아들이지 못하겠단 말입니까?"

"으으, 네놈의 오만이 하늘을 찌르는구나!"

"무릎을 꿇고 간청을 해도 협상을 받아들일지 모를 판에 감히 그런 굴욕적인 조건이 가당키나 하단 말이냐?"

협상을 주도하고 있는 자들은 소뢰음사의 고수들과 대막혈궁의 궁주들이었다.

그들의 기세는 상처 입은 맹수처럼 사납기 그지없었다. 어지간한 사람들도 제대로 숨을 쉬기 어려울 정도였다. 목숨을 걸고 회주를 배신한 대가가 오히려 치욕과 굴욕을 느끼는 것이라면 할 이유가 없는 것이다.

한쪽에서는 신강무림의 고수들이 조용히 상황을 지켜보고 있었다.

이런 상황은 그들이 원하던 것이었다. 상황이 심각하게 변할수록 속으로 웃는 건 그들뿐이었다. 하긴 그럴 법도 하다. 그들의 한켠에는 야율기와 마찬가지로 보상심리가 있었다. 자신들만 기무결의 부탁을 더 들어줄 수는 없었다.

기무결은 적진 한복판에 들어온 격이었다.

상황도 애매해서 신마장과 태양산장의 고수들이 기무결을 에워싼 형국이었다.

하지만 기무결은 태연한 표정으로 자리에 앉아 있었다. 그것이 사람들의 감정을 더 자극한 것은 두말할 나위도 없었다.

二

"네놈은 협상의 자세도 되어 있지 않구나! 이게 지금 우리와 손을 잡겠다는 놈의 태도란 말이냐?"

"손을 잡고 싶다면 공손하게 부탁을 해라."

"다들 뭔가 잘못 알고 있는 것 같군요."

"그게 무슨 소리냐?"

"소생은 협상을 하러 온 것이 아닙니다."

"뭣이?"

신마장과 태양산장의 고수들의 안색이 확 변했지만, 기무결은 조금의 흔들림도 없었다.

협상은 대등한 사람들 사이에서나 하는 것.

기무결과 새외삼패 사이에는 현격한 힘의 차이가 있었다. 주종관계를 맺겠다고 하지 않는 것만으로도 기무결은 엄청난 호의를 베풀어준 셈이었다. 그들이 중원무림에 들어와서 한 짓을 생각하면 기무결 딴에는 파격적인 관용이었다.

한데 지금 새외삼패는 은혜를 원수로 갚고 있었다.

한마디로 도둑이 제 발 저려 적반하장으로 나오고 있다는 뜻이었다.

"소생은 지금 새외삼패에게 일방적인 통보를 하고 있는 겁니다."

"토, 통보?"

"우리가 거부하겠다면 네놈이 어쩔 테냐?"

"사람이 참는 데도 한계가 있는 법. 이러면 정말 재미없습니다."

그건 정말 불난 집에 기름을 끼얹은 격이었다.

"으으, 이놈이 적당히 하지 못할까?"

"네놈의 오만방자함을 단단히 뜯어고쳐 주고 말겠다."

말이 끝나기도 전에 두 개의 그림자가 기무결의 좌우에서 덮쳐들었다.

우측의 인물은 혈미사승이었다. 그의 손에는 어느새 한 자루의 시뻘건 빛을 내뿜고 있는 혈도가 들려 있었다.

쇄애액!

마치 천둥이 치듯 엄청난 굉음이 터지며 혈미사승의 혈도가 기무결의 전신을 휘감았다.

단 한 번의 시전으로 기무결의 삼백육십 개의 혈도를 모두 점한 것이다. 허공에 무수한 점과 선이 그려지며 일대 장관이 연출되었다. 하지만 그 광경에 넋을 잃고 쳐다보았다간 무사하지 못한다. 조금만 스쳐도 죽는 건 물론이고 제대로 당하면 시신은 형체조차 찾을 수 없을 터였다.

잔인하면서도 무시무시한 수법이었다.

천하에 이런 수법은 오직 하나.

바로 소뢰음사의 파라구천절도였다.

파라구천절도는 오백 년 전 소뢰음사 최고의 고수였던 혈등마승이 만든 것으로 대뢰음사를 멸문 직전으로 몰아간 무적의 도법이었다. 초수는 겨우 육 초식에 불과했지만, 지금까지 단 한 번도 파훼된 적이 없었다.

한데, 이것이 이십여 년 전 또 한 번 진화를 맞게 된다.

지금의 소뢰음사의 장문인인 혈미사승이 육 초식인 파라구천절도를 칠 초식으로 만들어 그 위력을 몇 배 더 높였던 것이다.

단 일 초식이 더해졌을 뿐이지만, 그 차이는 실로 엄청났다.

혈미사승은 처음부터 자신이 가진 수법 중 가장 위력이 강한

칠 초식인 천지겁멸황을 펼쳤다. 회주의 손에 한 번 파훼되긴 했지만, 그는 여전히 무적의 도법이라고 자부하고 있었다.

"네놈은 절대 막을 수 없다."

한편 기무결의 왼쪽에서는 용암보다 더 뜨거운 열기가 무서운 기세로 밀려들고 있었다.

바로 대막혈궁의 대궁주인 포사일이었다.

그의 양강지기는 일전에 겪었던 갈무로의 것과는 차원이 달랐다. 뜨거운 열기가 몇 배는 더 강렬해서 단단한 강철도 순식간에 녹일 수 있는 건 물론이고 아무런 형체도 없어서 육안으로는 진기의 흐름을 볼 수 없었다.

포사일은 이미 출신입화의 경지에 이르러 모든 기운을 안으로 갈무리할 수 있는 상태였고, 그것은 유형의 기운을 감출 수 있다는 뜻이었다.

활활 타오르는 불의 기운을 감춘다는 건 거의 불가능한 일이었다.

그건 그만큼 포사일의 공력이 정순하면서도 심오막측하기 때문에 가능한 일이었다.

불을 자유자재로 다룰 수 있는 대막혈궁의 열두 궁주 중에서도 오직 한 명.

포사일만이 할 수 있는 재주였다.

혈미사승과 포사일.

그들은 전혀 의도하지 않았지만, 자연스럽게 기무결을 합공하는 자세가 취해졌다.

만약 평소였다면 서로의 자존심 때문에라도 누구 한 명은 반드시 손을 거두었을 것이었다. 그들의 체면에 이제 겨우 약관이 조금 넘은 기무결에게 합공을 하는 건 있을 수 없는 일이었다.

하지만 지금 그들은 극도로 분노한 상태였다.

그들은 누구도 손을 거두지 않았고, 서로 먼저 기무결의 숨통을 끊기 위해 자신이 가진 최고 절기를 펼쳐 냈다.

그렇게 두 사람의 합공은 엄청난 상승효과를 몰고 왔다.

장내에 있던 사람들은 십여 걸음 뒤로 물러났다.

그건 야율기 역시 마찬가지였다. 혈미사승과 포사일이 쏟아 낸 진기에 휘말리면 야율기라고 해도 무사하지 못할 것이었다.

기무결은 즉시 분심쌍격으로 맞서갔다. 화씨세가의 박투술로 파라구천절도의 삼백육십 개의 도기를 모조리 봉쇄했다. 허공에 그려진 수많은 점과 선들이 기무결의 박투술에 하나둘 부서지고 사라져 갔다.

그와 동시에 다른 한 손으로는 포사일을 향해 한 줄기 미풍을 날려 보냈다.

불과 바람은 천적이었다. 불이 아무리 뜨겁고 맹렬해도 바람에 따라 이리저리 움직이다 보면 끝내 그 위력이 감소할 수밖에 없었다.

설명은 길지만, 그야말로 눈 깜짝할 사이에 벌어진 일이었다.

기무결은 순식간에 소뢰음사와 대막혈궁의 이대절기를 분쇄했다. 그리고 거침없이 앞으로 두어 걸음을 내딛고 공간을 장악했다.

"으으."

혈미사승과 포사일의 충격은 이루 말할 수 없을 정도였다.

그들은 앞으로 나아갈 수도 그렇다고 뒤로 도망칠 수도 없었다.

그건 마치 단단한 포승줄에 온몸을 꽁꽁 묶인 것과 같았다. 단지 공간을 빼앗겼을 뿐이지만, 그들은 손가락 하나 까딱하기 어려웠다.

바로 그때였다.

촤아아악!

거대한 폭풍우가 몰려오듯 기무결의 양팔에서 무시무시한 공격이 펼쳐지기 시작했다.

이번에는 자세를 바꾸어서 혈미사승에게 천무은형잠종대법을 펼쳤고, 포사일에게 화씨세가의 박투술을 구사했다.

펑!

"크윽!"

혈미사승이 피를 뿌리며 주르륵 뒤로 밀려났다.

그런 그의 온몸은 크고 작은 부상으로 걸레처럼 변해 있었다.

퍽!

빠각!

포사일은 한쪽 어깨에 감각이 없었다.

팔이 덜렁거리는 것을 보면 완전히 탈골이 된 것 같았다.

엄청난 고통이 밀려왔다. 그의 두 눈은 불신의 빛으로 가득했다. 소뢰음사와 대막혈궁의 최고 고수들이 기무결의 손에 몇 초식 버티지 못하고 패한 것이 끝내 믿기지 않았다.

하지만 기무결은 여기서 멈추지 않았다. 그는 두 사람의 숨통을 완전히 끊어놓으려고 작정한 사람처럼 더욱 살기등등한 자세로 공세를 펼쳐 냈다.

소뢰음사의 고수들과 대막혈궁의 궁주들이 싸움판에 뛰어들었다.

그들의 공세는 무시무시했다. 땅이 흔들리고 전각이 쩍쩍 갈라졌다. 도저히 인간이 상대할 수 있는 공세가 아니었다.

모두 스물여덟 명이었다.

소뢰음사의 고수가 열여덟 명, 그리고 대막혈궁의 궁주가 열 명.

그들은 서장과 대막을 대표하는 고수였고, 또한 오래전에 그 공력이 극강의 경지까지 올라선 무서운 고수들이었다. 그런 그들이 자존심을 버려가면서까지 합공을 한 이상 그 누가 그 기세를 막을 수 있을까?

처음엔 오십 초를 넘기면 망신이라 생각했었다.

하나 이게 웬걸?

기무결의 손끝에서 펼쳐진 무지막지한 공격에 그들이 조금씩 밀리기 시작했다.

그리고 이십여 초가 넘었을 때는 한 명씩 피를 토하고 나가떨어졌고, 오십 초가 지났을 때는 여기저기서 악 하는 비명 소리가 연이어 터져 나왔다.

"놈은 박투술의 대가. 거리를 두고 상대해야 한다."

"거리를 두면 더 위험하다. 바람 속에 살기가 숨어 있다."

백 초가 지날 때쯤엔 거의 궤멸 직전이었다.

멀쩡히 서 있는 사람이 몇 명 되지 않았다.

마지막에는 서장의 고수들과 대막의 고수들까지 가세를 했지만, 이미 상황을 되돌리기에는 너무 늦은 뒤였다.

그나마 상태가 괜찮은 사람이 혈미사승과 포사일일 정도였다.

"으으."

참담하기 짝이 없었다.

죽음보다 더 한 절망과 좌절이 그의 온몸을 엄습했다.

이대로 있다가는 서장과 대막의 무림이 완전히 기무결의 손에 파멸을 맞을 것 같았다.

"그, 그만!"

"우리가 졌네."

三

이것도 엄밀하게 말하면 갑질이었다.

그리고 갑질 하면 천하에서 기무결을 따라갈 사람이 없었다.

이미 어마어마한 재력으로 천하의 모든 전장을 무릎 꿇린 기무결이었지만, 강호 무림의 세계는 또 다른 차원의 문제였다.

자존심이 강한 무림인들의 무릎을 꿇린다는 것 자체가 어불성설이었다.

더구나 상대는 중원무림과는 불과 물 같은 존재인 새외무림이 아닌가?

어르고 달래도 부족할 마당에 굴욕에 가까운 조건을 제시한 건 무모하다 못해 어리석은 일이었다. 누군가와 손을 잡는다고 하면 일단 좋은 말로 기분을 맞춰주고 서서히 협상을 해나가는 것을 기본으로 알고 있다. 하물며 그것이 적과의 동침이라면 두 말할 나위도 없었다.

하지만 기무결에겐 그런 상식 따위는 통하지 않았다.

관용? 자비? 아량?

그런 것도 상대를 봐가면서 하는 것이다.

자기 분수도 모르고 오만방자한 자들은 철저히 짓밟아주는 게 순리였다.

四

새외삼패가 굴복했다.

그건 고금 이래로 처음 있는 역사적인 사건이었다.

기무결은 이제 자타공인 최고의 반열에 올랐다.

중원무림은 삼분지 이 가량을 손에 넣은 상태. 거기에 새외삼 패까지 합치면 그는 그 누구도 하지 못한 천하무림의 일통을 눈 앞에 둔 것이다.

이제 남은 건 회주를 찾아내는 것이었다.

기무결은 새외삼패를 얻으면 회주의 정체도 알아낼 수 있을 줄 알았다.

더구나 새외삼패까지 돌아서게 만들었으니 회주의 세력도 그 만큼 잘려져 나갔을 터.

이제 남은 건 육문칠가와 숨겨진 병력 정도가 전부일 것이었 다.

그렇다면 모험을 걸고 도박을 벌여볼 만했다.

하지만 의외로 새외삼패 역시 회주에 대해 알고 있는 것이 없었다.

전혀 생각하지 못했던 일이었다. 처음에는 새외삼패가 기무결을 불신해서 일부러 가르쳐 주지 않는 건 아닌지 의심했지만, 그건 아닌 것 같았다. 새외삼패에 따르면 회주가 그들을 대할 때는 언제나 복면을 착용해서 정체를 숨겨왔단다. 이는 새외삼패 모두 한 목소리로 말한 것이라 즉흥적으로 꾸며낸 것 같진 않았다.

"흐음."

어지간한 기무결조차 적잖이 당황했다.

세상에 이렇게까지 주도면밀하면서도 의심이 많은 자는 처음이었다.

이건 만에 하나 벌어질 불상사조차 미연에 방지하기 위한 장치가 아니고 무엇이겠는가?

이래서는 계획에 차질이 생길 수밖에 없었다.

기무결은 새외삼패를 이용해 회주의 정체를 밝혀낼 생각이었다.

회주는 여덟 명의 왕야 중 한 명이었다. 때문에 새외삼패에게 여덟 명의 왕야를 한 명씩 확인하면 금방 찾을 수 있다고 생각했던 것이다.

"목소리! 목소리를 들으면 확인이 가능하지 않겠습니까?"

고수들은 이목이 밝기 때문에 한 번 들은 목소리는 멀리서도 찾아낼 수 있었다.

하물며 회주라는 자는 새외삼패에게 씻을 수 없는 모욕을 준

상대.

그의 목소리를 잊는다는 건 말이 안 되는 소리였다.

하나 이번에도 새외삼패가 일제히 고개를 흔들었다.

"그것도 쉽지 않을 것이네."

"회주는 복면만 쓴 것이 아니라 목소리까지 변조했으니까."

"모, 목소리까지 변조했단 말입니까?"

"아주 탁한 음성이었네. 쇠를 박박 긁는 것처럼 아주 거북한 음성이었지."

"허!"

이쯤 되면 정말 무서운 생각마저 들었다.

얼굴을 가리고 목소리까지 변조했다면 회주가 누구인지 알아낼 방법은 거의 없는 것이나 마찬가지였다.

눈빛이 있긴 하다.

고수일수록 몸에서 흘러나오는 기도도 있다.

하지만 눈빛이나 기도는 얼마든지 숨길 수 있는 것들이었다.

'그렇다면 방법이 없단 말인가?'

가장 유력한 용의자는 여덟 명의 왕야였다.

물론 그 여덟 명 중에 한 명일 수도 있지만, 어쩌면 전혀 엉뚱한 사람일 수도 있었다. 이렇게까지 용의주도한 자라면 남들에게 혐의를 뒤집어씌우고 자신은 쏙 빠져나가게 만드는 것쯤은 일도 아닐 테니 말이다.

그렇기 때문에 반드시 확인할 수 있는 그 무언가가 필요했던 것이었다.

'흐음. 골치 아프게 됐군.'

이제 다 끝났다고 생각했던 것이 다시 원점으로 되돌아온 기분이었다.

五

회주의 정체에 대해서는 기무결만큼이나 새외삼패 역시도 알고 싶던 것이었다.

아직까지는 구체적인 정황이나 증거를 찾은 건 아니지만, 몇 가지 추측할 수 있는 것은 있었다.

황실을 전복시키려고 하는 것, 사병을 키워 전쟁을 일으키려 하는 점 등은 일반 무림인이 하기 어려운 일이었다. 영락제가 사 년 전쟁으로 황제의 보위에 오를 때 들어간 돈은 그야말로 천문학적인 액수였다. 건문제 진영의 군사력이 영락제에 비해 많이 약한 편이었는데도 그 정도면 지금은 사 년 이상 걸릴 수도 있는 일. 최대한 돈을 많이 가지고 있는 쪽이 유리할 수밖에 없었다. 회주는 돈을 확보하기 위해 여러 가지 음모를 진행했었지만, 그건 기무결의 손에 모두 막히고 말았다.

아무튼, 전쟁을 벌이면 가장 걸리는 쪽은 당연히 강호 무림이었다.

그들이 중립을 지키면 다행이겠지만, 만에 하나 어느 쪽을 편들어주면 전쟁의 향방이 달라지기 때문이었다.

그리고 불행하게도 구파일방은 동창과 뜻을 같이하고 있었다. 그것만으로도 충분히 눈에 걸리는데, 혹시라도 마황성이 황실 쪽에 힘을 실어주기라도 하는 날엔 백년대계가 한순간에 물거품으로 변할 수도 있었다.

회주는 황실과 전쟁을 벌이기 전에 먼저 무림을 정리해야 할 필요성을 느꼈다.

그래서 생각한 것이 새외삼패와 중원무림 사이에 전쟁이 벌어지게 만드는 것이었다.

무림맹에서 군웅대회를 개최하겠다고 공표한 것도 바로 그 때문이었다.

새외삼패가 개입한 일이기에 무림맹은 물론이고 마황성도 나설 수밖에 없는 일이었다. 결국 중원무림 전체가 전쟁에 휩쓸린 것이다.

그렇게 판은 벌어졌고, 이제 군웅대회를 통해 전쟁을 벌이는 일만 남은 셈이었다.

그들 사이에 전쟁이 벌어지면 황실에 어떤 일이 일어나든 신경 쓸 여유가 없으리라.

그야말로 일석이조의 계책이 아닐 수 없었다.

승패는 중요하지 않았다.

어느 쪽이 이기든 타격은 만만치 않을 터.

그걸 회복하는 데 엄청난 시간이 필요할 거라는 건 삼척동자도 알고 있는 일이었다. 지친 적을 상대하는 건 그리 어려운 일이 아니었다.

그건 중원무림과 새외삼패가 세상에서 완전히 사라졌다는 뜻이었다.

몽고제국이 천하를 통일한 것보다 훨씬 쉽고 빠르게 그 이상의 제국을 세울 수 있을 것이었다. 이건 단지 제국을 세우는 것으로 끝나는 문제가 아니었다. 주원장이 무림의 힘을 빌려 명나라를 세웠듯 무림의 세력들은 언제나 위협적인 존재였다. 그런 위협적인 존재들을 미연에 제거하고 그의 제국을 영원한 반석 위에 올려놓게 될 것이었다.

"우리도 최근에야 알게 되었네. 회주의 목적이 중원무림은 물론이고 새외삼패까지도 제거하는 것이었다는 것을 말이네."

분하고 억울한 일이었다.

이것이야말로 토사구팽이 아니고 무엇이겠는가?

하지만 이때는 이미 발을 빼기도 너무 늦은 뒤였다.

새외삼패는 중원 깊숙이 들어와 암거래 시장을 하며 중원무림을 유린하고 있었고, 무림맹은 군웅대회를 개최하겠다고 공포했기 때문이었다.

전쟁은 필연적으로 벌어질 수밖에 없었다.

한데, 이 역시도 기무결의 개입으로 무너지기 시작했다.

우연이 반복되면 필연이라 했다.

기무결은 단순히 보물을 찾으려고 했을 뿐이지만, 처음부터 끝까지 회주와 싸움을 하고 있었던 것이다.

六

'그랬군.'

군웅대회의 의도가 이상하다는 것은 기무결도 예전부터 생각하고 있던 참이었다.

하지만 그것이 중원무림과 새외삼패의 양패구상을 바란 회주의 의도라는 사실은 꿈에도 몰랐다.

결국 그렇다면 육문칠가도 이용을 당하고 있다는 소리였다.

하긴, 제국을 세운 자치고 개국공신들을 끝까지 살려두는 자는 거의 없었다.

제국의 안위에 조금이라도 위험이 될 만한 자들은 애초에 그싹을 잘라 버리는 것이 역사를 봐도 알 수 있는 일이었다.

그런 건 아무래도 상관없었다.

지금 당장 중요한 건 새외삼패도 회주의 정체를 왕족으로 의심하고 있다는 것이었다.

영평공주와 새외삼패가 비슷한 생각을 하고 있다면 그만큼 가능성이 높은 일이었다.

'여덟 명의 왕야를 한자리에 불러서 확인해 보는 것도 나쁘지는 않을 것 같구나!'

이건 아무래도 영평공주에게 도움을 구해야 할 사안이었다.

여덟 명의 왕야는 천하 각지에 흩어져 살아가고 있다. 때문에 그들 모두를 한자리에 부르는 건 전례가 없는 일이다.

그에 맞는 명분이 있어야 하지만, 사실 어떤 명분을 들어도 의심을 피하긴 어려웠다.

그래도 황실의 안위를 위한 일.

영평공주도 취지를 듣고 나면 적극적으로 협조해 줄 거라 믿었다.

기무결은 즉시 몸을 날려 북경으로 향했다.

七

북경의 밤은 평온했다.

최근 황실은 안정을 되찾은 직후였다.

사도옥이 죽고 감찰총국이 무너졌다. 그것만으로도 백성들은 십 년 묵은 체증이 내려가는 것 같았다. 한데, 감찰총국의 총국주 역시 영평공주를 죽이려 했다는 죄목으로 목이 잘려져 나갔다. 그렇게 천하를 공포의 도가니로 몰아넣었던 감찰총국은 영원히 세상에서 사라지고 만 것이다. 백성들은 만세를 불렀고, 흥에 겨워 춤을 추고 노래를 불렀다.

이 모든 것들을 주도한 곳은 당연히 동창이었다.

동창의 노력으로 황실은 빠르게 안정을 되찾았지만, 무엇보다 중요한 것은 영평공주가 족보책자를 손에 넣고 불태웠다는 점이었다.

그녀는 기무결이 말해준 방법으로 적의 손에 들어갔던 것을 다시금 되찾을 수 있었다.

그리고 이번엔 같은 실수를 되풀이하지 않기 위해 손에 넣기 무섭게 그 자리에서 불태워 버렸던 것이다. 이제 주원장과 영락제가 고려인이라는 증거는 세상에 존재하지 않았다. 그녀와 황제는 그것만으로도 숨을 쉬고 살 수 있을 것 같았다.

하지만 역모의 위협마저 완전히 사라진 건 아니었다.

상대는 감찰총국과 무림맹까지 움직인 자였다.

당금 황실을 수령 속으로 몰아넣을 수 있는 족보 책자가 사라졌다고 해서 역모를 완전히 포기할 리 없었다.

동창의 힘으로 그자를 찾아내고 역모를 막는 건 역부족이었다.

설령 역모의 수괴를 찾아냈다고 해서 지금 황실의 능력으로 그자와 싸워서 이길 수 있을지 확신할 수 없었다.

영평공주는 물론이고 동창의 제독 역시 자신들의 한계를 절감하고 있을 때였다.

기무결이 은밀하게 그들을 찾아왔다.

먼저 찾아간 곳은 영평공주의 침실이었다.

황실의 경계가 아무리 삼엄하다 해도 기무결은 무인지경을 가듯 황실 곳곳을 돌아다녔고 오래지 않아 영평공주의 처소를 찾아낼 수 있었다.

영평공주는 잠결에 누군가 자신을 흔드는 것을 느끼고 화들짝 놀라 일어났다가 기무결의 얼굴을 확인하고 두 눈을 크게 치떴다.

"고, 공자님께서 여긴 어떻게……."

"공주님과 급히 상의할 일이 있어서… 험험!"

기무결이 말을 하다 말고 얼굴을 붉히고 시선을 돌렸다.

그제야 영평공주는 자신이 얇은 나삼만 걸친 채 자고 있다는 것을 깨닫고 황급히 이불 속으로 몸을 숨겼다.

"자, 잠시만 기다려 주세요."

영평공주는 본능적으로 사안이 중대하다는 것을 직감할 수 있었다.

그녀는 이유도 묻지 않고 재빨리 겉옷만 걸쳤다.

그녀의 침실은 금남의 구역.

오직 시녀만이 출입할 수 있는 곳이었다.

만약 다른 사람이 허락 없이 그녀의 침실에 들어왔다면 삼족을 멸해도 부족한 일이었다.

그만큼 기무결을 믿고 있다는 뜻이었다.

하긴, 그녀도 한때 기무결을 관직과 재산과 자신의 미모로 유혹한 적이 있었다.

하지만 기무결은 전혀 흔들림이 없었다. 목석도 이런 목석이 없었다. 세상에 이런 남자가 또 있을까 싶을 정도였다. 그런 기무결이 갑자기 그녀의 침실에 들어왔다는 건 자신의 몸을 탐하려기보다는 은밀하게 얘기하고 싶은 것이 있기 때문이리라.

"무슨 일인가요?"

거두절미 인사도 생략했다.

기무결은 침착한 영평공주의 반응에 속으로 탄성을 터뜨렸다.

"여덟 명의 왕야를 황실로 불러들일 수 있습니까?"

"겨울을 앞두고 황상과 사냥을 하는 것을 구실로 부를 수는 있어요. 한데 그건 왜?"

"사실은……."

설명을 하자면 제법 길다.

기무결은 최대한 간략하게 설명해 주었다.

자신이 육문칠가와 전표 전쟁을 벌이게 된 것, 그리고 육문칠가의 자금줄이 암거래 시장이라는 것, 자금줄을 끊기 위해 암거래 시장을 찾게 되었다가 그들이 뜻밖에도 새외삼패라는 것을 알게 된 일 등 영평공주에겐 놀라운 것들뿐이었다.

"동창이 그렇게 쫓던 암거래 시장이 새외삼패의 화신이었다니. 정말 놀라운 일이네요."

하지만 더 놀라운 건 그런 새외삼패를 기무결이 굴복시켜 회
주를 배신하게 만들었단 것이었다.

도대체 이 사람의 능력은 어디까지인지 그 끝을 알 수 없었
다.

第十一章

회주

—

황제들이 즐길 수 있는 놀이는 그리 많지 않다.

그나마 가장 대표적인 것이 말타기와 궁술 정도였다. 가끔 사냥을 즐기는 황제들도 있긴 하지만, 사냥에는 제약이 뒤따랐다. 무엇보다 황제의 안전이 가장 우선시되어야 하기 때문에 지정된 장소에서만 사냥을 해야 한다는 것이었다. 때문에 황제들이 사냥할 수 있는 사냥터가 따로 정해져 있었다. 또한 이때는 수많은 대소신료가 동행하게 마련이다.

그건 곧 황실이 사냥터로 잠시 옮겨간다는 뜻이었다. 그렇기 때문에 자주 할 수도 없지만, 한 번 하게 되면 거의 황실의 축제가 되기 십상이었다. 사냥을 가장 잘한 신하들에게 상이 내려지기도 하고 술과 고기로 흥을 돋우기도 했다.

그래서였다.

대소신료들이 동행하는 곳에 여덟 명의 왕야를 초대하면 꽤
나 그럴듯한 명분이 생길뿐더러 그들 모두를 한자리에 모을 수
있었다.

영평공주는 다음 날 바로 황제의 재가를 얻고 사냥 날짜를 공
표했다.

황제는 사냥을 즐기는 성격이 아니었다.

원래 유약하고 겁이 많은데다 어려서부터 자신이 고려인이라
는 것이 들킬까 두려워 공포 속에 살아야 했다. 다행히 이제는
족보책자가 사라져 한시름 놓긴 했지만, 역모의 주모자는 여전
히 어둠 속에 숨어 있는 상태였다. 그는 회주를 찾아낼 수만 있
다면 그깟 사냥은 몇 번은 더 할 수 있을 것이었다.

사실 황제는 진작부터 기무결을 만나보고 싶어 했다.

감찰총국을 없앤 것도, 그리고 영평공주를 구해주고 족보책
자를 찾아준 것도 모두 기무결이란 말을 영평공주에게 들어서
알고 있었던 것이다.

단순히 영평공주의 얘기가 있어서만은 아니었다.

동창의 제독 역시 기무결을 극찬하고 나섰다. 역모를 척결하
고 황실을 구할 수 있는 적임자는 기무결밖에 없다고 주청했다.

황제는 허수아비나 다름없는 신세.

황실에 그의 사람은 거의 전무한 편이었다.

그래서였다.

그는 어떤 관직을 내려서든 기무결을 황실로 끌어들일 생각
이었다.

하지만 이미 다음 날엔 기무결은 황실을 떠나고 난 뒤였다.

여덟 명의 왕야가 북경으로 올라오려면 어느 정도 시간이 필요한데다 그는 준비해야 할 것이 있었다.

"준비?"

"공자님께서는 반드시 그걸 해결하지 않으면 이번 계획은 실패할 거라 하셨어요. 그래도 사냥하기 전까지는 돌아온다고 하셨어요."

"헛헛! 그렇구나!"

황제는 아쉬운 마음에 입맛을 다셨다.

아마 평소였다면 괘씸한 생각이 먼저 들었을지도 몰랐다.

하나 지금은 황실의 안위가 오직 기무결의 손에 달려 있는 상태.

아직 기무결을 황실로 끌어들이겠단 생각을 포기한 것이 아니었다.

二

동창의 제독이 사냥 준비를 주관했다.

여덟 명의 왕야는 한 사람도 빠짐없이 북경으로 올라왔다.

핑계를 대고 불참한 자는 없었다.

역모를 꾀하고 있다면 황실로 오는 건 여러모로 껄끄러운 일이었다.

때문에 핑계를 대고 불참하는 자가 있는지 확인하려 했는데, 아쉽게도 그런 일은 벌어지지 않았다.

여덟 명의 왕야의 표정은 모두 밝았다.

그들이 한자리에 모이는 건 실로 오랜만의 일이었다.

사냥을 하기 전에 즐겁게 회포부터 풀었다.

늦은 밤까지 술을 마시며 그동안 못했던 이야기꽃을 피웠다.

모든 것이 다 자연스러웠다. 조금이라도 어색하거나 수상한 표정을 한 사람이 없었다.

영평공주와 제독은 여덟 명의 왕야를 안내하면서 그들의 안색을 은밀하게 살폈지만, 오히려 머릿속이 더 혼란스러워졌다.

"어렵네요. 제독께선 무언가 단서가 될 만한 걸 찾았나요?"

"소신의 눈에도 마찬가지입니다. 사왕야가 어려서부터 호전적인 성격에 무공을 좋아해서 진무왕이라 불리셨지요. 해서 사왕야를 유심히 지켜보았지만, 별다른 기색은 없었습니다."

"그렇게 따지면 칠왕야가 더 의심스럽지요. 심기가 깊고 속을 알기 어려운 분이잖아요."

오죽했으면 선왕이신 영락제가 가장 경계하는 인물로 칠왕야를 꼽고 그를 옥문관 근처로 보냈을 정도였다.

옥문관은 중원의 끝자락에 위치한 곳.

북경과는 그야말로 극과 극에 있는 곳이었고, 반란이나 역모는 아예 꿈도 꿀 수 없었다.

그래서 영평공주는 더 자세히 관찰했지만, 딱히 수상한 기운은 발견하지 못했다.

그에 반해 영평공주와 제독 모두 그 인품을 인정해 의심을 품고 관찰하는 게 미안한 생각이 드는 사람도 있었다.

우선 삼왕야는 당대 최고의 학자로 명성이 자자했다.

지금도 들리는 소문에 따르면 후학들을 가르치며 책에 파묻혀 지낸다고 했다.

다음으로 이왕야와 팔왕야가 있었다.

그들은 평생을 청빈하고 의롭게 살고 있었다.

무엇보다 자신들의 모든 재산을 가난하고 불쌍한 백성들을 구제하는 데 썼다. 지금 살고 있는 집은 낡고 초라한 초가집이 었지만, 이왕야와 팔왕야는 여전히 백성들을 구제하기 위해 심혈을 기울이고 있었다.

'이들 세 명은 아닐 것이다.'

역모를 꾸미기에는 너무 동떨어진 삶을 살고 있었다.

이제 남은 사람은 세 명.

일왕야와 오왕야, 그리고 육왕야는 모두 공교롭게도 북경에서 멀리 떨어져 살고 있었다. 황실과 멀면 아무래도 감시망에서 자유롭긴 하지만, 군사를 일으켜 역모에 성공하는 게 그리 쉽지 않다. 그렇게 보면 누가 회주인지 도무지 확인할 방법이 없었다. 모두가 의심스러우면서도 모두가 아닌 것 같았다.

하지만 영평공주와 제독은 꿈에도 모르고 있었다.

아까부터 누군가 은밀하게 그들을 관찰하고 있다는 것을.

그 눈빛은 여덟 명의 왕야 속에서 흘러나오고 있었다.

三

의심이 많으면 이른 아침에 부는 바람도 수상한 법이다.

하물며 요즘 따라 너무 조용했다.

전표 전쟁은 아직 끝난 것이 아니었다.

물론 범죄 자문 책사가 입구와 길목을 사들여 홍등가 계획을 무력화시켰지만, 이게 수면 위로 올라오려면 적어도 홍등가가 모두 들어서고 난 다음의 일이었다. 그래야 기무결이 받는 타격이 더 커지기 때문이었다. 지금처럼 땅만 사들이는 상황에서는 전쟁은 계속 이어져야 한다는 뜻이었다.

한데 이 위화감은 뭐란 말인가?

범죄 자문 책사는 언제부터인가 모든 것이 순탄하게 자신 뜻대로 흘러가는 것에 의심을 품기 시작했다.

화은설의 모습만 보일 뿐, 기무결의 모습이 보이지 않는 것도 수상했다.

이건 무언가 은밀하게 행하고 있다고밖에는 보이지 않았다.

바로 그럴 때쯤 황제가 가을 사냥을 하겠다며 여덟 명의 왕야를 모두 북경으로 불러들였다.

번쩍!

무언가 불길한 생각이 스쳐 지나갔다.

"놈의 짓이다."

기무결이 회주를 찾으려는 것이 틀림없었다.

그 외에는 다른 생각은 떠오르지 않았다.

"그렇다는 건 다른 쪽 문제는 다 정리가 되었다는 것인가?"

범죄 자문 책사는 와락 눈살을 찌푸렸다.

아직 전표 전쟁은 치열하게 전개되고 있었다.

아니면 설마 기무결은 자신이 이겼다고 확신이라도 하고 있는 것일까?

"흐흐, 어리석은 놈이로군. 내가 입구와 길목을 사들인 것도 모르고 축배를 들고 있단⋯⋯."

한심한 표정으로 중얼거리던 범죄 자문 책사의 얼굴이 딱딱하게 굳어졌다.

그는 누구보다 의심이 많은 자였다.

만약 기무결이 진 것이 아니라 자신이 진 것이라면?

기무결이 자신을 정리했기 때문에 과감하게 회주를 찾아 나선 거라면?

범죄 자문 책사의 입장에선 말도 안 되는 허황된 생각이었지만, 한 번 든 의심은 꼬리에 꼬리를 물기 시작했다.

"아차!"

그는 입구와 길목을 사들이기 위해 동원한 백만 냥에 주목했다.

땅값이 워낙 올라 별 가치도 없는 입구와 길목을 사는 데 엄청난 돈을 쏟아부어야 했다. 금액이 금액이다 보니 당연히 암거래 시장에서 돈을 가져와야 했었다.

바로 그게 문제였다.

그는 입구와 길목을 사들여 홍등가 계획을 무력화시켰다고 생각했었는데, 어쩌면 그가 되레 기무결이 파놓은 함정에 걸려들었는지도 몰랐다.

"만약 계좌 추적으로 암거래 시장을 알아내 내 자금줄을 막으려고 했던 것이라면?"

그렇다면 구파일방과 마황성까지 담보를 잡고 도박을 걸기에 충분했다.

기무결이 암거래 시장을 찾아냈다면 새외삼패의 정체도 밝혀졌을 터.

그렇다면 회주를 찾으려고 하는 것도 이해할 수 있었다.

"결국 새외삼패가 회주를 배신했다는 것이로군."

이제야 모든 아귀가 척척 맞아떨어지는 기분이었다.

화씨세가의 본가에서 기무결의 모습이 보이지 않았던 것.

육문칠가를 망신 주는 것밖에 없는 일에 구파일방과 마황성 그리고 풍운산장까지 모든 것을 걸고 달려든 점.

평소 사냥을 즐기지 않던 황제가 갑자기 여덟 명의 왕야들을 모두 불러들인 점까지.

처음부터 기무결은 육문칠가 따위는 신경도 안 쓴 것이다.

오직 자신만 잡기 위해 함정을 파고 모든 재산을 걸었던 것 같았다.

"으으."

범죄 자문 책사의 몸이 사시나무 떨리듯 떨리기 시작했다.

그의 얼굴이 참담하게 일그러졌다.

그는 패배에 익숙하지 않았다.

언제나 남들 위에 군림하며 천하를 농락했던 그가 아니던가?

서로 전력을 다한 심기 대결에서 자신이 함정에 빠져 패했다는 건 도저히 인정할 수 없는 일이었다.

"기무결 이놈!"

이가 갈렸다.

오늘의 이 치욕은 반드시 갚아준다.

아직 시간은 많다.

언제고 기무결에게 지금 받은 것에 열 배로 되돌려 줄 시간은 충분했다.

하지만 지금은 이 사실을 회주에게 알리는 것이 먼저였다.

회주의 능력이 제아무리 천하를 덮는다 해도 새외삼패가 배신을 했다면 자칫 회주가 위험해질 수 있었다.

그나마 다행인 건 새외삼패도 회주의 진정한 정체를 아직 모르고 있다는 것이었다.

그는 곧장 정천팔룡을 찾아갔다.

"지금 당장 회주께 연락을 취해야겠습니다."

"갑자기 그게 무슨 소리요?"

"회주께서 함정에 빠졌습니다."

범죄 자문 책사는 이 모든 것이 기무결이 꾸민 함정이라는 것을 설명해 주었다.

모든 정황이 딱딱 맞아떨어지기 때문에 이견이 없어야 정상이었다.

하나 정천팔룡은 무슨 뚱딴지같은 소릴 하느냐는 표정으로 범죄 자문 책사를 쳐다보았다.

"선생께서 뭔가 착각하고 있는 거 아니시오?"

"오늘 오전에 기무결이 화은설과 함께 후원을 산책하던 모습이 포착되었소."

"그, 그럴 리 없소."

"설마 지금 누가 기무결로 변장했다고 말하고 싶은 것이오?"

"그렇습니다. 놈은 분명 이런 일까지 예측하고 대비했을 겁니다."

북경에서 화씨세가의 본가까지는 수만 리 넘게 떨어져 있었다.

하루 이틀에 오갈 수 있는 거리가 아닌데다 무림의 고수들조차 밤낮 쉬지 않고 달려도 이십 일은 넘겨 걸리는 거리였다. 하물며 기무결이 암거래 시장이 있는 광동성까지 들렀다면 한두 달 안으로는 절대 다녀올 수 없었다.

그러니 기무결이 사전에 누군가 자신의 대역을 준비했다고 생각하는 것도 당연했다.

하지만 정천팔룡이 가볍게 혀를 차며 말했다.

"쯧쯧, 이번에도 선생의 생각이 틀린 것 같소. 기무결이 화은설의 입에 입을 맞추고 몸까지 더듬었소. 누군가 변장을 했다면 입을 맞추고 몸을 더듬을 수 있겠소?"

"어, 어떻게 그런 일이……."

범죄 자문 책사는 둔기로 뒤통수를 맞은 기분이었다.

천하의 범죄 자문 책사도 이때만큼은 당황해서 어쩔 줄 몰랐다.

바보가 된 기분이었다.

변장한 것이 아니라면 무슨 축지법이라도 쓴 것일까?

그게 가능할 리 없다는 것은 누구보다 범죄 자문 책사가 더 잘 알고 있었지만, 기무결의 행적은 어떤 말로도 설명이 되지 않았다.

四

사람이라면 누구나 실수하게 마련이다.

오죽하면 한 번 실수는 병가지상사란 말이 생겨날 정도겠는가?

사람은 실수를 통해 배워 나가고 발전해 가는 법이다.

하지만 상대가 범죄 자문 책사라면 말이 달라진다.

지금까지 조금의 허점이나 단 하나의 빈틈도 보이지 않았던 그였기에 정천팔룡은 더욱 그를 대하기 어려웠었다.

도무지 그가 인간처럼 느껴지지 않았다.

한데, 지금 보여주고 있는 모습은 전혀 범죄 자문 책사다운 모습이 아니었다.

겨우 두 번의 실수일 뿐이지만, 정천팔룡에게는 그 무엇보다 크게 다가올 수밖에 없었다.

"선생, 요즘 기력을 많이 쓰신 모양이오."

"그게 무슨 말입니까?"

"사람이 피곤하다 보면 실수를 할 수도 있다는 뜻이오. 그건 결코 부끄럽거나 창피한 일이 아니오."

정천팔룡은 위로해 주기 위해 한 말이었지만, 범죄 자문 책사는 자존심이 크게 상했다.

"그래서 소생의 말을 외면하고 회주께 연락을 하지 않겠다는 겁니까?"

"쯧쯧, 선생! 고집 부릴 걸 부리시오. 기무결이 버젓이 화씨세가의 본가에 있는데, 그자가 무슨 수로 황실과 연락을 취하고 회주를 함정에 빠뜨릴 수 있겠소?"

"그, 그건 그렇지만…… 기무결이 속임수를 썼을 가능성도 아예 배제할 수는 없습니다."

"허허! 선생, 황실에서 사천까지 거리가 얼마인데 속임수가 어디 가당키나 한 소리요?"

"소생도 딱히 설명하긴 어렵습니다. 하지만 소생에게 시간을 조금만 주신다면 무슨 속임수를 사용했는지 밝혀내겠습니다."

"아아! 그게 속임수인지는 우린 모르겠고, 괜히 경거망동하다 회주의 정체가 드러날까 그게 더 무섭소이다."

이젠 슬슬 짜증이 치밀어 올랐다.

정천팔룡의 말투에 가시가 돋아 있었다.

이쯤 되면 범죄 자문 책사도 자신의 실수를 인정할 줄 알아야 하는데, 계속 고집을 피우는 모습이 불쾌할 정도였다.

평소였다면 절대 있을 수 없는 일이었겠지만, 지금은 범죄 자문 책사의 말에 신뢰가 깨진 상태였다.

더구나 정천팔룡의 말에도 나름 일리가 있었다.

여덟 명의 왕야가 모두 모인 자리에서 회주 혼자만 떨어져 나오면 당연히 눈에 띌 수밖에 없다.

도둑이 제 발 저린 법.

그건 곧 자신의 정체를 자기 스스로 드러내는 것과 다를 바 없었다.

설령 백만분의 일의 확률로 범죄 자문 책사의 말이 맞는다고 해도 그랬다. 사냥이 함정일지라도 기무결이 화씨세가에 남아 있는 이상 별걱정 하지 않았다.

회주의 능력은 천하를 뒤덮고도 남았다.

그깟 동창이나 황실의 금군 따위에 죽을 회주가 아닌 것이다.

"우리의 임무는 기무결과의 전표 전쟁에서 승리하는 것이오."

기무결이 육문칠가 일대의 땅을 사는 데 들어간 돈이 사천만 냥이 넘었다.

그 돈을 겨우 범죄 자문 책사의 자금줄을 끊기 위해 사용했다니 생각할수록 어이가 없는 일이었다.

"언제고 반드시 후회하게 될 날이 올 것이오."

범죄 자문 책사는 버럭 화를 내고 자리를 박차고 나갔다.

지금 뭔가 잘못 돌아가고 있었다.

모든 일에는 흐름이라는 것이 있다.

지금까지는 범죄 자문 책사의 진두지휘 아래 모든 흐름을 육문칠가가 유리하게 이끌어가고 있었다. 이대로 시간이 지나면 기무결을 비롯해서 구파일방과 마황성이 폭삭 망하고 알거지로 만들 수 있었다.

한데 어느 순간부터 이런 흐름에 미묘하게 균열이 생기더니 이젠 확연하게 보이고 있었다.

육문칠가 쪽으로 흐르던 흐름이 기무결 쪽으로 돌아선 것이다. 지금이라도 정천팔룡이 마음을 돌리면 충분히 빼앗겼던 흐름을 되찾을 수 있었다. 하지만 이미 자신을 불신하기 시작한 정천팔룡의 마음을 되돌리는 건 그리 쉬운 일이 아니었다.

'기무결! 이것으로 끝났다고 생각하지 마라.'

범죄 자문 책사가 기무결을 떠올리며 이를 갈았다.

회주는 거병을 일으키기 위해 수많은 군사를 가지고 있었고 세상의 이목을 속이기 위해 곳곳에 군사들을 흩어놓았다. 흩어진 군대를 모두 모으면 십만 명이 넘었다. 또한 함께하기로 약속한 장군들과 도지휘사사의 병력까지 합하면 백만 대군이 부럽지 않았다. 다행히 무림맹에서 얼마 떨어지지 않은 곳에도 병사들이 있었다.

'일단 아쉬운 대로 만 명의 군사만 움직여도 상황을 역전시킬 수 있으리라.'

이렇게 된 이상 거병을 일으킬 생각이었다.

회주의 허락이 떨어지지 않은 상태였지만, 그는 이번 사냥대회가 기무결의 음모라고 확신했다.

이젠 누가 먼저 치느냐 그것이 관건이었다. 기무결이 먼저 회주를 치게 놔둘 수는 없었다. 일단 만 명의 군사로 기무결의 함정을 막은 다음 백만 대군을 일으킨다면 빼앗겼던 흐름도 다시금 되찾아 올 수 있으리라.

범죄 자문 책사의 지략은 가히 신의 경지에 올라 있었다.

그는 앉아서 천 리를 내다볼 수 있는 능력이 있었다.

하지만 그런 그조차 기무결이 무슨 방법으로 황실에서 사천까지 그 먼 거리를 속일 수 있었는지 귀신이 곡할 노릇이었다.

五

"이쯤 되면 범죄 자문 책사도 섣불리 판단하기 어렵겠지."

기무결이 황실에서 영평공주를 만나고 화씨세가의 본가로 날아오기까지 걸린 시간은 하루가 조금 넘었을 뿐이었다.

그의 경공 속도는 인간의 한계를 뛰어 넘는 것은 물론 전설상의 축지법보다 더 빨랐다.

기무결은 자신의 경공을 철저히 이용했다.

애초에 이번 일은 범죄 자문 책사를 완벽하게 속이지 못하면 성공할 수 없는 일.

사냥이란 명분을 내세우면 여덟 명의 왕야를 황실로 불러올 수는 있지만, 그걸로 완벽하게 범죄 자문 책사의 이목을 속이기는 어렵다고 판단했다.

"분명 내가 계획한 것이라 생각할 것이다."

그렇다면 사냥이 함정이란 생각을 하게 될 것이고, 자신의 위치를 파악하려 들 것이 뻔했다.

한데 자신이 북경이 아닌 화씨세가에 있다면 천하의 범죄 자문 책사도 당황할 수밖에 없을 것이었다.

옛말에 낮말은 새가 듣고 밤말은 쥐가 듣는다고 했다.

화씨세가에 수많은 고수가 몰려들었고, 그들 모두 구파일방과 마황성의 고수였지만, 그렇다고 이들 중에 간세가 한 명도 없으리란 생각은 하지 않았다.

기무결은 그걸 역으로 이용하기로 생각했다.

그래서 계획한 것이 아침에 산책하는 것처럼 하고서 화은설과 애정 행각을 벌이는 것이었다.

사전에 미리 약속을 하고 벌인 애정행각이었지만, 화은설의 얼굴은 빨갛게 변해 있었다. 어디선가 간세가 보고 있을 지도 모른다고 생각하니 부끄럽기 짝이 없었다.

하지만 왠지 맥이 빠지기도 했다.

그녀는 남자와의 입맞춤은 난생처음이었다. 그것도 사랑하는 사람과의 입맞춤이라면 가슴이 설레이고 애틋한 추억이 담겨야 하는 정상이거늘 이건 어째 적을 속여야 한다는 강박관념에 어떻게 입맞춤을 했는지 기억이 나지 않았다.

"그나저나 정말 간세가 있을까요?"

"아마 오래전부터 심어놓았을 거요."

구파일방과 육문칠가의 사이가 틀어지고, 구파일방이 동창과 뜻을 같이하고, 육문칠가가 감찰총국과 뜻을 같이한 게 이미 오래전이었다. 그렇다면 진작에 간세를 심어놓았을 것이었다.

"큰일이네요. 겨우 입맞춤 하나로 적이 속을까요?"

"진인사대천명이라 했소. 할 수 있는 일은 다 했으니 하늘의 뜻을 기다리는 수밖에."

초조하긴 기무결도 마찬가지였다.

그는 자신이 할 수 있는 것은 모두 다 했지만, 끝내 회주의 정체를 찾아낼 방법이 없었다.

여기에 천하의 운명이 걸려 있었다. 범죄 자문 책사를 혼돈에 빠뜨린 지금이 가장 좋은 기회였다. 이때를 놓치면 두 번 다시 이런 좋은 기회는 찾아오지 않는다. 그걸 누구보다 기무결이 더 잘 알고 있기에 그는 무슨 일이 있어도 사냥이 끝나기 전에 모든 일을 끝내고 싶었다.

앞으로 사냥 때까지 남은 시간은 이틀.

그전에 회주를 찾아야 하는데, 뾰족한 방법이 떠오르지 않았다.

딱 한 가지.

아주 극단적인 방법이 있긴 있었다.

그건 여덟 명의 왕야 모두에게 동시에 살수를 펼쳐 보이는 것이다.

옆에서 피를 토하고 죽어 나가는 왕야들을 보고 회주가 끝까지 정체를 숨길 수는 없을 터.

죽기 싫으면 자신의 정체를 드러낼 수밖에 없겠지만, 그렇게 되면 무고한 일곱 명의 왕야를 죽여야만 한다.

과연 이런 걸 누가 용납할까?

당장 자신만 해도 무고한 사람을 죽이는 건 어떤 이유로든 정당화될 수 없는 일이라 생각했다.

하나 방법이 이거밖에 없으니 고민이었다.

六

화은설은 기무결의 표정이 근심에 싸여 있는 것을 보고 무엇 때문에 그러는지 직감으로 느낄 수 있었다.

"혹시 회주를 찾지 못해서 그런 거예요?"

"미안하오. 설 매 앞에서 추태를 부렸군."

"휴우! 아빠는 혹시 회주의 정체를 알고 있었을까요?"

"갑자기 그게 무슨 말이오?"

"오빠가 그랬잖아요. 아빠가 그렇게 비참하게 죽었던 건 회주라는 자가 아빠에게 역모에 가담해 줄 것을 제안을 했다가 거절해서 생긴 일이라고."

"으음."

확실히 그런 말을 한 적이 있었다.

그리고 그건 틀림없는 사실이었다. 제갈무외를 비롯한 정천구룡이 화은설을 죽이려고 동영의 인자를 고용한 것은 당시 화진악의 일기장을 찾기 위해서였으니까.

'자, 잠깐!'

기무결의 머릿속에 퍼뜩 스치고 지나가는 것이 있었다.

전혀 안면이 없는 사람이 난데없이 찾아와 역모를 제의하면 누가 선뜻 하겠다고 대답할까?

백이면 백 모두 거부할 게 뻔하다.

다른 것도 아니고 역모다.

상대를 오래 알고 있는 사이라 해도 함께하기 어려운 것이 역모인 것이다.

그렇다면 회주와 화진악 사이에는 서로 안면이 있다는 뜻이었다. 그것도 회주가 선뜻 역모를 함께 하자고 할 정도로 친분이 꽤 두터웠을 가능성이 높았다.

'그, 그렇다면?'

아마 찢어진 일기장에는 회주의 정체가 담겨 있을지도 몰랐다.

그게 아니더라도 약간의 단서 정도는 분명 담겨 있을 것이었다.

어쩌면 그래서 정천구룡이 그렇게까지 집요하게 화은설을 죽이려고 했는지도 몰랐다.

이런, 바보.

왜 진작 이런 생각을 하지 못했던 것일까?

그는 속으로 자신을 자책하는 동시에 재빨리 화은설을 쳐다보며 물었다.

"설 매, 혹시 아버님께서 친하게 지내시던 분 중에 황실과 관련된 사람은 없었소?"

"글쎄요. 당시 저는 어려서 아버님의 교우 관계에 대해서는 잘 몰라요."

"흐음."

기무결은 잠시 생각에 잠겼다가 다시금 입을 열었다.

"그렇다면 아버님께서 굉장히 아끼던 물건이나 유품이 있소?"

"어머니가 하시던 목걸이가 있긴 한데, 그건 갑자기 왜 묻죠?"

"목걸이? 그건 지금 어디에 있소?"

"제가 지금 하고 있어요."

화은설은 이상한 생각에 고개를 갸웃거렸지만, 이내 품속에 금빛으로 장식된 목걸이를 꺼냈다. 그녀가 한 번도 품속에서 떼어낸 적이 없기에 기무결조차 화은설에게 이런 목걸이가 있었는지 처음 알았다.

기무결이 목걸이를 받아 들고 눈빛을 반짝거렸다. 목걸이는 당시 여인들이 흔히 하던 노리개 중 하나였지만, 이건 세상에서 오직 하나뿐이었다. 그도 그럴 것이 화진악이 청혼을 하기 위해 솜씨 좋은 장인에게 특별히 부탁해서 만들었기 때문이었다. 목걸이에는 정교하게 궁장을 입은 여인이 새겨져 있었다. 조각상은 새끼 손가락만 한 크기였고, 마치 살아 있는 여인처럼 생동감이 전해졌다. 이 여인이 화은설의 어머니인 설지였다.

기무결은 기관장치에 상당히 조예가 깊었다.

더구나 공력이 인간의 한계를 벗어난 지금은 아무리 정교하게 만들어진 것이라도 기무결의 이목을 속일 수 없었다.

'역시 기관장치가 되어 있다.'

기무결이 조각상의 오른쪽 팔을 밑으로 잡아당겼다.

순간 찰각 하는 소리와 함께 조각상이 좌우로 열리는 것이 아닌가?

그와 동시에 무언가 바닥에 떨어져 내렸다.

第十二章
건곤일척

一

　조각상에서 떨어진 것은 돌돌 말아진 한 장의 종이였다.
　기무결은 그것이 사라진 일기장이라는 것을 직감했다.
　'역시.'
　거기에는 온통 화은설을 걱정하는 글귀들뿐이었다.

　죽는 건 두렵지 않다. 하지만, 나로 인해 화씨세가의 명예는 땅
에 떨어질 것이고 천하가 돌을 던질 것이다. 내 손으로 무너뜨린
화씨세가의 질고를 설아 혼자 짊어져야 한다. 가엾은 설아야! 부디
못난 애비를 용서해라. 너를 살리려면 그자의 요구대로 죽어야만
한단다. 어린 너만 남겨두고 차마 눈을 감을 수가 없구나!

　구구절절 화진악의 심경이 느껴지고 있었다.

기무결은 그리 놀라지 않았다. 이는 어느 정도 예상했던 바였다.

화진악이 마약에 취하고 변태적인 모습으로 죽어간 건 누군가에 의해 치밀하게 의도된 음모였다. 이게 백일하에 드러난 이상 화씨세가는 누명을 벗을 수 있을 것이었다.

화은설의 눈에서 하염없이 눈물이 흘러내렸다.

그녀라고 화진악을 원망하지 않았던 것은 아니었다. 당시 세상 사람들의 손가락질과 냉대는 어린 그녀가 감당하기 어려운 것이었다. 그녀는 하루에도 몇 번은 죽고 싶은 적이 있었고, 화진악을 미워한 적도 있었다.

하지만 그 모든 것이 모두 자신을 살리기 위해서였다니.

그녀는 북받쳐 오르는 감정에 흐느껴 울기 시작했다.

아아! 애초에 그자의 인품에 반해 결의형제를 맺은 게 실수였다. 황실과 무림은 불가근의 사이라 했거늘. 그는 처음부터 목적을 가지고 나에게 접근했던 것이다.

'인품?'

여덟 명의 왕야 중에서 인품이 훌륭한 사람이 딱 두 명 있었다.

이왕야와 팔왕야.

그들은 평생을 청빈하고 의롭게 살았다.

무엇보다 자신들의 모든 재산을 가난하고 불쌍한 백성들을 구제하는 데 썼다. 지금 살고 있는 집은 낡고 초라한 초가집이었지만, 이왕야와 팔왕야는 여전히 백성들을 구제하기 위해 심혈을 기울이고 있었다.

그들의 인품은 천하를 뒤덮고 있었다.

화진악이 인품에 반해 왕야인 걸 알면서도 결의형제를 맺을 정도라면 이왕야와 팔왕야밖에 없었다.

'이제 용의자가 두 명으로 좁혀졌다.'

기무결이 계속해서 일기장을 읽어 나갔다.

그건 분명 전설의 제왕심결이다. 형님의 성취는 그리 높은 게 아니었다. 분명 제왕심결을 수련한 지 몇 년 되지 않은 게 틀림없다. 한데도 나는 조금의 반격조차 할 수 없었다. 제왕심결! 그건 가히 악마적인 무공이다. 지 매! 오늘따라 그대가 보고 싶구려!

'형님?'

기무결의 눈빛이 반짝거렸다.

이왕야와 팔왕야 사이에 십여 년 정도의 차이가 있었다.

화진악은 그 두 사람의 딱 중간이라 할 수 있었다.

그렇다는 건 화진악이 결의형제를 맺은 사람이 이왕야란 뜻이었다.

'드디어 찾았다.'

二

뛰는 자 위에 나는 자가 있는 법.

영평공주와 제독이 여덟 명의 왕야를 은밀하게 관찰하고 있을 때 오히려 누군가 그들을 감시하는 눈길이 있었다.

가을하늘처럼 깊고 심유한 눈길의 주인공은 바로 이왕야의 것이었다.

그건 더 이상 훌륭한 인품으로 세상의 존경을 받고 있는 자의 것이 아니었다.

'설마 본좌를 찾고 있을 줄이야.'

그는 황제가 가을 사냥을 제안하며 여덟 명의 왕야를 모두 황실로 불러올 때부터 무언가 이상하다는 생각은 했지만 전혀 개의치 않았다.

그는 졸지에 사지에 빠진 셈이었다.

자칫 잘못하면 정체가 탄로 날 수도 있고, 그렇게 되면 그의 오랜 꿈이 물거품으로 변한다.

하지만 여전히 그의 얼굴에는 여유가 느껴졌다.

제왕심결을 익힌 지 벌써 십수 년이 흘렀다.

당시 완벽하지 않은 제왕심결로 천하제일고수였던 화진악을 꺾을 수 있었다.

하물며 십 년도 더 지난 지금은 두말할 나위도 없었다.

게다가 그는 몇 가지 기연이 더 닿은 상태였다. 우연하게 만년화리를 얻어 환골탈태를 했고 몇 가지 고금무공까지 익힐 수 있었다.

고금무적.

그는 인간이되 더 이상 인간이 아니었다.

천하의 그 누구도 그의 상대가 되지 못했다.

지금 그의 능력은 하늘의 옥황상제나 지옥의 염라대왕이 부럽지 않았다.

마음만 먹으면 어디든지 볼 수 있고, 원하기만 하면 모든 소리도 들을 수 있었다.

하물며 영평공주와 제독의 대화를 엿듣는 건 일도 아니었다.

'흐음. 이게 과연 심약하기 이를 데 없는 황제의 소행일까?'

그는 이번 일을 계획한 배후가 따로 있다는 생각을 지울 수 없었다.

동창의 제독이 했다고 하기에는 머리가 따라주지 않았고, 영평공주는 지혜롭긴 하지만 겁이 많은 편이었다. 여덟 명의 왕야를 한자리에 불러 모았지만, 자신을 찾아낼 방법이 없어 보였다. 대책도 없이 일을 벌이고 보는 건 영평공주다운 행동이 아니었다.

'그렇다면 과연 누구의 짓이란 말인가?'

아직도 황실에 자신이 모르는 황제의 사람이 남아 있었다는 사실이 놀라울 따름이었다.

무능하기 짝이 없는 황제에게 인재는 어울리지 않았다.

그건 돼지 목에 진주 목걸이가 걸려 있는 것이나 마찬가지였다.

영평공주와 제독의 대화 속에 가끔씩 '공자'란 인물이 흘러나오곤 했다. 이왕야는 어쩌면 가을 사냥을 기획한 자가 그 '공자'란 인물일지도 모른다는 생각이 들었다. 사냥이 열리기 전까지는 온다고 했으니 조금만 더 기다리면 '공자'란 자가 누구인지 알 수 있을 것이었다.

이왕야는 호기심이 일었다.

자신을 찾으려는 방법이 무모해 보이면서도 상당히 저돌적이었다.

그건 결코 글만 읽은 서생이 할 수 있는 일이 아니었다.

더구나 영평공주와 제독이 그 '공자'라는 자에게 상당히 신뢰를 보내고 있었다.

'재밌군, 재밌어!'

위기가 곧 기회라고 했던가?

족보 책자를 손에 넣지 못해 나름 실망하고 있던 참이었다.

지난 십여 년의 세월이 한순간에 사라지는 순간이었다.

이제 명분을 내세워 전쟁을 일으키는 건 불가능해진 상황.

군량미와 군자금까지 부족한 상황이었기에 민심을 등에 업고 군사를 일으키는 것이 무엇보다 중요했었다.

민심이 곧 천심이라 하지 않던가?

민심을 얻으면 천군만마를 얻는 것과 마찬가지였다.

그래서 더 족보 책자를 손에 넣었어야 했었는데, 이게 막 성공하려던 찰나에 실패한 것이다.

지난 십여 년의 노력이 모두 물거품으로 변하는 순간이었다.

이젠 다른 방법이 없었다.

민심을 잃는 한이 있어도 군사를 일으킬 수밖에 없었다. 여러모로 시세가 그들에게 불리하게 돌아가고 있었다.

한데, 황제가 먼저 가을 사냥을 제안해 온 것이다.

이는 절호의 기회였다.

일단 그가 황제를 죽인 다음 군사를 일으키면 생각보다 쉽게 북경을 장악할 수 있으리라.

역모의 성패는 북경을 얼마나 빨리 장악하고 황실을 손에 넣을 수 있느냐에 걸려 있었다.

그렇게 보면 황제를 죽이고 곧장 대군을 이끌고 황실까지 밀고 들어가야 하는데, 지금은 외부와 철저히 단절된 상태라는 것이었다.

'어떻게 선생에게 연락을 취할 수 있다면 좋으련만.'

이왕야가 사색에 잠겨 있다가 문득 눈빛을 반짝거렸다.

어쩌면 범죄 자문 책사도 이곳의 상황을 알고 있을지도 몰랐다.

범죄 자문 책사에겐 하늘을 꿰뚫어 볼 수 있는 능력이 있었다.

자신이 가을 사냥을 의심했다면 범죄 자문 책사는 그 본질을 꿰뚫어 보았을 가능성이 높았다.

그건 절대적인 믿음과 신뢰였다.

자신이 거사를 앞당겨 실행하고자 생각했다면 범죄 자문 책사 역시 같은 생각을 했을 터.

그렇다면 자신이 범죄 자문 책사에게 연락을 취하기 전에 그가 먼저 방법을 강구해서 연락을 취해올 것이 뻔했다.

'오직 선생만 믿겠소.'

드디어 대명제국이 그의 손에 들어오기 직전이었다.

범죄 자문 책사에게 연락만 닿으면 그 나머지는 모두 그가 알아서 해줄 터. 그것으로 길고 길었던 인고의 세월도 끝이었다.

이심전심이라 했다.

범죄 자문 책사는 거사를 앞당겨 실행하기 위해 인근에 숨어 있는 만 명의 군사를 은밀하게 북경으로 보냈다.

그들은 제각각 상단으로 위장을 하거나 표국의 표행으로 자신들의 신분을 감추었다.

평소에도 그들은 자신들의 신분을 속이고 살아가고 있었으니 딱히 정체가 발각될 위험은 없었다.

그들이 바로 이왕야가 평생을 바쳐 세운 거점 중 하나였다.

이왕야는 불쌍한 사람들을 돕기 위해 천하 곳곳을 찾아 다녔지만, 실상은 자신의 거점을 세우기 위해 천하의 이목을 속였던 것이다.

아무튼, 그렇게 위장해서 만든 거점이 한두 개가 아니라는 점이었다.

'그들이라면 무사히 왕야에게 접근할 수 있을 것이다.'

문제는 다른 쪽에 있었다.

거사가 성공하려면 반드시 회주에게 연락이 닿아야만 했다.

지금 동원 가능한 병력이 절대적으로 부족했다.

겨우 만 명의 병력으로는 거사에 성공하기 어려웠다.

하지만 회주에게 연락만 닿을 수 있다면 이번 거사는 성공한 것이나 마찬가지였다.

아니, 좀 더 정확하게 말을 하면 회주가 황제를 죽여 적의 진영을 혼돈에 빠뜨려야 한다는 것이었다.

세상에 이보다 더 좋은 기회도 없었다.

황제 스스로 자신을 죽여달라고 곁을 내준 것과 무엇이 다를까?

회주가 황제만 죽이면 거사는 절반 이상 성공한 셈이었다.

상대가 아무리 빨리 전열을 가다듬는다 해도 어느 정도 시간이 걸릴 수밖에 없을 터.

범죄 자문 책사는 바로 그 틈에 천하 곳곳에 흩어진 병력을 모아 북경을 장악할 생각이었다.

그의 계획은 놀랍게도 이왕야가 생각한 것과 비슷했다.

다만 회주의 생각과 틀린 것이 있다면 만 명의 군사로 기무결의 음모를 분쇄해야 한다는 것이었다.

거사의 향배가 시간 싸움으로 변할 줄은 천하의 범죄 자문 책사도 예상하지 못한 일이었다.

더구나 회주와 연락이 닿느냐 닿지 못하느냐에 모든 성패가 달려 있다고 해도 과언이 아니었다.

육문칠가와 정천팔룡은 아무 도움이 되지 못했다.

하지만 하늘은 그들 편이었다.

잃었던 흐름도 이번 기회를 통해 다시금 자신들 쪽으로 가져온 기분이었다.

'한 장군에게 부탁을 했으니 내일 중으로 회주에게 모든 사실을 전할 수 있으리라.'

도지휘사사 한탁!

그는 이왕야 진영의 십이장군 중 한 명으로 그 무공이 감찰총국의 부국주였던 사도옥과 필적할 만큼 대단한 능력의 고수였다.

이는 한탁이 아니고는 할 수 없는 일이었다.

그리고 한탁이 무림맹 인근 군부를 지휘하고 있는 것이야말로 하늘이 그들의 편이라는 것을 증명해 주고 있었다.

'기무결, 이번에는 네놈이라 해도 절대 막을 수 없을 것이다.'

기무결이 파놓은 함정이 어떤 것이든 이제 상관없었다.

주사위는 이미 던져졌고, 역모는 시작된 것이다.

그리고 이 모든 판을 깔아준 기무결이 고맙게 느껴질 정도였다.

四

가을 사냥은 어느새 내일로 다가왔다.

여덟 명의 왕야는 황실에서 가까운 안가에서 자유롭게 지내며 왕래했지만, 정작 아직까진 황제를 만나지 못했다.

영평공주는 여덟 명의 왕야가 안가 밖으로 나오지 못하게 감시했다.

더구나 외부에서 안가 안으로 들어가는 사람들도 철저히 통제했다. 안가의 경계는 동창의 고수들이 맡고 있었다. 그들의 감시망을 피해 안으로 잠입한다는 건 거의 불가능한 일이나 마찬가지였다.

이는 거의 구금 수준이었지만, 여덟 명의 왕야는 별다른 불만을 표출하지 않았다. 그들은 설마 이것이 회주를 잡기 위한 함정이라고는 생각하지 못했다.

이왕야는 속으로 코웃음 쳤다. 동창의 고수들이 아무리 철통같은 경계를 펼치고 있다고 해도 그에겐 무인지경이나 다를 바없었다.

하지만 밖에서 자신을 만나기 위해 안으로 들어오는 경우라면 상황이 달라진다.

그의 진영에는 뛰어난 고수가 많지만, 동창의 경계를 뚫고 잠입하는 건 그리 녹록한 일이 아니었다.

이왕야는 범죄 자문 책사의 능력을 믿고 있었다.

분명 그라면 이런 철통같은 경계 속에서도 어떤 식으로든 자신에게 연락을 취해올 게 분명했다.

시간은 어느새 초경이 되어 가고 있었다.

저녁을 먹고 산책을 하고 있을 때였다.

동창의 요원 복장을 한 젊은 청년이 주변을 경계하다 이왕야와 길이 엇갈렸다.

바로 그때 동창의 요원이 가던 길을 멈추지 않은 채 은밀하게 전음을 보내왔다.

"한탁 장군께서 왕야께 중요한 소식을 전해오셨습니다. 삼경이 지난 시각에 동쪽으로 십여 리 떨어진 곳에 사당이 있습니다. 그쪽으로 오실 수 있겠습니까?"

"가서 전하라. 천하에 본왕의 앞을 가로막을 수 있는 것은 아무것도 없다고 말이야."

그것으로 이왕야의 의중은 전해졌다.

그리고 범죄 자문 책사와 이왕야의 계획도 완성되는 순간이었다.

五

"지난밤부터 기무결의 모습이 보이지 않는다고?"

범죄 자문 책사는 한 장의 전서구를 손에 들고 눈살을 와락 찌푸렸다.

그건 바로 화씨세가의 본가를 감시하고 있던 간세에게 날아든 전서구였다.

그는 매일 기무결의 동향을 보고 받고 있는 중이었다. 겨우 하룻밤에 불과했다. 하지만 뭔가 불길한 느낌이 들었다.

상황이 공교로웠다.

그가 한탁을 비롯해 만 명의 병력을 위장을 시켜 북경으로 보낸 것과 기무결의 모습이 보이지 않는 것이 거의 동시에 벌어진 것이다.

'설마 만 명의 병력이 북경으로 올라가고 있다는 걸 눈치챈 건 아니겠지?'

자신도 화씨세가의 본가에 간세를 심어놓았으니 이곳 역시 기무결의 간세가 숨어 있지 말라는 법이 없었다.

하나 설령 그렇다 해도 정보가 새어 나가는 건 불가능한 일이었다.

무림맹 내에서도 아주 은밀하게 움직이는데다 그는 극도의 보안을 유지하기 위해 전서구조차 사용하지 않았다.

전서구는 얼마든지 적들이 중간에 가로챌 수 있는 여지가 있었다.

물론 그럴 확률이 그리 높진 않지만, 누군가 무림맹을 감시하고 있다면 결코 불가능한 일도 아니었다.

범죄 자문 책사는 그럴 여지조차 없애 버린 것이다.

그래서였다.

그는 하인으로 변장하고 생필품을 사러 가는 척하면서 표식을 남겨놓았던 것이다.

같은 조직의 사람이라면 누구나 표식을 알아볼 수는 있어도 그걸 해독할 수 있는 사람은 그리 많지 않다. 만 명의 병력 중에서는 고작 도지휘사사인 한탁 정도에 불과한 것이다.

'그렇다면 뭐지?

기무결이 무언가 일을 꾸미고 있는 건 확실했다.

그리고 그게 육문칠가 일대를 홍등가로 만드는 것과 관련이 없다는 것도 직감할 수 있었다.

그는 왠지 기무결이 자취를 감춘 것과 이번 가을 사냥이 밀접한 연관이 있다는 생각을 지울 수 없었다.

그래서 더 혼란스러웠다.

상대는 너무 멀리 떨어져 있어서 절대 가을 사냥에 개입할 수 없는데, 이상하게 그것밖에는 떠오르는 게 없었다.

한편, 정천팔룡은 대수롭지 않게 생각했다.

그들은 범죄 자문 책사가 자신들에게 말도 안 하고 군사를 일으킨 것부터 마음에 들지 않았다.

화씨세가의 본가가 있는 사천성과 무림맹이 있는 호남성까지는 만 리도 넘게 떨어져 있었다.

하늘에 나는 새라면 모를까 인간의 능력으로는 하룻밤 사이에 도달할 수 있는 거리가 아닌 것이다.

"쯧쯧, 선생은 걱정도 팔자시오."

"그냥 우연의 일치일 뿐이오."

"기무결에게 만리안이 있는 것도 아니고 어찌 알고 움직일 수 있단 말이오?"

하긴, 그들의 말도 틀린 게 아니었다.

우연의 일치일 수도 있었다.

어쩌면 그가 너무 확대 해석한 것일지도 몰랐다.

기무결에게 만리안이 있다고는 믿지 않았다.

그래도 만사불여튼튼이라 했다.

이럴 때는 확실하게 해두는 편이 좋다.

'한 장군에게 전서구를 보내야겠군.'

혹시 전서구 하나 때문에 꼬리가 밟힐지도 몰라 가급적 연락은 하지 않으려고 했었다.

하지만 가만히 기다리고 있기에는 그의 직감이 너무 불길하다고 말하고 있었다.

六

삼경 무렵.

사당 주위에는 짙은 어둠이 깔려 있었다.

울창한 나무가 빽빽이 들어선 이곳은 산 중턱에 위치한 관제묘였다. 가을 단풍도 끝나가고 숲 속에는 삭막함이 감돌았다.

휘익!

문득 바람을 가르며 하나의 인영이 날아내렸다.

그는 형형한 눈빛으로 주변을 쏘아보다 어느 한곳에서 시선이 딱 멈춰 섰다.

그곳에는 커다란 소나무가 하늘 높이 뻗어 있었다.

순간 소나무 뒤에서 누군가 모습을 드러냈다. 바로 저녁때 보았던 동창의 요원이었다.

"오셨습니까, 왕야!"

이왕야가 고개를 끄덕였다.

원래 그는 조심성이 많은 성격이었지만, 저녁때 자신에게 연락을 전해준 얼굴이니 별다른 의심은 하지 않았다.

"한탁 장군은 어디 있느냐?"

"안에서 왕야를 기다리고 있습니다."

"거사가 성공하면 네 공을 잊지 않겠다."

"만세! 만세! 만만세!"

이는 오직 황제에게만 할 수 있는 말.

이왕야가 흐뭇한 표정을 지으며 사당 안으로 들어갔다.

바로 그때였다.

동창 요원의 입가에 묘한 미소가 지어졌다.

'걸렸다.'

펑!

콰르르릉!

사당에서 엄청난 폭발이 일어났다.

지축이 뒤흔들리고 하늘 높이 화염이 솟구쳐 올랐다.

사람들은 누구나 정정당당한 대결을 원한다.

그것이 고수들이라면 두말할 나위도 없다. 시정잡배들이나 비열한 방법을 사용하지 자부심이 강한 고수들은 암습하는 것조차 혐오한다.

하지만 기무결은 한 번도 자신이 고수라고 생각해 본 적이 없었다.

더구나 그는 별로 자부심 따위를 가져 본 적도 없었다. 애초에 전표 위조범으로 출발을 했으니 어쩌면 당연한 일인지도 몰랐다.

수많은 목숨이 왔다 갔다 하는 상황이었다.

천하가 걸려 있는 일에 수단과 방법 가릴 이유가 없었다.

무조건 이기면 장땡이었다.

기무결은 회주의 정체가 이왕야란 사실을 알게 된 순간 그가 불쌍한 사람들을 돕는 것을 이유로 천하를 돌아다녔던 이유도 이해할 수 있었다.

'그런 식으로 거점을 만들고 관리했던 것이었으리라.'

그렇다면 곳곳에 거점을 관리하는 핵심적인 인물이 있을 터.

그들을 알아내는 건 그리 어려운 일이 아니었다.

적어도 두세 번은 만났을 테니 말이다.

기무결은 즉시 동창에 연락을 취했다.

그들만 찾아낼 수 있다면 거점을 분쇄하는 것도 불가능한 일은 아닐 터였다.

자고로 삭초제근이라 했다.

상대에게 조금이라도 여지를 남겨두면 언제고 화를 자초하게
마련이다.

그런 의미에서 기무결은 상대의 숨통을 끊되 아예 그 싹을 뽑
아버릴 생각이었다.

회주가 만든 거점을 파괴하는 건 무척 중요한 일이었다. 문제
는 얼마나 빨리 거점을 관리하는 핵심적인 인물들을 모두 찾아
낼 수 있느냐였다.

한데, 하늘이 돕는 것일까?

그때 마침 한탁이 잠시 병가를 내고 군부를 비웠다는 연락이
날아왔다.

기무결은 느낌이 왔다.

범죄 자문 책사가 무엇을 하려고 하는지 머릿속에 그려졌다.

기무결은 한발 먼저 움직였다.

후발선제라 했다.

먼저 움직인 쪽은 범죄 자문 책사와 한탁이었지만, 이왕야에
게 먼저 도착한 사람은 기무결이었다.

그는 동창의 요원으로 분장한 다음 이왕야에게 접근했다.

이왕야는 감쪽같이 속을 수밖에 없었다. 설마 기무결이 한탁
의 이름을 알고 자신에게 접근해 올 줄은 꿈에서조차 생각하지
못했기 때문이었다.

하지만 기무결 역시 끝까지 안심하지 못했다.

이왕야는 이미 제왕심결을 극한까지 수련한 상태.

조금이라도 긴장을 하거나 호흡이 빨라지면 제왕심결에 곧바로 걸려들게 마련이다.

하나 기무결은 워낙 사기에 능한데다 거짓말을 달고 사는 인물이라 조금의 표정 변화도 없었다.

호흡도 극히 정상적이었던 데다 기무결은 자신의 공력조차 딱 동창의 요원으로 보일 만큼만 내보였다. 만약 이왕야의 공력이 더 높았다면 바로 알아차렸겠지만, 기무결과 이왕야의 공력은 비슷한 수준이었다.

기무결은 마음속에서 조금이라도 다른 생각을 하지 않았다.

이왕야와 있을 때만큼은 정말 한탁의 수하가 되어 충성을 다 바쳤다.

그것이 제왕심결마저 속일 수 있는 비결이 된 것은 두말할 나위도 없었다.

八

완벽한 함정이었다.

이왕야는 완전히 안심한 나머지 인간의 한계를 벗어난 이목마저 닫아버리고 말았다.

그건 정말 누구도 예상하지 못한 일이었다.

하물며 어지간한 사람은 시신조차 찾지 못할 정도로 강렬한 폭발이었다.

천하의 이왕야라 할지라도 살아남기 어려워 보였다.

하지만 아직 안심하기에는 이르다.

고수들의 반응은 상상을 초월할 정도로 빠르다.

하물며 이왕야처럼 인간의 한계를 초월한 사람은 말해 무엇 하겠는가?

기무결은 즉시 분심쌍격의 자세를 취했다.

두 손으로 신궁천품을 준비하면서 주변의 공기를 끌어모아 거대한 바람을 일으켰다.

바로 천무은형잠종대법의 풍형이었다.

공력이 높아질수록 천무은형잠종대법의 성취도 높아졌는데, 이젠 마음속으로 생각만 해도 천무은형잠종대법이 저절로 따라 일었다.

지난 한 달 동안 그는 이모백과 전표 전쟁을 치렀고, 육문칠가와 전쟁을 하기 위해 화씨세가의 본가에 머물렀었다.

그때 마냥 놀고 있었던 것이 아니었다.

기무결은 천무은형잠종대법과 신궁천품을 수련하는 한편, 지존맹의 고수들과 매일 무공에 대해 이야기를 주고받았다.

무공의 고하로 따지면 구파일방과 석대공 등은 기무결의 적수가 되지 못했다.

하지만 지식 면에서는 기무결이 그들의 깊이를 따라가지 못했다.

세 살 먹은 어린아이에게도 배울 점이 있는 법이다.

하물며 구파일방의 장문인들과 석대공과 철산호 등은 한 분야에서 최고의 정점에 오른 인물들이었다.

기무결은 그들과 대화를 하면서 많은 것을 새롭게 깨달을 수 있었다.

특히 천지기하천하무적공의 성취가 나날이 깊어졌다.

사실 구파일방과 마도는 물과 기름처럼 절대 한데 섞일 수 없는 사이였다.

공력의 성격도 틀렸고, 운기하는 방법이나 자세도 달랐다.

자칫 잘못하면 주화입마에 빠질 수 있는 것이다.

하지만 천지기하천하무적공은 우주의 이치를 담고 있었다.

정파의 무공이나 마도의 무공 모두 우주의 원리 중 하나일 뿐.

결코 천지기하천하무적공의 묘리에서 벗어날 수 없었다.

그렇게 천지기하천하무적공의 성취가 높아지자 덩달아 천무은형잠종대법과 신궁천품의 위력마저 높아졌다.

그때였다.

강렬한 화염을 뚫고 무언가 하늘 높이 솟구쳐 오르는 것이 아닌가?

바로 이왕야였다. 그는 옷이 불에 타고 머리가 그을렸지만, 그렇다고 큰 낭패를 당하지는 않았다. 화약이 폭발하는 순간 무서울 만큼의 반응으로 강기막으로 전신을 보호했기 때문이었다.

기무결은 어느 정도 예상은 하고 있었기에 그리 놀라지 않았다.

그는 지체 없이 신궁천품과 풍형을 날려 보냈다.

그건 일대 장관이라 해도 과언이 아니었다.

정확히 삼백육십 개의 화살이 한 하나의 오차도 없이 이왕야를 향해 날아갔다.

그 뒤를 풍형의 살기가 바짝 뒤쫓고 있다가 갑자기 이왕야의 바로 코앞에서 위치가 바뀌었다. 뒤를 따르던 풍형의 살기가 먼저 이왕야를 덮쳤던 것이다. 말이 안 되는 상황이었다. 아무리 공력이 극에 이르렀다 해도 삼백육십 개의 화살의 속도마저 마음대로 조종할 수 있을 줄이야.

하지만 제왕심결은 그 모든 것을 꿰뚫어 보았다.

이왕야는 재빨리 삼백육십 개의 화살을 버리고 풍형의 살기부터 막았다.

쾅!

이왕야의 신형이 바닥에 곤두박질 쳤다.

울컥!

이왕야가 피를 토했다.

그를 감싸고 있던 강기막이 절반쯤 사라지고 없었다.

아무리 제왕심결로 예측을 하고 대비했다고 해도 풍형의 위력은 그의 상상을 몇 배는 뛰어넘는 것이었다.

"으으, 이놈!"

이왕야가 분노의 포효를 내뱉었지만, 아직 모든 게 끝난 것이 아니었다.

삼백육십 개의 화살이 어느새 허공에서 방향을 틀어 이왕야를 향해 달려들고 있었던 것이다.

第十三章
대망

—

쐐애애액!

바람을 가르는 소리와 함께 또다시 무지막지한 공력이 날아들었다.

이게 벌써 몇 번째인지 몰랐다. 십여 초식까지는 기억했지만, 이젠 그걸 세고 있을 만한 여유가 없었다. 이건 도저히 인간의 힘이 아니었다. 하나를 막으면 또 하나의 공격이 밀려들어 왔다. 장강의 물이 도도하게 흐르듯 기무결의 공격은 잠시도 끊어지지 않았다.

삼백육십 개의 화살이 신궁천품이란 건 직감으로 알 수 있었다. 바람의 공격은 천무은형잠종대법인 것 같았다. 화씨세가의 박투술도 있었고, 정체를 알 수 없는 표홀하기 이를 데 없는 신법도 있었다. 어느 하나 놀랍지 않은 무공이 없었다.

하지만 무엇보다 무서운 건 양팔로 각기 다른 무공을 자유자재로 펼쳐 낼 수 있다는 것이었다. 이왕야가 그게 분심쌍격이라는 걸 알 리 없었다. 이왕야는 두 명의 기무결과 싸우고 있는 셈이었다. 서로의 공력이 엇비슷한 상황에서는 가히 치명적인 결과일 수밖에 없었다. 비록 처음에 폭발의 여파로 내상을 입은 것이 크긴 했지만, 처음부터 정정당당히 싸웠어도 두 명의 기무결과 싸우는 것이라면 승패를 장담하기 어려웠다.

이왕야는 연신 뒤로 물러서며 막기에 급급했다. 강기막은 이미 산산조각으로 부서진 지 오래. 지금까지는 제왕심결로 어떻게든 버텼지만, 이젠 그마저도 한계였다. 공력이 제대로 모이지 않았다. 기무결의 공격을 한 번 막을 때마다 온몸이 부서져 나갈 것 같았다.

'바, 반격을 해야 한다.'

벌써 사십여 초가 흘렀지만, 이왕야는 반격 한 번 할 수 없었다.

어이가 없어서 말이 다 안 나올 지경이었다.

천하에 적수가 없다고 자부하며 살아왔던 그였다.

그의 몸에는 고금에 다시없을 엄청난 신공이기들이 있었다.

혈마수라장.

천비제왕검법.

제왕심결.

하나만 해도 천하를 오시할 수 있는 무공이 무려 세 가지나 있었다.

우선 혈마수라장은 한 번의 손짓으로 백 장 내외를 완전히 초

토화시킬 수 있는 절대무적의 장법이었다. 이는 사파의 무공으로 수백 년 전 천하를 공포로 몰아넣은 혈마의 독문절기였다. 혈마수라장은 기무결이 익힌 사황파천신공과 더불어 사중이대절기라 불리고 있었다.

천비제왕검법은 한번 펼치면 허공에 천 개의 검영이 그려진다 해서 붙여진 이름이었다.

신궁천품이 최대 펼칠 수 있는 화살의 개수는 삼백육십 개.

그것만으로도 허공은 온통 화살 천지였다.

그러니 천비제왕검법이 한번 펼쳐지면 하늘이 사라지고 검영이 생겨난다는 말이 나온 것이 그리 이상한 것도 아니었다.

다만 신궁천품은 강기로 화살을 만들어내는 것이라 하나같이 그 위력이 엄청난 반면 천수제왕검법은 검기로 천 개의 검영을 그려내는 것. 때문에 신궁천품에 비하면 다소 위력이 약할 수 있었다. 대신 천수제왕검법은 가공할 속도의 쾌검을 품고 있었기 때문에 약한 위력을 상쇄시킬 수 있었던 것이다.

하지만 무엇보다 압권인 건 바로 제왕심결이었다.

제왕심결 앞에 그 어떤 무공도 피해갈 수 없었다.

이는 미래를 예견하는 것과 다를 바 없었다.

상대가 어떤 방향으로 어떻게 공격할지를 예측할 수 있다면 그것이 아무리 고금정마십대무공이라 할지라도 별 위협이 될 수 없을 것이었다. 거기에 더해 제왕심결은 잠깐 보는 것만으로도 그 무공의 장점과 단점을 파악할 수 있었다.

장점인 부분은 피하고 단점인 부분만 공략하면 그것이 바로 파훼법으로 이어지는 법.

제왕심결의 무서움은 바로 아주 찰나의 시간만으로도 파훼법을 만들어낼 수 있다는 점이었다.

한데 이 모든 것이 다 무용지물로 변하고 말았다.

기무결의 가공할 공격 앞에 모든 것이 봉쇄당한 셈이었다.

수중에 검이 없으니 천수제왕검법은 처음부터 펼칠 방법이 없었다. 혈마수라장을 펼치려면 아주 잠깐의 시간만 주어지면 된다. 한 번 호흡을 들이쉬었다가 내뱉으면 된다.

한데 지금은 그 잠깐의 시간조차 주어지지 않고 있었다. 하긴, 제왕심결로 기무결의 가공할 공격을 모두 파악하는 것도 한계가 있었다. 아니, 파악할 수 있긴 했다. 하지만 그가 파악하고 대응하려고 하면 어느새 기무결의 두 팔에서 각기 다른 무공이 전개되고 있으니 사람 미치고 팔짝 뛸 노릇이었다.

'으으, 도대체 이놈의 몸에서 몇 개의 무공이 동시에 쏟아지는 것이냐?'

이왕야의 얼굴은 시간이 흐를수록 더욱 참담하게 변해갔다.

제왕심결은 그야말로 완전무결.

그 어떤 약점도 없을 거라고 장담했었는데, 그게 지금 기무결의 손에서 처참하게 깨지고 있었던 것이다.

二

기가 질리기는 기무결도 마찬가지였다.

내상을 입은 상태에서 혼신의 힘이 실린 자신의 공격을 사십여 초나 막을 수 있다는 게 어디 말이 될 법한 소린가?

확실히 이왕야는 대단한 자였다.

기무결은 처음부터 반격의 여지를 주지 않으려고 자신의 모든 힘을 쏟아부었는데도 아직까지 확실하게 승기를 잡지 못하고 있었다.

'정정당당한 대결을 펼쳤다면 정말 누가 이기고 질지 승패를 장담하기 어려웠을 것이다.'

사실 화약을 터뜨려 이왕야를 암습한 데에는 선기를 잡으려는 의도가 강했다.

기무결은 사도옥과의 대결로 제왕심결이 얼마나 무서운 무공인지 경험한 적이 있었다. 또한 화진악이 찢어진 일기장에 이왕야의 무공이 제왕심결이라는 것을 언급한 부분도 있었다. 기무결은 이왕야를 쓰러뜨리려면 반드시 제왕심결을 봉쇄해야 한다는 것을 절감했다.

하지만 그 어떤 것으로도 제왕심결을 깨뜨릴 방법이 없었다.

상대는 공력의 흐름을 미리 읽고 모든 장단점을 파악할 수 있는 절세무쌍의 무공.

세상에 존재하는 무공 중에 제왕심결보다 빠르게 움직이고 공격할 수 있는 무공이 없었다.

그래서였다.

기무결은 제왕심결이 파악을 해도 이왕야가 미처 따라가지 못하게 두 팔로 미친 듯이 공격을 퍼부었다.

이는 분심쌍격이 있기에 가능한 일이었다.

또한 기무결이 두 팔로 펼쳐 내는 무공들이 하나같이 범상치 않은 것들이었다.

그렇게 또다시 십여 초식이 흘렀다.

이왕야는 여전히 반격 한 번 해보지 못한 채 연신 뒤로 물러났다. 호흡이 거칠어지고 견고하던 자세가 조금씩 무너지고 있었다.

기무결은 서서히 거리를 좁히고 이왕야의 안쪽으로 파고들었다.

그의 손끝에서 연이어 허허실실의 초식이 쏟아져 나왔다.

바로 화씨세가의 박투술이었다.

가까운 거리에서는 화씨세가의 박투술만큼 위력적인 무공도 없었다.

하나 제왕심결은 곧바로 파훼법을 찾아냈다.

제왕심결이야말로 화씨세가의 박투술과 상극이었다. 화씨세가의 박투술은 허허실실이 생명. 그에 반해 제왕심결 앞에 그 어떤 허허실실도 통하지 않는다.

하지만 이왕야는 감히 공격해 들어가지 못했다.

기무결의 한쪽 손이 이상한 자세를 취하고 있었다. 분명 지금까지 이왕야를 몇 번이고 괴롭혔던 천무은형잠종대법을 펼치기 위한 자세였다.

"으으."

이왕야가 방향을 틀어 오른쪽으로 물러섰다.

하나 그게 실수였다. 그쪽에는 낭떠러지가 있었다.

이왕야는 재빨리 그곳에서 벗어나려 했지만, 몸이 말을 듣지 않았다. 평소라면 마음만 먹으면 몸이 저절로 따랐겠지만, 지금은 공력이 고갈된 상태였다.

휘청!

이왕야의 발 하나가 낭떠러지에 걸치며 몸이 휘청거렸다.

그때 허허실실의 박투술이 환상처럼 다가와 이왕야의 가슴을 찔렀다. 심장을 뚫고 등 뒤까지 관통했다.

"컥!"

이왕야는 믿기지 않는 표정으로 자신의 가슴을 내려다보았다.

다른 무공도 아니고 화씨세가의 박투술이라니.

그 의미를 알 것 같았다.

화진악의 복수를 하겠다는 뜻이었다.

"후, 훌륭한 박투술이었다. 혹시 화진악의 일기장을 찾아낸 것이냐?"

이왕야는 대업을 위해 평생을 자신의 정체가 드러날 만한 일은 하지 않았다.

새외삼패를 굴복시키는 과정에서도 철저히 자신의 신분을 감추었었다.

하지만 딱 한 번.

화진악과 사귀는 과정에서 자신의 정체를 드러냈었고, 때문에 사라진 일기장을 찾으려고 그렇게 노력했던 것이다.

"이틀 전에 운 좋게 알아냈습니다."

"말도 안 되는 소리. 그때는 분명 네놈은 화씨세가의 본가에… 쿨럭! 쿨럭!"

이왕야의 입에서 피가 쏟아져 나왔다. 그 속에는 내장 부스러기들이 섞여 있었다.

"그것 역시 소생입니다. 소생에게 축지법보다 더 빠른 경공이 있다면 믿겠습니까?'

"추, 축지법! 천하에 그런 경공이 있다는 말은 들어본 적이 없다."

"그야 당연한 일이지요. 소생이 만든 거니까요."

물론 공력이 극에 이르자 저절로 만들어진 것이긴 한데, 어쨌든 기무결이 만든 것은 맞는 소리였다.

이왕야는 어이가 없어서 한동안 기무결의 얼굴을 뚫어지게 쳐다보았다.

세상에 축지법보다 더 빠른 경공이라니.

솔직히 그런 게 있다고 누가 생각이나 하겠는가?

그것만 아니었다면 그는 이미 황제를 죽이고 천하의 주인이 되었을 것이었다.

눈앞에서 다 잡은 천하를 잃었다는 생각에 이왕야의 얼굴이 더욱 일그러지고 말았다.

"처, 천하에 본왕 말고도 너 같은 고수가 또 있을 줄은 생각도 못했다."

처음부터 끝까지 반격 한 번 해보지 못하고 당한 완패였다.

치욕도 이런 치욕이 또 있을까?

죽어서도 눈을 감기 어려운 일이었다.

"과찬의 말씀이십니다."

이건 결코 기무결이 겸손해서 하는 말이 아니었다.

그만큼 이왕야의 무공이 무섭고도 공포스러웠기 때문이었다.

"쿨럭! 쿨럭! 부탁이 있다. 본왕도 화진악만 죽였다. 그러니 너도 본왕만 죽이는 것으로 하면 안 되겠느냐?"

역모를 꾀하다 발각이 되면 구족이 무사하지 못한다.

그건 사돈에 팔촌까지도 모조리 죽임을 당한다는 뜻이었다.

바로 그것이었다.

그는 자신의 가족들만은 살리고 싶었다.

하지만 기무결은 매정하게 거절했다.

"그건 어렵겠군요. 소생의 생활신조는 화근이 될 만한 것은 아예 싹부터 잘라 버려야 한다는 것인지라."

"으음, 무릎을 꿇고 머리를 조아리라고 하면 그렇게 하겠다. 그래도 안 되겠느냐?"

그는 기무결이 가족들만 살려준다면 그 어떤 모욕도 감수할 태세였다.

문득 십여 년 전 그가 화진악을 죽일 때의 기억이 떠올랐다.

당시 화진악도 이랬었다.

그는 화은설을 살리기 위해서라면 무엇이든 다 받아들였었다.

설령 그것이 굴욕적인 죽음이었다 해도 말이다.

어쩌면 이것이 가족의 힘이리라.

당시에는 화진악의 마음을 이해하지 못했는데, 막상 그가 똑같은 처지가 되고 보니 누구보다 화진악의 마음이 이해가 되었다.

'결국 화은설을 죽이지 못한 것이 본왕의 파멸을 불러온 셈이로다.'

뒤늦게 통탄을 했지만, 그건 이미 너무 늦은 뒤였다.

기무결의 반응은 한 치의 흔들림도 없었다.

전혀 망설이거나 죄책감을 갖는 모습이 아니었다.

"역시 소생의 대답은 마찬가지입니다."

"그, 그렇군."

이왕야는 두 눈을 감았다.

더 이상 부탁을 해봐야 전혀 소용이 없을 거라는 확신이 들었다.

이것으로 자신은 물론이고 그의 가족 모두가 죽음을 피할 수 없으리라.

사필귀정이라 했다.

화진악을 그렇게 죽인 벌을 지금에 와서 받는 기분이었다.

바로 그때였다.

"이제 그만 편히 쉬시지요."

기무결이 팔을 뽑아냈다.

순간 이왕야의 가슴에서 피가 분수처럼 솟구쳐 나왔다.

이왕야의 몸이 그대로 허물어졌다.

"크윽!"

그것이 끝이었다.

길고 길었던 역천의 꿈은 한 줄기 메아리가 되어 숲 속에 울려 퍼졌다.

三

회신은 끝내 돌아오지 않았다.

한탁 장군에게 전서구를 날린 것이 이틀 전.

아무리 늦어도 반나절 전에는 회신이 왔어야 하는데 뭔가 잘못된 것이 틀림없었다.

"여, 역시 그런 것인가?"

범죄 자문 책사는 망연자실한 표정으로 중얼거렸다.

기무결의 모습이 보이지 않을 때부터 불길한 기운이 들긴 했지만, 그래도 만 리도 넘게 떨어져 있기에 안심했던 것이다.

그렇다면 결론은 하나.

기무결은 화씨세가와 황실까지 만 리가 넘게 떨어진 거리를 겨우 며칠 만에 왕복할 수 있는 것이 틀림없었다.

"끝내 하늘이 우리를 외면했음인가?"

모든 것이 다 끝난 기분이었다.

한탁에게 연락이 없다는 건 만 명의 군사가 모두 제압을 당했다는 소리.

고금제일의 고수라 자부하던 이왕야의 안위도 장담할 수 없는 상황이었다.

아니, 이왕야의 죽음은 확실했다. 이왕야가 살아 있다면 북경을 탈출해서 이곳으로 왔어야 정상이었다. 벌써 이틀이 지났다. 한데도 아무런 소식이 없다는 건 이미 기무결의 손에 죽었다고 봐야 한다.

불과 며칠 전만 해도 하늘은 그들의 편이었다.

분명 천하를 손에 넣기 직전이었다.

한데 그것이 그만 정천팔룡이 자신의 경고를 무시한 이후 모든 게 뒤바뀐 것이다.

이제 남은 건 정천팔룡과 육문칠가, 그리고 함께하기로 약속한 장군들과 도지휘사사들이었다.

그것만으로도 여전히 상당한 전력이 남아 있었다. 적어도 백만 대군이 남아 있으니 말이다.

하지만 상대는 다른 사람도 아닌 기무결이었다.

정천팔룡과 육문칠가가 과연 지존맹과 새외삼패의 상대가 될 수 있을지 의문이었다.

더구나 만에 하나 이왕야가 죽은 게 알려진다면 다른 장군들과 도지휘사사들 사이에 엄청난 동요가 일어날 터.

아마 서로 발을 빼기에 급급할 것이었다.

이미 모든 기반이 무너졌다고 봐도 무방한 일이었다.

참패였다.

이젠 그 무엇으로도 상황을 반전시킬 수 없었다.

훗날을 기약하며 도모를 꾀할 방법도 없었다. 무엇보다 기무결이 자신의 목숨을 취하려고 악착같이 쫓아다닐 게 뻔했다.

"생문은 없고 온통 사문뿐인가?"

점을 쳐보았지만, 계속 똑같은 점괘만 나왔다.

아쉬움과 회한만 남았다.

분명 그에게도 기회는 있었다.

정천팔룡이 자신의 말에 귀를 기울였다면 지금쯤이면 역모에 성공해서 천하의 주인이 되어 있었을 것이었다.

그 옛날 항우의 책사였던 범증이 된 기분이었다.

유방의 주변에는 수많은 책사와 인재들이 있었다.

그에 반해 항우의 주변에는 오직 범증 한 명밖에 없었다.

얼핏 범증은 도저히 유방 주변의 책사와 인재들의 상대가 될 수 없어 보였다.

하지만 막상 전쟁이 나면 언제나 항우의 군대가 승리를 하곤 했다.

그 모든 것이 범증의 악마적인 책략 덕분이었다.

당시 홍문지연에서 항우가 범증의 말을 듣고 유방을 죽였다면 천하를 거머쥔 사람은 유방이 아니라 항우였을 것이었다.

정천팔룡.

그 멍청이들은 항우와 다를 게 없었다.

죽는 건 두렵지 않았다.

하긴, 생명보다 더 중요한 자존심이 산산조각 나듯 부서졌는데 살아 있어서 무슨 의미가 있을까?

범증이 자신의 운명을 예견하고 항우를 떠나 고향으로 내려갔듯 범죄 자문 책사 역시 자신의 미래가 보였다.

범죄 자문 책사는 조용히 자신의 물건을 챙겼다.

물건이라고 해봐야 옷가지 몇 개와 책 몇 권이 전부였다.

"잠깐 집에 다녀와야겠습니다."

"이 중요한 시국에 선생이 자리를 비우면 어떡합니까?"

"이제 모든 게 다 끝났으니 이곳에서 소생이 할 일은 없을 것 같군요."

"갑자기 그게 무슨 말이오, 선생!"

"며칠 전만 해도 당장 큰일이 일어날 것처럼 난리를 피우지 않았소?"

"모두 끝난 일입니다. 아마 며칠 후면 저절로 알게 될 겁니다."

그는 아무 말도 하지 않았다.

그것으로 정천팔룡이 자신의 의견을 묵살하고 천하대계를 망친 것에 대한 복수를 한 셈이었다.

"나 원 참, 도대체 무슨 소린지."

정천팔룡은 살며시 얼굴을 찌푸렸다.

하지만 설마 다 끝났다는 말이 자신들을 두고 하는 말인지 모르고 적잖이 마음을 놓았다.

"번거롭게 선생이 다시 올 필요가 있겠소?"

"나중에 우리가 선생을 찾아뵙겠소."

"후후! 그것도 좋겠지요. 그렇다면 먼저 가서 기다리고 있겠습니다."

그 말이 지옥에서 기다리겠다는 뜻인지를 깨달은 사람은 아무도 없었다.

그날로 그는 천 리 길을 걸어 집에 도착했다. 그리고 그날 밤 기둥에 줄을 걸고 목을 매어 자결했다.

四

천하가 발칵 뒤집어졌다.

훌륭한 인품으로 백성들에게 존경을 받고 있던 이왕야가 사실은 역모를 꾀하고 있었으며 수많은 악행을 해온 것이 만천하에 드러났던 것이다. 거기에 한탁이 만 명의 군사를 이끌고 북경으로 향했다가 동창과 금군의 손에 궤멸된 것은 충격 그 자체였다.

"암거래 시장의 주인이 이왕야였다며?"

"세상에, 그 돈으로 어려운 백성들을 구제하는 척하면서 역모를 키워왔던 거야?"

"풰! 인면수심의 인간 같으니. 그런 인간을 천하의 의인이라며 칭찬했던 내가 미친놈이지."

백성들은 두세 명만 모이면 이왕야를 욕해댔다.

믿음이 컸던 만큼 배신감도 컸던 것이다.

동창은 역모에 가담한 자들을 색출하기 위해 눈에 불을 켜고 군부를 들쑤시고 다녔다.

과연 범죄 자문 책사가 예상했던 것처럼 사람들은 서로 발을 빼기에 급급했다. 이미 이왕야가 죽고 한탁마저 제거된 마당에 계속 역모를 꾀할 구심점이 사라진 데다 그들의 조직은 보안을 위해 철저히 점조직으로 되어 있었다. 이왕야와 범죄 자문 책사 등 몇 명을 제외하고는 누가 같은 편인지 확인할 길이 없었다.

그렇게 하나둘 발을 빼면서 역모의 기운은 완전히 자취를 감추고 말았다.

하지만 동창은 포기할 줄 몰랐다. 그들은 이왕야의 행적을 끝까지 추적해서 마침내 숨겨졌던 역모의 기반들을 찾아냈고, 거기에 가담했던 자들을 숙청했다. 그렇게 죽은 자가 수를 헤아릴 수 없을 만큼 많았다.

그렇게 황실에 평화가 찾아들었다.

이 모든 것이 기무결 덕분에 가능한 일이었다.

황제는 몇 번이고 기무결에게 감사의 인사를 전하고 태자의 스승으로 삼으려고 했다. 기무결이 계속 황실에 남아서 도와준다면 대명제국의 힘은 더욱 단단해지고 황실의 권위도 높아질 것이 분명했다.

하나 기무결이 질색을 하고 거절하는 바람에 끝내 그 소원은 이루어지지 않았다.

그래도 황제는 포기하지 않고 삼고초려도 마다하지 않았다. 여기에 동창의 제독까지 나서서 기무결에게 돈과 권력, 그리고 천하의 온갖 미녀로 유혹했지만, 기무결은 그 어떤 것에도 흔들리지 않았다.

한편, 유서와 같은 화진악의 일기장이 천하에 알려지고 무림에는 광풍이 불었다.

당시 천하제일세가로 명성을 떨치던 화씨세가가 한순간에 몰락한 이유는 화진악이 온갖 더러운 추문에 휩싸인 채 죽었기 때문이었다.

한데 이 모든 것이 이왕야의 음모였다는 것이 밝혀진 것이다.

충격과 경악 그 자체였다.

사람들은 이왕야의 위선에 치를 떨었다.

거기에는 미안함과 부끄러운 마음도 섞여 있었다.

비록 모든 것이 오해에서 비롯된 일이었지만, 어쨌든 그들 역시 화씨세가를 손가락질하며 놀려대지 않았던가?

화씨세가의 본가를 찾아와 공개적으로 사과하는 사람들이 있는가 하면 화진악의 묘소에 참배하는 사람도 많았다.

이제 모든 오해가 풀렸고, 사람들의 마음도 한결같았다.

화씨세가가 예전처럼 천하제일의 세가로 올라서는 데 아무런 이론의 여지가 없었다.

그건 시간이 해결해 줄 문제였다.

五

정천팔룡과 육문칠가는 사면초가에 빠졌다.

일기장이 공개가 되면서 동시에 그들이 화은설을 죽이려고 했던 것들까지 만천하에 까발려졌기 때문이었다. 가뜩이나 이왕야가 죽고 궁지에 몰려 있던 상황에서 마지막 숨통을 끊는 최후의 일격이나 마찬가지였다.

"으으, 범죄 자문 책사 네 이놈!"

정천팔룡은 범죄 자문 책사가 떠나기 직전에 했던 말이 무슨 뜻인지 깨닫고 분노했다.

만약 그때 범죄 자문 책사가 귀띔이라도 해주었다면 어떤 식으로든 대응할 방법을 찾았을 것이었다.

하지만 그는 모든 것을 알고서도 일언반구 없이 훌쩍 떠나지 않았던가?

그들은 범죄 자문 책사 혼자만 살 방도를 찾으려고 도망쳤다고 생각했다.

그래서 더 분노하고 있었다.

모든 걸 그들이 뒤집어썼다고밖에는 생각되지 않았다.

지금 천하가 그들에게 등을 돌린 상태였다.

기무결은 그들이 도저히 넘을 수 없는 벽인 데다 새외삼패와 황실까지 손을 잡은 상황이었기에 이건 도무지 어떻게 해볼 엄두조차 나지 않았다.

"헛헛!"

제갈무외는 문득 화진악이 죽기 직전의 모습이 떠올랐다.

당시 화진악과 자신의 모습이 너무나도 똑같이 겹쳐지고 있었다.

그때는 화진악의 행동을 이해할 수 없었다. 고수는 무릎이 꺾일지언정 무릎을 꿇지는 않는다. 더구나 천하제일고수로 명성을 떨치던 화진악이 그런 치욕적인 죽음까지 불사해 가면서 화은설을 살릴 이유가 있을까 싶었다.

하지만 막상 자신이 그런 입장이 되고 보니 어떻게 죽든 그건 문제가 아니었다. 수백 년간 이어져 내려온 제갈세가도 제갈세가였지만, 제갈사란을 살리는 일이 더 중요했다.

그건 다른 사람들 역시 마찬가지였다.

지금까지 목적을 위해서는 수단과 방법을 가리지 않는 냉혹하기 짝이 없는 행보를 보여왔던 그들이었지만, 마지막 순간이 되자 가장 먼저 떠오르는 건 역시 가족들이었다.

결국 그들은 기무결에게 만나자는 서신을 보냈다.

六

"봉문을 하겠네."

"봉문?"

"오십 년 동안 절대 강호에 발을 들여놓지 않겠네."

"아, 아니, 백 년 동안 봉문을 하라면 그렇게 하겠네."

백 년 동안의 봉문.

이는 거의 사형 판결이나 마찬가지였다.

아마 화씨세가가 몰락한 것보다 더 처참하게 몰락하게 될 터.

어쩌면 백 년 뒤에는 육문칠가란 이름조차 남지 않게 될 수도 있었다.

하지만 기무결의 반응은 싸늘하기 그지없었다.

"겨우 그것으로 되겠습니까?"

정천팔룡은 심장이 쿵 하고 내려앉는 기분이었다.

그들은 자신들의 체면도 잊은 채 기무결에게 매달렸다.

"제, 제발 살려주게."

"우린 어찌 되어도 좋으니 제발 육문칠가가 명맥만 유지할 수 있게 해주게."

"낯이 두껍다고 생각하지 않습니까? 아무리 이왕야의 협박 때문에 화 대협이 죽었다고는 해도 그대들 역시 지켜보고 있었을 거 아닙니까?"

"그, 그건……."

"좋습니다, 소생이 크게 양보를 하죠. 대신 당시 진상을 알고 있는 자는 모두 무공을 폐하고 지하뇌옥에 가두겠습니다."

정천팔룡의 얼굴이 크게 변했다.

나이가 어린 자녀들 빼고는 대부분 진상을 알고 있었다. 육문칠가의 맥을 아예 끊어놓겠다는 것과 별반 다를 게 없었다.

이것만도 솔직히 받아들이기 어려웠다.

하지만 기무결의 요구는 이것으로 끝난 게 아니었다.

"그리고 그대들의 무리한 야욕으로 인해 무림이 크게 피해를 입었으니 그에 대한 보상금을 내놓아야겠습니다."

"보, 보상금이라니?"

"설마 봉문하고 끝내려는 건 아니었겠지요?"

"끙!"

억지도 이런 억지가 없었다.

아무리 생각해도 피해를 입은 건 화씨세가 정도에 불과했다.

아직 전쟁이 난 것도 아니고 그들이 역모를 일으켜 천하를 혼란에 빠뜨린 것도 아니었다. 당연히 무림이 크게 피해를 입었다는 건 말이 안 되는 소리였다.

하지만 기무결이 무서운 눈으로 노려보는데 아무 말도 할 수 없었다. 여기서 조금이라도 불쾌한 기색을 내보이면 협상이고 뭐고 다 끝날 것 같았기 때문이었다.

"그, 그럼 얼마를 주면 되겠는가?"

"새외삼패는 각각 이천만 냥씩 내놓았습니다. 그렇다면 그대들도 최소한 성의 표시는 해야 할 거 아닙니까?"

"이, 이천만 냥!"

정천팔룡은 기절초풍할 지경이었다.

"그만한 돈이 우리에게 있을 리 없지 않은가?"

"그렇다면 백 년 동안 계속 갚아나가면 되겠군요."

"마, 말도 안 돼!"

이게 무슨 사채 이자 갚는 것도 아니고, 어떻게 백 년 동안 이천만 냥씩을 갚아나간단 말인가?

일 년에 이십만 냥을 내놓아야 백 년이면 이천만 냥이 된다.

이래서는 백 년 동안 빚을 갚다 끝날 것 같았다. 백 년 후 봉문을 풀고 훗날을 도모하겠다는 의욕조차 가질 수 없었다.

기무결은 바보가 아니다.

육문칠가가 백 년 동안 봉문을 한다고 해서 마음이 약해지고 용서해 주는 성격이 아닌 것이다.

그는 받아낼 건 철저히 받아내고 싹을 자를 건 철저히 잘라 버렸다.

"자, 어떻게 하겠습니까?"

정천팔룡의 얼굴은 몇 번이나 변했다.

굴욕도 이런 굴욕이 없었다. 자신들은 자결을 하고 관계된 자들은 모두 무공이 파괴된 채 지하뇌옥에 갇혀야 한다. 이것만으로도 충분히 치욕스러운 일인데 백 년 동안 봉문에 이천만 냥을 갚아나가야 한다니 이게 어디 말이 될 법한 소린가?

하지만 그들은 받아들일 수밖에 없었다.

협상이 틀어지는 순간 곧바로 전쟁이 날 테고 그리되면 육문칠가는 지존맹과 새외삼패, 그리고 동창의 연합군 앞에 형체도 없이 사라져 버릴 테니 말이다.

"하, 하겠네."

"자네의 제안을 받아들일 테니 자네 역시 약속을 꼭 지켜주게."

백 년의 봉문.

한때 최고의 위세를 떨쳤던 육문칠가의 몰락은 그렇게 시작되었다.

第十四章

뒷이야기

一

세상은 동전의 양면과도 같았다.

몰락한 곳이 있다면 반드시 흥한 곳도 있는 법.

천하무림의 중심은 더 이상 구파일방도, 그렇다고 무림맹이나 마황성이 있는 곳도 아니었다.

사천성에 자리한 무산.

이곳이야말로 화씨세가의 본가가 있는 곳이었고, 지존맹이 탄생한 곳이기도 했다.

지금은 지존맹이 해체되고 화씨세가의 본가만 남아 있었지만, 여전히 사람들은 기무결을 존경하는 의미로 무산과 화씨세가의 본가를 성지로 정했다.

기무결은 명실공히 천하제일고수요, 고금제일의 부자였다.

그는 무림맹 안에 숨겨져 있던 사천만 냥을 모두 찾았고, 금광도 은밀하게 채굴하고 있었다. 거기에 새외삼패에게 받은 육천만 냥과 육문칠가에게 받을 돈까지 더하면 재산이 얼마나 되는지 기무결 자신조차 전부 셀 수 없을 정도였다.

고생 끝에 낙이 온다고 했던가?

모든 것이 다 끝나고 강호는 평화를 되찾았다.

이제 돈을 펑펑 쓰면서 여생을 즐기는 일만 남았다고 여겼는데, 어찌 된 게 기무결의 고난은 이제부터 시작이었다.

황실에서 사람이 찾아와 황제가 찾고 있다고 전했지만, 기무결은 들은 척도 하지 않았다. 들으나 마나 뻔하다. 관직을 내줄 테니 제발 황실에 있어달라는 것일 터. 기무결은 그깟 관직엔 관심도 없었다.

나중에는 그들이 전하는 말을 듣는 것도 귀찮아 아예 만나주질 않았다. 대역죄도 이런 대역죄가 없었다. 천하에서 황제의 명을 거역하고도 멀쩡히 살아남을 수 있는 사람은 기무결이 유일할 것이었다.

"계속 귀찮게 하면 아예 새외로 가서 살 겁니다."

기무결의 으름장에 황제는 뜨끔한 나머지 아얏 소리도 하지 못했다.

새외가 어떤 곳인가?

대명황실과는 적대적인 관계를 형성하는 곳이었다.

만에 하나 기무결이 새외로 나가면 이는 엄청난 국부의 손실일 뿐더러 새외에 날개를 달아주는 격이었다.

이보다 더 대역무도한 말이 또 어디 있겠는가?

하지만 황제는 혹시라도 기무결이 새외로 나갈까 안절부절

밤에 제대로 잠을 못 잘 정도였다.

결국 영평공주가 자청해서 무산으로 내려왔다. 그녀로서는 기무결과 함께 있을 수 있는 적절한 구실을 찾은 셈이었다.

"끙! 공주님께서 여긴 어쩐 일이십니까?"

"황실에서 무림총국이란 조직을 새로 신설했어요."

"무림총국?"

"황실과 무림이 서로를 불편하게 생각할 것이 아니라 서로 긴밀하게 협조하면 국력이 더 높아질 것 같아서 제가 황상께 주청을 드려서 만들게 된 거예요."

"그럼, 공주님께서 무림총국주란 말입니까?"

"역시 공자님은 눈치가 빠르시네요. 아무래도 제가 일초반식도 모르는 연약한 여인이다 보니 공자님께 신세를 져야 할 것 같아요."

구실도 가지가지였다.

기무결은 영평공주의 속내가 뻔히 보였지만, 그렇다고 무림총국을 새로 만들었다는데 마냥 무시할 수도 없었다.

"무림총국주가 되신 걸 감축드립니다. 앞으로 필요한 일이 있으시면 소생이 황실로 올라가겠습니다."

"그럴 필요 없어요."

"그게 무슨 말입니까?"

"무림총국의 무림기지를 이곳으로 정할까 싶어요. 그러자면 제가 이곳에 상주하면서 볼일을 보는 게 아무래도 편하겠죠."

"예에?"

기무결은 멍하니 영평공주의 얼굴을 쳐다보았다.

아니, 무슨 일국의 공주가 이리 뻔뻔해?

이건 속내가 보이다 못해 찰거머리처럼 물고 늘어지겠다고 당차게 포부를 밝힌 것이나 마찬가지였다.

"설마 거절하진 않겠죠?"

"소생이 적당한 곳에 무림총국의 건물을 만들어 드리겠습니다. 그럼 되겠습니까?"

"흥! 공자님은 그날 객잔에서 제 나신을 봤잖아요. 그리고 침실에 들어와 나삼만 입은 모습도 보았구요. 어디 계속해 볼까요?"

"끙!"

결국 영평공주의 협박(?)에 못 이겨 기무결은 화씨세가의 본단에 무림총국의 자리를 내주고 말았다.

二

석대공과 마황칠패는 모든 것이 다 끝났는데도 마황성으로 돌아가지 않고 화씨세가의 본가에서 기무결과 같이 생활했다.

그들 옆에는 최근에 양녀로 삼은 왕혜령이 있었다. 그들의 목적은 뻔하다. 기무결과 왕혜령을 혼인시킨 다음 마황성주의 자리를 물려주는 것.

기무결이 완강하게 거절을 해도 그들은 막무가내였다.

"어이구, 내 팔자야!"

기무결은 이 찰거머리 같은 인간이 하루 빨리 떠나주었으면 소원이 없을 것 같았다.

여기에 철산호가 빠지면 섭섭하다.

그는 개국공신과 같았다.

기무결이 한창 범죄 자문 책사와 전표 전쟁을 벌일 때 자금이 부족해서 가장 먼저 손을 내민 사람이 바로 철산호였다.

그들은 매일같이 기무결의 의사와는 상관없이 쟁탈전을 벌였다.

기무결은 지존맹을 해체하면 조금 편안해질까 싶었지만, 그들의 얼굴이 생각보다 두꺼웠다.

결국 그들이 화씨세가를 떠나지 않자 구파일방도 빈대마냥 눌어붙었다. 그들도 쟁탈전에 가세했다.

이대로 기무결을 마도에 빼앗기면 두고두고 정파가 마도의 기세에 눌려 기를 펴지 못하고 살 게 뻔하니 선택의 여지가 없었다.

"우리 저쪽으로 가봐요."

"끙! 꼭 이래야 하는 겁니까?"

"그래서 지금 안 가겠다는 거예요? 저도 하기 싫은 거 아빠가 억지로 하라고 해서 하는 거거든요?"

"누가 뭐라고 했습니까? 저녁도 먹었는데 굳이 차를 또 마셔야 하는지 의문이 생겨서 그런 겁니다."

"저녁을 먹었으면 차도 마셔야지 무슨 남자가 그리 쫌스러워요?"

"쪼, 쫌스럽다구요? 아니, 지금 말 다 했습니까?"

"다 했어요. 그럼 공자께서 어쩔 건데요? 설마 저를 때리기라도 하려구요?"

"아이구, 내가 말을 말아야지."

기무결과 철예군은 만났다 하면 티격태격 싸우기 바빴다.

그들은 열 번의 만남 중 세 번째 만나는 중이었다.

기무결은 철예군을 만나면 불성실하게 묻는 말에 건성으로 대답하기 일쑤였고, 철예군은 그럴 때마다 오기가 생겼다. 기무결은 철예군을 단념시키려고 한 행동인데 오히려 그것들이 철예군의 투지를 불태우게 만들고 말았다.

'으으, 약 올라 죽겠네. 자기가 지존맹주면 다야? 사람을 이렇게 무시하고. 두고 봐! 나도 한다면 하는 성격이라구.'

기무결이 부드러운 목소리로 한마디만 해주었으도 이렇게 억울하진 않았을 것이다.

화은설이 예쁜 건 그녀도 인정하는 바였다.

그리고 기무결의 주변에 천하의 미녀들이 다 모여 있는 것도 알고 있었다.

그렇다고 자신이 그녀들에 비해 미모가 떨어지거나 지혜가 부족하다는 생각은 전혀 들지 않았다.

이제 남은 건 여섯 번 정도의 만남뿐이었다.

짧다면 짧지만, 충분히 많이 남았다고도 할 수 있었다.

그녀는 그 안에 기무결의 입에서 먼저 더 만나게 해달라는 말이 나오도록 무슨 수를 쓰든 할 생각이었다.

三

돈과 재산이 많은 것도 귀찮은 것 중 하나였다.

육문칠가를 홍등가로 만든다고 땅을 몽땅 사들인 게 화근이 되어버렸다.

한 달 내내 돌아다녀도 자신의 땅이 얼마나 많고 어디에 어떤 공사가 진행이 되는지 전부 살피지를 못했다.

그날도 기무결과 화은설은 사천성에 존재하는 건물과 땅을 둘러보고 돌아오는 길이었다.

새벽 일찍 나섰지만, 아직 삼분지 일도 다 끝내지 못한 상태였다.

"그나저나 오빠! 범죄 자문 책사의 행방은 찾아냈나요?"

"동창의 제독과 구파일방에게 부탁을 해서 겨우 찾아냈소. 한데 자신의 고향으로 돌아가 자결을 택한 모양이더군."

"의외네요. 저는 그자가 훗날을 도모할 줄 알고 내심 가슴 졸이고 있었거든요."

기무결도 처음엔 의외라고 생각하고 혹시 무슨 함정이 있는 게 아닐까 의심했었다.

그래서 직접 그자의 시신을 확인했었는데, 자신이 알고 있던 얼굴이 틀림없었다.

"자부심이 강한 인물이었으니 죽음도 자신의 손으로 결정한 것이 아닐까?"

"듣고 보니 그럴 수도 있을 것 같네요."

화은설이 고개를 끄덕이며 대답할 때였다.

문득 그녀의 걸음이 제자리에 멈춰 서고 말았다.

저 멀리 익숙한 얼굴이 지나가고 있었다.

바로 학인준이었다.

그의 영준하던 얼굴은 수척해져 있었다.

하지만 무엇보다 변한 건 승포를 입고 머리를 박박 깎았다는 것이었다.

그는 자신의 아버지가 화진악을 그리 만들었다는 죄책감에 머리를 깎고 출가를 했다. 평생을 속죄하는 마음으로 천하를 떠돌아다니며 죄업을 씻고 있는 중이었다.

화은설은 정천구룡에게 깊은 원한을 갖고 있었지만, 학인준에게는 늘 미안한 마음을 가지고 있었다.

하지만 그녀는 끝내 학인준에게 다가가지 못했다.

"설 매가 어려우면 내가 가서 불러올까?"

"아니에요. 그냥 모른 척하는 게 어쩌면 학 공자를 도와주는 것인지도 모르겠어요."

"그냥 가도 괜찮겠소?"

"이러고 있을 때가 아니라구요. 아직 둘러볼 곳이 얼마나 많은데요. 내일 사천성을 다 돌고 나면 호남성으로 넘어갈 거예요."

화은설이 마음속의 미안함을 떨치듯 기무결을 잡아끌고 본가로 향했다.

"그나저나 그 사람들은 다 어떻게 할 거예요?"

"끙! 나도 노력은 하고 있소."

기무결은 그 인간들 생각만 하면 머리가 지끈거렸다.

무림과 황실은 안정을 되찾았는지 몰라도 기무결의 인생은 전혀 안녕하지 못했다.

기무결 대 찰거머리 같은 인간들.

기무결의 험난한 인생은 어쩌면 지금부터 본격적인 시작인지
도 몰랐다.

『왕후장상』 완결

이 시대를 선도하는 이북 사이트

이젠북

www.ezenbook.co.kr

더욱 막강해진 라인업!
최강의 작가들이 보이는 최고의 재미.

이들의 "유료연재"가 시작됩니다!

김재한 『성운을 먹는 자』   태제 『태왕기 현왕전』
홍정훈 『월야환담 광월야』   전진검 『퍼팩트 로드』
이지환 『어린황후』   방태산 『완벽한 인생』
좌백 『천마군림 2부』   왕후장상 『전혁』
김정률 『아나크레온』   설경구 『게임볼』

검색창에 **이젠북** 을 쳐보세요! ▼ Q

강준현 장편 소설

FUSION FANTASTIC STORY

개척자

Pioneer

『복수의 길』의 강준현 작가가 선보이는
2015년 특급 신작!

글로벌 기업의 총수, 준영.
갑자기 찾아온 몽유병과 알 수 없는 상황들.

"…누구냐, 넌?"
혼돈 속에서 순식간에 바뀐 그의 모든 일상.
조각 같던 몸도, 엄청난 돈도, 뛰어난 머리도 모두, 사라졌다!

스스로도 알 수 없는 낯선 대한민국의 밑바닥부터
다시 시작해야 하는 준영.

"젠장! 그래, 이렇게 산다!
대신 나중에 바꾸자고 하면 절대 안 바꿔!"

그는 과연 이 상황을 극복하고 자신의 운명을
새롭게 개척해 나갈 수 있을 것인가!

Book Publishing CHUNGEORAM

유행이 아닌 자유추구 -
WWW.chungeoram.com

글샘 장편 소설
FUSION FANTASTIC STORY

세상을 다가져라

[세상을 다 가져라]

문피아 선호작 베스트 작품 전격 출간!
현대판타지, 그 상상력의 한계를 넘어서다!

권고사직을 당한 지 2년째의 백수 권혁준.

우연히 타게 된 괴상한 발명품으로 인해
과거로 회귀한다!

그런데
과거로 온 혁준의 손에 들려 있는 것은 바로
최신형 스마트폰!

"까짓 세상, 죄다 가져 버리겠다 이거야!"

백수였던 혁준의 짜릿한 인생 역전이 시작된다!

Book Publishing CHUNGEORAM

유행이 아닌 자유추구 -
WWW.chungeoram.com

야차전기

임영기 新무협 판타지 소설

FANTASTIC ORIENTAL HEROES

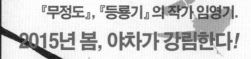

『무정도』, 『등룡기』의 작가 임영기.
2015년 봄, 야차가 강림한다!

"오 년 후에 백학무숙을 마치게 되면
누나를 찾아오너라."
가문의 멸망.
복수만을 꿈꾸며 하나뿐인 혈육과 헤어졌다.
하지만 금의환향의 길에 벌어진 엇갈림…

**모든 것이 무너진 사내 화용군!
재처럼 타버린 위에
삼면육비(三面六臂)의 야차가 되어 살아났다!**

악이여, 목을 씻고 기다려라!

Book Publishing CHUNGEORAM

유행이 아닌 자유추구 -
WWW.chungeoram.com

우각 新무협 판타지 소설

FANTASTIC ORIENTAL HEROES

북검전기

2014년의 대미를 장식할,
작가 우각의 신작!

『십전제』, 『환영무인』, 『파멸왕』…
그리고,
『북검전기』

무협, 그 극한의 재미를 돌파했다.

북천문의 마지막 후예, 진무원.
무너진 하늘 아래 홀로 서고, 거친 바람 아래 몸을 숙였다.

살기 위해! 철저히 자신을 숨기고
약하기에! 잃을 수밖에 없었다.

심장이 두근거리는 강렬한 무(武)!
그 걷잡을 수 없는 마력이,
북검의 손 아래 펼쳐진다!

Book Publishing CHUNGEORAM

유행이 아닌 자유추구 -
WWW. chungeoram.com